사랑하며
피는
호랑이

사랑아, 피를 토하라

2014년 3월 24일 초판 1쇄 발행
지은이 · 한승원

펴낸이 · 박시형 | 편집인 · 정해종

마케팅 · 권금숙, 김석원, 김명래, 최민화, 정영훈
경영지원 · 김상현, 이연정, 이윤하
펴낸곳 · (주)쌤앤파커스 | 임프린트 · 박하
출판신고 · 2006년 9월 25일 제406-2012-000063호
주소 · 경기도 파주시 회동길 174 파주출판도시
전화 · 031-960-4800 | 팩스 · 031-960-4805 | 이메일 · info@smpk.kr

ⓒ 한승원 (저작권자와 맺은 특약에 따라 검인을 생략합니다)
ISBN 978-89-6570-200-9 (03810)

박하는 (주)쌤앤파커스의 임프린트입니다.
박하는 당신의 가슴에 봄꽃처럼 책이 만개하고 아름다운 지식의 향기가 배어나는 날까지, 참신하고 생명력 있는
콘텐츠를 만들기 위해 눈과 귀와 마음을 열겠습니다. | 원고투고 book@smpk.kr

한소원 장편소설

BAKHA PUBLISHERS

어머니가 소리꾼 아들에게 말했다.

"내가 너를 가질 때 달을 품었더니라."

| 차례 |

달의 정령

초가을 열나흘의 달밤은 먼 신화 속 세상처럼 교교했다. 먼 마을의 개 짖는 소리 하나 들려오지 않았다. 쟁반 같은 샛노란 달이 중천에 떠 있었다. 달빛 속에서 숨을 죽이고 있는 첩첩한 검은 산봉우리들 사이사이를 굽이돌아온 강은, 자그마한 섬 같은 동산 하나를 만나 드넓은 들판 쪽으로 몸을 외틀어 커다란 ㄹ자를 그리면서 남서로 흘렀다. 강변길 가장자리에는 갈대숲이 무성했다. 갈대의 줄기들은 길바닥으로 넘어져 사람들의 발에 밟히었다. 그 길을 하얀 소복 차림의 두 남녀가 걸어가고 있었다. 여자가 앞장서고 남자가 뒤를 따랐다. 질펀한 들판은 묽은 젖빛의 달안개 속에 누워 있었다.

달은 고요를 가득 품고 있었다. 깊은 내면의 알 수 없는 힘,

뜨거운 정령을 숨긴 채 차갑게 시치미를 떼고 있었다. 달의 정령은 달빛을 헤치며 가는 여자의 가슴으로 스며들었다.

강물은 여울목에서 가느다란 소리로 종알거리며 흘렀다. 달과 강이 혼례를 치르고 있었다. 물에 떨어진 달의 몸통은 여울물의 격렬한 애무로 인해 타원형으로 일그러지면서 해체되었다가 동그랗게 조합되고, 다시 해체되었다가 조합되기를 거듭했다. 앞장서 가는, 머리를 곱게 쪽찐 여자는 고운 왕골 무늬 짚신을 신고 있었고, 굿판의 음식을 싼 보퉁이를 머리에 이고 있었다. 뒤따르는 흰 두루마기 차림의 남자는 미투리를 신고, 보자기에 싼 장구와 징과 꽹과리를 짊어지고 있었다.

갈대숲의 우듬지에는 메추리 새끼같이 앙증스러운 꽃송이들이 달려 있었다. 바람이 문득 갈대숲을 흔들었다. 우수수 소리가 사방으로 물결처럼 퍼졌다. 갈대꽃의 향기가 그들의 콧속으로 스며들었다. 그들은 강촌 윗마을에서 이틀 동안 큰굿을 하고 돌아가는 길이었다. 그들이 밟고 가는 실뱀 길은 강의 줄기를 따라 전설처럼 뻗어 오고 있었다. 그들의 가슴은 바람에 동요하는 갈대숲처럼 수런거렸다. 달의 정령이 벌레처럼 스멀스멀 살갗으로 기어들고, 강의 요정들이 음습한 입술로 가슴 속살을 핥고 빨고 있었다. 그들은 큰굿을 하며 목축임으로 흘짝거린 술기에 어릿어릿 취해 있었다.

여자의 쪽찐 머리칼 두어 가닥이 흘러내려 그녀의 이마와 볼과 목에서 하늘거리고 있었다. 이날 여자는 유달리 굿이 잘 풀렸다. 꽹과리잡이, 징잡이, 장구잡이, 아쟁잡이들이 부르는 시나위* 가락과 그녀의 춤사위가 어우러지면서 가슴을 달뜨게 하기도 하고, 아리고 저리게 하기도 했다. 그녀의 겨드랑이에서는 거듭 귀뚜라미 소리가 나는 듯싶었고, 그 소리로 인해 깊은 속살은 흠뻑 젖었다. 징잡이 남자의 귀기 어린 시나위 구음口音*이 그녀의 춤을 절정으로 치달아 오르도록 흔들었다. 굿이 끝나갈 무렵 그녀는 징잡이 남자에게 귀엣말을 했다.

'오생, 나 우리 집까지 조끔 데려다주고 가시오.'

귀엣말을 하기 위하여 그의 볼 옆으로 입을 가지고 갔을 때, 그에게서 날아오는, 잘 구워진 북어 냄새 같은 체취가 코를 통해 폐부 속으로 홍수처럼 밀려들었고, 그녀는 오소소 진저리를 쳤다. 그녀의 영육은 정精과 정情에 주려 있었다. 굿판에서 징잡이 오생을 막 만난 순간부터 그녀는 마음으로 작정을 했다. 굿 마친 다음에 함께 돌아가면서 주린 그것들을 채우기로.

오생은 토막소리*와 구음을 신들린 듯 잘 구사하는 데다 징을 기막히게 잘 울리는, 학처럼 깨끗하게 살아가는 비가비*였다. 오생은 양반의 후예이고 부잣집 아들이었다. 그의 윗대의 어떤 할아버지나 할머니가 무당의 피를 가진, 만신부리인 것이었다. 그의 몸에는 무기가 철철 흐르고 있었다.

그녀는 배가 고픈 것은 아닌데 속이 헛헛했다. 입안에 군침이 돌았다. 마른 갈대밭 속에 네 활개를 벌린 채 누워버리고 싶었다. 몸을 활짝 열고 허공에 뜬 달을 한도 끝도 없이 빨아들이고 싶었다. 무르익은 참외 속살 같은 그 여자의 체취가 남자에게로 날아들었다. 남자는 그녀의 체취로 인해 감전된 듯 떨었다. 남자가 받은 목에 군침을 넘기며 여자에게 "우리 조끔 쉬어 갑시다." 하고 말했다. 그의 목소리는 옥으로 된 방울을 굴리는 듯한, 향긋한 천구성*이었다. 음험한 기운을 품은 그것은 천 길 지하로부터 허공을 향해 솟구쳐 올라와 그의 입 속에서 맴을 돌다가 사방으로 흩어지고 있었다. 그 소리를 듣는 순간 여자는 발을 멈추면서 온몸에 힘을 풀어버렸다. 길 가장자리의 갈대숲에 쓰러지듯이 주저앉았다. 두 다리를 퍼더버리고 달을 향해 드러누웠다. 달빛이 그녀의 얼굴과 가슴으로 범람하는 강물처럼 흘러들고 있었다.

남자가 다가와서 짐을 내려놓고 그녀 옆에 다가앉았다. 그는 굿 막간에 토막소리를 기막히게 잘했다. 육자배기도 하고 장타령도 하고 스님들의 범패도 하고, 광기 어린 구음도 즉흥적으로 뿜어냈다. 그의 소리는 애처로웠고, 질펀한 한이 배어 있었다. 그는 스스로를 역마살이 낀 잡놈이라고 말했다. 그의 옆어놓고 두들기는 징소리와 시나위 구음에서는 구슬픈 신명이 꿀물처럼 묻어나고 무지갯살처럼 피어나곤 했다. 후끈 달아오른 그녀의 무르익은 과일 향 같은 체취가 그의 남성을 곤두서게 했다. 남자는 여자를 끌어안았다. 여자는 그의 몸이 다가오자마자 진저리를 치면서 밭은 목소리로 신음하듯이 속삭였다.

"아따 오메! 뭔 달이 저리 징그럽게 환하다요?"

남자는 달빛을 징그럽다고 말하는 여자의 몸속으로 흘러들었다. 남자의 숨소리가 갈대숲을 흔들었다. 달과 안개와 갈대숲이 알 수 없는 가락으로 출렁거리고 있었다. 그들의 몸속에서, 형체를 알 수 없는 천둥소리와 지령음地靈音이 두리둥둥 두리둥둥 울리고 있었다. 여자의 심연 속에, 멀고 먼 하늘의 달로부터 흘러온 신화 한 자락이 이무기처럼 똬리를 틀고 있었다.

꿈이었다. 여자는 그 꿈을 접신接神한 것이라고 생각하고 어느 누구에게도 발설하지 않았는데, 한 달 뒤부터 입덧을 했고 다음 해 초여름에 여자의 배 속에서 남자 아이가 태어났다. 살갗이 백옥같이 희었고, 얼굴이 달덩이처럼 둥글었고, 응아 하는 고고呱呱의 소리가 하늘의 편경을 울려대는 것 같았다. 아기는 젖을 탐했고, 금방 먹고 나서 또 배가 고프다고 두 팔 두 다리를 해작거렸다. 제때에 젖꼭지를 물려주지 않으면 보채며 악을 쓰듯이 소리쳐 울어댔다. 그 울음소리가 하늘의 악기 소리처럼 향 맑았고, 쨍쨍 울리면서 하늘로 치올라가고 멀리멀리 퍼지곤 했다.

열꽃

"내가 너를 가질 때 달을 품었더니라."

어머니의 목소리가 귓결에 남아 있었다. 임방울은 심한 기침을 했고, 그 기침으로 인해 오랫동안 꾸던 꿈에서 깨어났다. 두꺼운 이불 속에 묻힌 그의 온몸에 식은땀이 어렸다. 깡마른 창백한 얼굴에 벌겋게 열꽃이 피었다. 눈을 떴다. 의식은 맑은데, 혀가 그의 의지를 따라주지 않았다.

앙상한 매화나무 가지의 그림자가 어려 있는 서창에 불그레한 황혼이 물들어 있었다. 작은 한옥의 서편 모퉁이 방에서 그는 셋방살이를 하고 있었다. 그의 젊은 아내가 한약을 달여 올렸다. 쪽찐 머리가 새까맸고, 갸름한 얼굴에는 잔주름 하나도 잡히지 않았다. 눈매가 약간 부석부석한 듯싶고 코가 오똑했고, 입술이 도톰했다. 하이칼라 머리칼들이 희끗희끗해진 그와는 어울리지 않는 젊은 아내였다. 그녀는 마치 손위 누님처럼 그를 보살피고 어리광하는 그를 달래면서 약시시*를 하곤 했다. 강진에서 기생 노릇을 하다가 그가 머리를 올려준 여자, 박경화였다.

그는 얼굴을 찌푸리면서 약을 마셨다. 얼른 기운을 차리고 일어나야 하고, 남산 골짜기에 올라 다니면서 열심히 독공*을 한 다음 무대에 올라 소리를 해야 한다고 생각했다. 구차한 살림살이 속에서 약시시를 해주고 몸보신을 시켜주는 젊은 아내가 고맙기 이를 데 없었다. 그녀는 붕어와 뱀장어 곰국을 끊임없이 댔고, 새벽녘에 도살장에서 소의 신선한 피를 받아다가 주기도 했다. 역한 느낌이 들었지만 그는 이 악물어 참고 주는 대로 마셨다. 기운을 차리고 일어나서 다시 소리를 하려면 몸이 받쳐주어야 하는 것이었다.

과연 나는 자리를 차고 일어날 수 있기나 할까. 온몸에 엄습해 있는 무력증이 가시고, 오래전에 잃어버린 말과 소리를 되찾을 수 있을까. 기능을 잃어버린 혀가 온전하게 사설을 만들어낼까. 아내에게 턱짓과 눈짓으로 문을 열어달라고 했다. 아내는 애처로움이 가득 담긴 눈으로 그의 눈을 들여다보았다. 그녀가 이불을 걷어내고 그의 상체를 일으켜 앉힌 다음 다시 이불로 온몸을 둘둘 말았다. 상체를 바람벽에 기대도록 해준 다음 방문을 열었다. 마당에서 수런거리던 찬바람이 방안으로 들어와 그의 몸을 감싸고 돌았다. 열꽃 핀 살갗에 좁쌀 같은 소름이 일었지만, 그는 그 찬바람이 시원하게 느껴졌다.

마당 가장자리에 늙은 매화나무 한 그루가 있었다. 땅에 발을 묻은 아름드리 등걸이 몸을 외틀면서 잔가지들을 밀어 올렸다. 작은 새 한 마리가 날아와 우듬지의 가느다란 가지에 앉았다. 목과 가슴과 양쪽 볼이 하얗고 다른 모든 부분이 회흑색인 박새였다. 그 새의 무게로 인하여 우듬지의 여린 가지가 흔들렸다. 그 흔들림으로 인해 그의 영혼이 흔들렸다. 더불어 세상이 흔들렸다. 박새가 방안에 앉아 있는 그를 바라보았다.

세상이 발딱 재주넘는 것을 본 적이 있었다. 다섯 살이던 해한여름의 어느 날 아침, 하얗게 소복을 한 어머니는 아랫마을로 굿을 하러 가면서 어린 그를 데리고 갔다. 그를 업고 가던 어머니는 "우리 방울이, 어디 얼마나 잘 걸어가는가 보자." 하며 길바닥에 내려놓았다. 약간 경사진 데다 울퉁불퉁한 비좁은 길이었다. 짧은 흰 바지에 반소매의 저고리를 입은 그는 어머니를 앞장서서 걸었다. 어머니가 "아이고, 우리 방울이 잘 걸어가네!" 하고 칭찬을 했다. 한데 스무남은 걸음 자박자박 가던 그는 돌부리에 발끝이 걸려 앞으로 엎어졌다. 튀어나온 돌

끝에 무릎을 찧었다. 넘어지는 순간 하늘과 땅이 재주를 넘었다. 그는 패대기쳐진 개구리처럼 사지를 뻗은 채 턱을 땅바닥에 대고 울었다. 어머니는 그를 일으켜 세우려 하지 않고 태평스럽게 말을 했다.

"넘어졌으면 얼른 두 손바닥으로 땅을 짚고 몸을 일으켜야지, 그렇게 납작 엎드린 채 울고만 있으면 어떻게 할 것이냐? 너 일으켜줄 사람, 너 말고는 이 세상에 아무도 없다."

그는 눈물로 인해 굴절된 땅바닥의 돌멩이들과 풀잎들을 보면서, '너 일으켜줄 사람, 너 말고는 이 세상에 아무도 없다'는 어머니의 말을 생각했다. 두 손바닥으로 땅바닥을 짚어 밀어내면서 상체를 일으켰다. 무릎 살갗이 찢어지는 것처럼 아팠다. 내려다보니 한쪽 무릎 살갗에 새빨간 피가 배어나와 있었다. 몸에서 피가 나오는 것을 처음 보았다. 피를 보자 무서워졌고, 그는 큰 소리로 울어댔다. 쪼그려 앉은 어머니가 그의 얼굴을 마주보며 말했다.

"이렇게 넘어졌을 때는 넘어진 자리에다가 침을 한 번 뱉고, 하늘을 쳐다보아야 하는 것이다. 그래야 이 자리에서 다시 안 넘어지고, 맛있는 떡을 얻어먹을 좋은 수가 생긴단다. 얼른 그렇게 해라. 아이고, 우리 방울이 이쁘네!"

그래도 그는 울고만 있었다. 어머니는 다시, 땅에 침을 뱉고 하늘을 쳐다보라고 시키기만 할 뿐 아픈 생채기를 만져주려고 하지 않았다. 그는 하릴 없이 어머니가 시키는 대로, 넘어진 자리에 침을 뱉고 하늘을 쳐다보았다. 흰 구름이 떠가고 있었다. 그 흰 구름 저 너머의 푸른 하늘 속에서 무엇인가가 그를 내려다보고 있었다. 아른거리는 그림자였다. 어머니는 무릎의 생채기에 후우 하고 입 바람을 불어주고 나서, 분명한 어조로 장담을 하듯이 말했다.

"너 넘어진 자리에 침 뱉고 하늘을 쳐다보았으니께 앞으로는 이 자리에서 다시 안 넘어질 것이고, 금방 떡을 얻어먹게 될 것이다."

그는 다시 걷기 시작했고, 얼마쯤 뒤 굿하는 부잣집에 이르렀다. 그 집 할머니가 그의 손에 국화 무늬의 떡살이 박혀 있는 흰 떡 한 개를 쥐어주었고, 어머니가 그에게 말했다.

"거봐라! 땅에서 나쁜 일이 생겼을 때 그 땅에 침을 뱉고 하늘을 쳐다보면, 이렇게 금방 좋은 일이 생긴단다."

떡을 준 머리 허연 할머니가 "삼례야, 방울이하고 저쪽 마당에 가서 놀아라." 하고 말했고, 갓난아기를 업은 채 툇마루에 엉덩이를 붙이고 있던, 얼굴 동글납작하고 뒤로 땋은 머리가 한 뼘쯤 되는 삼례가 다가와서 그의 손을 잡아끌었다. 눈이 초롱초롱 맑고 눈두덩이 약간 부석부석하고, 뒤통수 아래로 머

리를 땋아 늘인 삼례의 볼그족족한 양 볼에는 주근깨들이 널려
있었다.

삼례는 윗마을의 가난한 집안의 셋째 딸인데 그보다 다섯
살이 위인 조숙한 소녀였다. 그 부잣집에서 아기업개 노릇과 부
엌데기 노릇을 했다. 방울은 그 부잣집에 꼴머슴으로 들어갔다.
여덟 살 되던 해의 이른 봄이었다.

그의 아버지는 많은 딸들을 본 뒤에 얻은 귀한 아들 방울이
의 명이 길게 하기 위해서는 천하게 키워야 한다면서 꼴머슴살
이를 시켰다. 무업을 이어받게 하지 않을 뿐만 아니라, 외사촌
형들처럼 소리도 하지 않게 하고, 농사를 지으며 살게 하겠다
는 뜻도 담겨 있었다. 아버지는 스스로가 박수 노릇을 하고 살
아왔으면서도 무업을 싫어했고, 역마살 낀 듯 떠돌며 사는 소
리꾼들도 싫어했다.

방울은 송아지에게 먹일 부드러운 꼴을 맡아 베어 나르느라
고 날마다 풀 냄새에 절어 살았다. 바짓가랑이를 걷어 올리고
한쪽 어깨에 망태를 짊어지고 손에 낫 한 자루를 들고 다니며,
산밭의 언덕과 논둑에 엎드려 송아지가 잘 먹는 명아주풀, 바
랑이풀 따위의 여린 꼴을 베곤 했다. 식구들이 들에 나가거나
장에 가거나 하여 안채와 사랑채 모두가 텅 비어 있을 때에는,

아기를 잠재워놓고 심심해진 삼례가 방울과 소꿉놀이를 했다. 흰 저고리에 검정 통치마를 입은 삼례는 그와 나란히 누운 채 자기의 젖가슴을 만져달라고 했다. 젖꼭지가 오디만 했고, 팥 죽 색깔이었다. 그녀는 그의 손을 끌어다가 자기의 하얀 젖가 슴 위에 올려놓으면서 눈을 감았다. 아기가 많이 자란 뒤로는, 어른들이 아기를 돌보면서 그녀에게 목화 따는 일을 시켰다. 그 는 송아지한테 줄 꼴 한 망태를 베어놓고, 서편 하늘로 해가 저 물고 황혼이 타오를 때까지 그녀와 나란히 앉아 목화를 땄다. 그녀는 향긋한 먹딸기를 따주었고, 그는 입이 까매지도록 그것 을 먹었다. 땅거미가 지면 손을 잡고 돌아왔다. 서쪽 하늘에 뜬 샛노란 별이 그와 그녀를 내려다보았다.

　달이 훤히 밝을 때면, 손을 잡고 아랫마을의 큰굿하는 집엘 가곤 했다. 그녀에게서는 시큼하면서도 달큼한 몸내가 나곤 했 다. 그는 킁킁 그 냄새를 들이켜곤 했다. 그의 어머니는 다른 마을에서 온 작은어머니, 큰어머니하고 함께 굿을 했다. 어머 니는 흰 치마허리가 늘씬했고 시나위를 부르는 목소리가 고왔 다. 그는 삼례와 함께 떡을 얻어먹고, 박수와 잡이들이 소리하 는 것을 듣곤 했다. 시나위는 가슴을 두근거리게 했다. 시나위 가 한창 고조되고 있을 때면 삼례가 그의 손을 으스러지게 잡 곤 했다. 굿이 끝나면 구경꾼들이 잡이들에게 소리를 시켰고,

잡이들은 육자배기를 부르기도 하고, '호남가'나 '명기명창'을 부르기도 했다. 방울과 삼례는 그 소리를 따라 불렀다.

　새로이 몸을 푼 주인아주머니가 갓난아기에게 젖을 물리고 있을 때는 삼례가 밥을 푸곤 했는데, 몰래 그의 밥그릇 속에 쌀밥을 넣고 그 위에 보리밥을 덮어주곤 했다. 삶은 옥수수나 참외를 주기도 하고, 겨울철이면 뒤란의 땅굴에서 홍시를 다른 식구 몰래 가져다주기도 했다.

　삼례는 열일곱 살 나는 이른 봄 보릿고개에 나주의 한 부잣집 늙은이에게로 시집을 갔다. 그가 꼴머슴을 사는 부잣집과 무당인 그의 집 말고는 대부분의 마을 사람들이 굶었다. 얼굴이 누렇게 뜬 아낙들이 맥없는 걸음걸이로 사립을 나와서 들판으로 나물을 캐러 가곤 했다.

　삼례는 보리 한 말 값에 팔려 간 것이었다. 그녀의 골골 앓곤 하는 아버지는 가난한 주제에 노름도 하고 아편도 한다고 소문이 나 있었다. 그녀는 옷 보따리를 들고 가면서 눈물을 줄줄 흘리며 울었다. 산모퉁이 길을 돌아서 마른 억새풀숲 저쪽으로 사라져가는 그녀의 뒷모습을 보고 집으로 오면서 그는 주먹으로 흐르는 눈물을 훔치며 울었다. 그녀가 없자, 세상이 온통 텅 비어버렸다.

삼 년 뒤, 나주의 부잣집 노인이 죽은 다음 삼례가 술집으로 팔려 갔다는 소문이 들렸다. 그런 지 두 해 뒤에 누군가의 아기를 배서 낳다가 죽었다는 소문이 돌았다. 어머니가 혀를 끌끌 차면서 말했다.

"착하디착한 그 가시나 훨훨 극락세상으로 갔을 것이다."

"극락세상이 어디 있단가?"

그가 눈물을 훔치며 묻자 어머니는 서쪽 하늘을 턱으로 가리키며 말했다.

"저기 저, 달이 떠가는 서쪽 하늘."

박새가 매화나무 가지를 걷어차고 어디론가 날아갔고, 그 반동으로 인해 여린 가지가 미세하게 흔들거렸다. 세상이 흔들거렸다. 그의 의식은 꿈인 듯 꿈 아닌 세계 속으로 아물아물 흘러가면서 흔들거렸다. 그 흔들거림으로 인해 으쓱 추운 기운이 들었고, 그는 진저리를 쳤다. 아내가 황급히 문을 닫고 그를 이불 속에 묻었다.

소리의 비상

시간이 흐르지 않고 멈추어 있었다. 천장을 향해 눈을 멀거니 뜨고 있었다. 지리멸렬하고 답답했다. 드러난 서까래가 검게 그을어 있었다. 어지러웠고, 서까래가 기우뚱거렸고, 가끔 무력증과 현기증이 일곤 했다. 봄이 되면 무대에 올라가서 소리를 해야 하는데 왜 이렇듯 몸이 얼른 좋아지지 않을까.

부엌에서 달그락거리던 아내가 방으로 들어왔다. 그녀가 여닫은 방문 바깥의 세상이 그의 눈에 들어왔다. 눈송이가 하나씩 둘씩 흰 꽃잎처럼 흘러내렸다. 그녀의 치마폭에 담겨 온 찬바람이 그의 몸을 감쌌다. 그 바람에서 잘 익은 먹딸기 향내가 났다. 삼례가 목화밭에서 따주던 먹딸기의 향. 어머니가 가을 볕에 말려온 빨래를 갤 때 나던 새물내도 났다. 그는 아내를 향해, 방문을 열어달라는 눈짓을 했다. 그녀가 도리질을 하면서

"찬바람이 해로와라우." 하고 말했다. 그는 고개를 가로저으며 다시 문을 열라는 눈짓을 했다. 하늘에서 내리는 흰 눈송이를 보고 싶었다. 아내가 그의 몸을 이불로 둘둘 말아놓고 방문을 열어주었다. 그의 상체를 일으키고 등을 받쳐주었다. 눈송이들이 소담스럽게 굵어지고 잦아졌다. 금방 마당과 토담 지붕이 하얘졌다. 구름같이 모여든 흰 옷 입은 관객들이 눈에 보이는 듯했다. 바람벽에 덧댄 판자에다 새까맣게 콜타르를 칠한 송정리 역사가 머리에 그려졌다.

서울에서 박람회가 열렸다. 일제의 식민지 시절이었다. 광산 사람들은 서울엘 가기 위하여 송정리역으로 몰려들었다. 그들은 서울의 한 극장에서 전국명창대회가 열린다는 것도 알고 있었다.

스물다섯 살의 그는 흰 바지저고리와 두루마기에 흰 고무신을 신고, 하이칼라 머리를 한 채 박람회 구경꾼들 틈에 끼어 역으로 나갔다. 그로서는 서울길이 처음이 아니었다. 열네 살 되던 해에 어머니를 따라 서울의 외삼촌 김창환을 찾아간 적이 있었다. 어머니는 자기의 오빠 김창환 앞에 무릎을 꿇고 앉아, 아들에게 소리를 가르쳐달라고 통사정했다. 외삼촌은 어찌된 일인지 자기의 누이와 생질인 그를 시큰둥하게 대했다. 외삼촌은 그의 아버지 임경학과 사이가 별로 좋지 않았다.

외삼촌은 부모로부터 내려온 무업을 팽개치고 소리꾼이 된 것이었다. 거기다가 자기의 아들 둘을 소리꾼으로 만들었다. 그의 아버지 임경학은 김창환 외삼촌네를 두고, '식구들 모두가 역마살이 들어가지고 떠돌기만 하는 광대의 집안'이라면서 왼고개를 틀었다.

그의 아버지는 딸들이 권번에 드나드는 것은 괘념하지 않으면서, 아들을 무당이나 소리꾼으로 만들고 싶어 하지 않았다. 농사꾼으로 만들고 싶어 했다. 그의 아버지는 무업에 전념하는 아내와 자주 대립하곤 했다.

김창환은 그의 어머니에게 힐난하듯이 물었다.

"니가 방울이 데리고 나 찾아간다고 한께 매제가 그러라고 내버려두더냐?"

그의 어머니가 퉁명스럽게 대답했다.

"자기가 아들을 농사꾼으로 만들고 싶어 한다고 뜻대로 된다요? 땅 한 뙈기라도 있어야 농사를 짓고 살지라우. 송충이는 솔잎사구를 먹고 살아야 혀라우."

김창환은 마지못해 그에게 "그럼 어디 보자, 니가 잘하는 소리를 아무거나 한번 해봐라." 하고 말했다. 그는 굿청에서 들어 익힌 '함평천지 늙은 몸이' 하고 '호남가'를 불렀다. 그것을 다 듣고 난 외삼촌이 "목구성은 참 좋다, 잘 다듬으면 제법이기는 하겠다마는⋯⋯." 하더니, 도리질을 하며 그의 어머니에게 말했다.

"소리해먹고 사는 일이 보통으로 힘든 일인 줄 아냐? 딸만 줄줄이 낳다가 얻은 귀한 외아들이고 하니, 이놈 애비의 소원대로 농사나 짓고 살도록 해라. 느그 부부, 굿청에서 받은 이돈[*] 부지런히 아껴 모아서 땅이나 몇 떼기 사주면서⋯⋯ 그래 가지고 장차 장가 들이고⋯⋯."

김창환의 냉대에 그의 어머니는 뾰로통하게 토라져서 그의 손을 낚아채 잡고 몸을 일으켰다. 서울역을 향해 가면서 어머니는 그가 알아들을 수 있도록 중얼거렸다.

"내가 너를 가질 때 샛노란 달을 품었더니라. 니 속에는 달이 들어 있다. 털끝만치라도 움츠러들 것 없다."

이제 스물다섯 살의 그는 예전에 외삼촌 김창환을 찾아갔던 철부지가 아니었다. 그동안 그의 소리는 겉껍질을 수차례 벗었고, 어느 누구도 함부로 예단할 수 없는 신비로운 맛과 멋이 들어 있었다. 그는 이미 소리광대의 길로 들어서 있었다. 소리를 하면 할수록 기쁘고 즐겁고 신명이 났다. 그의 속에, 소리 잘하는 누군가의 혼백이 들어와 그와 함께 살면서 자나 깨나 그의 소리를 아름답고 곱게 가꾸면서 기름칠을 하고 있었다. 그는 전국명창대회에 참가할 생각으로 서울엘 가고 있었다. 어린 시절에 자길 냉대한바 있는 외삼촌이지만, 그 외삼촌에게 먼저 소리를 들려줄 참이었다. 외삼촌은 서울에서 명창으로 활동하고 있었고, 그 세계에서 대단한 힘을 가지고 있었다. 어머니가 말했다.

"큰 나무 밑에 있는 작은 나무는 해를 입지만, 큰 사람 밑에 있는 작은 사람은 반드시 큰 사람의 덕을 입는 법이란다."

그는 화려한 비상을 꿈꾸고 있었다. 전국명창대회에 입상을 한다는 것은 선비들이 과거에 합격하는 것과 같이 출세를 하는 것이었다. 이무기가 용이 되어 구름을 타고 등천하는 것처럼 자기의 운명을 바꾸어놓는 것이었다. 어머니는 며느리를 제쳐놓고 손수 그의 두루마기 마름질을 하면서 그에게 다짐을 주듯이 안간힘을 쓰며 말했다.

"너는 틀림없이 장원을 하게 될 것이다. 니 소리에는 달의 정령이 들어 있어야. 두고 봐라. 세상에서 니 소리에 반하지 않는 사람이 단 한 사람도 없을 것이다. 다들 너한테 혼을 뺏기고 넋을 잃을 것이다."

서울행 기차가 목포 쪽에서 달려왔다. 시꺼먼 기관차가 하얀 김을 뿜으면서 플랫폼에 멈추었다. 사람들이 객실 출입문 안

으로 밀려들어갔다. 기차가 출발했다. 객실에는 손님들이 가득
차 있었다. 사람들의 몸과 몸은 바싹 대붙어 있었으므로, 객차
가 덜컹덜컹 흔들릴 때마다 서로의 몸이 비비적댔다. 목포항에
서 묻혀 온 비린내와 사람들의 땀 냄새, 입 냄새와 음험한 몸
내가 한데 어우러져 맴돌았다. 철길을 훑으며 달려가는 기관차
의 칙칙폭폭 소리가 그의 가슴을 우둔우둔 설레게 했다. 기차
가 이미 정해진 까만 철길만을 숨 가쁘게 달리듯이 그는 소리
광대로서의 한 길을 달릴 수밖에 없었다. 그는 소리를 하기 위
해 태어났다. 소리가 있어 그가 있었다. 소리를 할 때면 신명이
났다. 길을 가다가도 소리를 하고, 잠자리에 들어서도 소리를
했다. 밥을 먹으면서도, 누군가의 이야기를 들으면서도, 심지
어는 구린내 나는 뒷간에 쪼그려 앉은 채로도, 그는 문득 목청
껏 소리를 하고 싶어지곤 했다. 마치 예쁜 여자와 몸을 섞고 싶
어질 때처럼 온몸이 발갛게 발기하는 것이었다. 그는 소리에 미
쳐 있었다. 소리를 하는 것은 살아 숨 쉬고 있음을 증명하는 것
이었다. 이마와 목의 핏줄과 심줄이 팽팽하게 일어서도록 혼신
의 힘을 다해 하는 소리는 하늘을 향해 솟구쳐 날아가는 정령
이고 기氣였다. 소리를 해야만 세상 한복판에 우뚝 서 있는 성
싶었다. 그가 두 발로 땅을 굳게 밟고 있으면, 땅 속을 흐르는
지하수처럼, 알 수 없는 지기地氣와 두리둥둥 두리둥둥 하는 지

령음地靈音이 그의 발을 통해 몸속으로 들어와 뜨거운 피와 뭉쳤다가, 떨어대는 목청을 따라 하늘을 향해 찬 물줄기처럼 치올라가는 것이었다. 그는 그가 토해내곤 하는 소리의 섬세한 결과 무늬를 그의 귀청과 살갗에 돋아난 털들로 느끼곤 했다. 그것은 땅이 가지고 있는 기운의 결과, 해와 달과 별들이 그어가는 알 수 없는 기운의 무늬가 한데 어우러진 것이었다.

서울역에서 내리자마자 계동에 사는 외삼촌 김창환을 찾아갔다. 기모노 입고 게다를 신은 여자들과 콧수염을 기른 양복쟁이들이 옻칠 먹인 개화장*을 멋스럽게 저으며 지나갔다. 가게의 축음기에서 일본 여가수의 노래가 흘러나왔다. 코맹맹이 소리가 많이 섞여 있는 여가수의 간드러지게 굴곡진 청승스러운 노래.

외삼촌이 냉대할까 싶어 발이 내키지 않았지만 어머니의 신신당부 때문에 계동으로 향했다. 꼭두새벽녘에 정화수를 떠놓고 비손을 한 다음 그를 깨운 어머니는 "길을 두고 메로 가서는 안 된다." 하면서 고이 싼 선물 하나를 그의 앞에 들이밀었다. 그것이 그의 괴나리봇짐 속에 들어 있었다. 외삼촌에게 드리는 어머니의 선물은, 하얀 명주 수건이었다. 손아래 누이가 목을 많이 쓰는 늙은 오빠를 위해 정성스럽게 만든 그 명주 수건은 찬바람이 살랑거리는 초가을 아침저녁에 목의 보온을 위해 절실한 것이었다.

외삼촌 김창환이 외출하고 없었으므로 그는 모퉁이의 쪽방에 앉아 기다렸다. 자정이 지나서야 집에 들어온 머리와 수염이 허옇고 얼굴 살갗의 주름살들이 깊은 외삼촌은 그의 인사를 받자마자 자기 누이의 안부를 묻고 "박람회 구경을 왔느냐?" 하고 물었다. 그는 도리질을 하면서 말했다.

"명창대회에 한번 나가볼라고 왔구만이라우."

외삼촌은 "명창대회?" 하고 반문을 해놓고, 한동안 그의 얼굴을 바라보았다. 작달막한 키에, 이마가 넓고, 볼과 턱이 안존하고 눈이 맑은 이놈은 깡마르고 호리호리한 제 아비를 전혀 닮지 않았다. 누이와 매제는 열 살의 나이 차이가 난다. 매제는 나이가 들어갈수록 몸이 부실해져 오래전부터 자기 아내와 함께 굿을 하러 다니지 못한다. 이놈은 외가 쪽을 닮았다. 외삼촌은 누이의 바람을 생각했다. 혼자서 먼 마을의 굿을 하러 다니면서 다른 남자를 보았을지도 모른다. 외삼촌은 "그래?" 하고 그에게 되묻고 나서 고개를 떨어뜨리며 한동안 뜸을 들였다. 생질과 외삼촌 사이에는 한동안 침묵이 흘렀다. 외삼촌은 문득 북을 끌어당겨놓고 채를 잡으면서 "어디 명창대회 나가서 하고 싶은 소리를 한번 해봐라." 하고 말했다. 그는 "'쑥대머리'를 한

번 할라요." 하고 말했다. 외삼촌이 두리둥더둥 하고 마중 장단을 울렸다. 그가 "쑥대머리 구신 헨용(형용)" 하고 소리를 내놓았고, 외삼촌이 장단을 먹였다. 가슴 저리게 하는 곡진한 소리와 장단의 아귀가 척척 맞았다. '쑥대머리'를 다 부르고 나자 외삼촌이 "또 무얼 잘하냐?" 하고 물었고, 그가 "'호남가'를 부를랍니다." 하고 대답했다. 외삼촌은 "아니다, 됐다, 그 정도면." 하고 나서 잠시 고개를 떨어뜨리고 있다가 "너 내일 아침에 나하고 방송국에 조간 가야 쓰겠다." 하고 선언을 하듯이 말했다. 그는 깜짝 놀라 "네?" 하고 물었다. 외삼촌은 대꾸하지 않았다. 다음 날 아침나절에 외삼촌은 경성방송의 '아름답고 향기로운 조선의 소리' 프로에 출연하여 판소리 세 대목을 하기로 되어 있었는데, 자기 목에 이상이 생겼다고 말하고 대신 생질을 출연시키기로 작정을 했다. 외삼촌은 그동안 생질에 대한 소식을 듣고 있었다. 지난 십 년 동안에 여러 사람 밑에서 〈춘향가〉 〈수궁가〉 〈적벽가〉 〈흥부가〉를 받았다는 소식. 그 생질이 부른 '쑥대머리'를 듣고 나자, 외삼촌은 욕심이 생겼다.

'하아, 이 자식 소리에 맛이 제법 들었다!'

그동안 아들 봉이의 소리가 제대로 트이지 않음에 늘 불만을 가지고 있었다. 외탁을 한 생질을 시험해보고, 자기의 후계자로 삼고 싶었다. 나에게도 이런 조카가 있다는 것을 만천하에 드러내고 싶었다. 물론 그것은 하나의 큰 모험이었다. 외삼촌이 무뚝뚝한 목소리로 입을 열었다.

"내일 미리, 경성방송국에 가서 아까 그 '쑥대머리'하고 '호남가'를 한번 불러봐라."

그는 깜짝 놀라 외삼촌을 향해 말했다.

"방송국 사람들이 아직 이름도 없는 시골뜨기인 저한테 소리를 하라고 할까라우?"

외삼촌은 무뚝뚝하게 추궁하듯이 "방송국이 무서우냐?" 하고 물었다. 그가 얼른 대답을 하지 않자 외삼촌이 내쳐 말했다.

"그렇게 자신이 없으면 전국명창대회에 나가더라도 입상 못한다. 방송국이 무서울 정도라면 명창대회는 아예 나갈 필요도 없다."

그는 두려워 꽁무니를 뺐다.

"방송국 마이크 앞에서 덜덜 떨어버리면 어쩔 것이오?"

외삼촌이 눈살을 찌푸린 채 그를 쏘아보며 꾸짖듯이 말했다.

"너 이놈, 수백 수천 귀명창들이 쳐다보고 있는 전국명창대회에 나가서도 덜덜 떨어버리면 어쩔 테냐?"

그는 용기를 내어 말했다.

"그러면 한번 해볼랍니다."

외삼촌은 빙긋 웃으면서 그의 어깨를 툭 쳤다.

"느그 어무니를 닮았으면 할 수 있을 거다. 시샘이나 기氣로 볼 때, 느그 어무니 보통 여자가 아니지 않으냐."

골방에 누워 자는데, 가슴이 우둔우둔해서 밤새도록 잠을 이룰 수가 없었다. 일개 무명의 소리꾼으로서 방송국에 나가 소리를 하게 되다니……. 그것은 소리광대로서의 앞날의 성패와 운명을 판가름하는 대사건일 듯싶었다. 만일 마이크 앞에서 덜덜 떨어버리면 어찌할까. 떨게 된다면, 내가 가지고 있는 소리 재주의 기량을 한껏 발휘하지 못할 것 아닌가. 외삼촌은 왜 나의 소리를 좀 더 시험해보려 하지도 않은 채 그러한 결정을 해버렸을까.

이튿날 아침밥을 먹자마자 외삼촌은 그를 데리고 남산에 있는 경성방송국으로 갔다. 그는 외삼촌이 걸고 있는 모험으로 인해 얼떨떨해 있었다. 그에 비하여 외삼촌은 태연했다.

누이가 선물한 명주 수건을 목에 동인 외삼촌은 제작진에게 자기 목을 가리키며 컬컬한 목소리로, 전날 밤에 갑자기 감기가 와서 목을 버렸다며, 자기 대신 소리할 새 젊은 명창 한 사람을 데리고 왔다고 말했다. 제작부장은 당황하여, 칠십대 중반인 김창환에게 언성을 높여 "출연 시간이 딱 임박해서야 이러시면 어쩝니까?" 하고 나서, 흰 두루마기 차림을 한 그의 위아래를 훑어보며 난감한 목소리로 말했다.

"오늘 새벽에라도 전화로 미리 말씀을 해주셨으면 다른 명창을 섭외했을 텐데……."

김창환이 데리고 온 새파란 젊은 명창이라는 사람의 소리를 믿을 수 없다는 것이었다. 김창환은 빙긋 웃으면서 자신만만하게 말했다.

"한번 시켜보면 잘했다는 생각이 들 것이요. 이 젊은 명창, 이름이 임방울인데, 사실은 내 생질이요. 이름이 널리 안 알려져서 그렇지, 사실은 나보다 훨씬 더 목이 좋소. 내일 전국명창대회에 나갈 터인데 틀림없이 장원을 할 것이오. 그렇게 되면, 경성방송국 제작자들이 전국명창대회에서 장원한 명창 소리를 미리 훔쳐 방송한 것이 될 것 아니오? 좌우간에 내 말만 믿고 시켜보시오."

임방울은 외삼촌이 자기를 '임방울'이라고 소개하는 데에 깜짝 놀랐다. '방울'은 어린 시절의 별명이고, 그는 지금까지 임승근이란 호적 이름으로 불리고 있는 것이었다.

난처해진 제작부장은 찜찜하여 고개를 갸웃거리면서도 당장 다른 명창을 구할 수 없으므로, 어찌할 수 없이 그를 마이크 앞에 세울 수밖에 없었다. 그가 마이크 앞에 서자 고수 또한 얼굴을 찌푸렸다. 신출내기인 키 작달막한 그가 탐탁지 않다는 듯 위아래를 훑어보았다. 그는 먼저 '호남가'를 부르고, 두 번째는 '쑥대머리'를 부르겠다고 말했다.

제작 기술진이 준비를 하는 동안 그는 눈을 감았다. 가슴을 펴고 심호흡을 거듭하며 천지신명에게 거듭 빌었다.

'제가 늘 하여온 대로만 소리를 하게 해주십시오.'

입술이 말랐다. 혓바닥으로 군침을 우려내어 마른 입술에 침을 바르고 몸의 긴장을 풀었다. 어머니의 목소리가 들려오는 듯싶었다.

'너를 가질 때 달을 품었더니라. 니 소리에는 달의 정령이 들어 있어야.'

소리 속에 들어 있는 달의 정령이란 무엇인가. 둥그렇게 떠올라서 세상의 어둠을 밝혀내는 통성*이고 천구성이다. 하늘과 땅을 뒤흔들어놓을 계면조*의 한스러운 애원성*. 사람들의 폐부를 닳게 하는 찬 물줄기 같은 촉기觸氣 어린 수리성*이다.

아나운서가 소개를 하자마자 제작부장의 신호가 떨어졌고, 고수가 '두리리 덩더둥' 하고 마중 장단을 매끄럽게 쳐주었다. 임방울은 소리를 하기 시작했다.

"함평천지, 늙은 몸이 광주 고향을 보랴 허고 제주 어선 빌려 타고 해남으로 돌아들 적……."

고수는 자기도 모르는 사이에 그가 토해내는 소리 속으로 몰입해 들어가며 "얼씨구!" 하고 추임새를 넣으면서 장단을 먹었다. 그의 소리는 장강처럼 도도하게 유유히 흐르다가 폭포수처럼 시원스러우면서도 아슬아슬하게 떨어졌다. 물보라로 무지갯살을 펼치며 떨어진 소리는 소쿠라지고 펑퍼지다가 굼실거리면서 유유히 흘렀다.

'호남가'가 끝났을 때, 제작부장과 고수의 눈이 마주쳤다. 고수가 고개를 끄덕거려주었고, 제작부장도 고개를 마주 끄덕거렸다. 아나운서의 재청 소개가 있은 다음, 제작부장이 고개를 끄덕거리며 다시 한 대목을 부르라는 신호를 했고, 그는 '쑥대머리'를 이어 불렀다. '호남가'를 할 때와 달리 소리가 한층 그윽하면서도 힘차게 고양되고 격앙되었다. 피맺힌 천구성으로 치올라가고 꺾이어 곤두박질치는 통성과 수리성의 굽이굽이에 애원성의 촉기 어린 신명이 끼어들었다. 그 소리에 간과 심장과 항문의 괄약근과 전립선과 겨드랑이와 오금이 아리고 저린 고수는 온몸을 들썩거리면서 추임새와 장단을 먹었다. 아나운서의 삼청에 따라 그가 '가난타령'을 부르고 났을 때, 우려하던 제작부장이 얼굴을 활짝 펴고 김창환을 향해 말했다.

"아니, 어디서 이런 명창을 데려왔소? 김 명창 어르신, 정말이지 감사합니다. 이 임방울 명창 목소리, 하늘에서 구해 온

알 수 없는 금방울 은방울을 흔들어대는 것 같소."

외삼촌은 너털거리며 "아, 그래서 이름이 임방울이라요!"
하고 말했다.

방송국을 뒤로하고 계동으로 돌아가면서 외삼촌이 그에게
말했다.

"너 앞으로 예명을 아주 임방울이라고 해버려라. 임승근이
는 촌스러워서 못쓴다. 명창대회 나갈 때부터 아주 임방울이란
이름으로 접수를 해라."

전국명창대회가 한창 진행되고 있었다. 그는 무대 뒤에서
차례를 기다리고 있었다. 출연한 사람들은 모두 토막소리 한 대
목씩을 자기의 기량껏 부르고 내려가곤 했다. 제법 잘하는 출
연자가 있는가 하면, 목이 막혀 높은 소리를 내지 못한 채 낭
패를 당하는 출연자도 있었고, 숨과 박을 놓치고 당황하는 출
연자도 있었다.

그는 전날 방송국에 출연하여 한 차례 검증을 받은 까닭으로
자신감이 생겨 있었지만, 차례가 다가올수록 가슴이 설레면서
우둔거리는 것을 어찌할 수 없었다. 그의 출연은 맨 마지막이었
다. 순서를 정하는 제비뽑기에서 하필 맨 마지막 차례를 차지했
는데, 그것은 그에게 유리할 수도 있고 불리할 수도 있었다.

극장 대기실에까지 관객들의 숨결 소리, 기침 소리가 들려 왔다. 관객들은 극장 안에 가득 차 있었다. 송곳 하나 꽂을 자리가 없었다. 모두가 내로라하는 귀명창들이었다. 드디어 그의 차례가 왔고, 사회자의 목소리가 들려왔다.

"이 대회 마지막으로 출연할 명창은 전라남도 광산군 송정리에서 온 임방울 씨입니다! 불러줄 대목은 〈춘향가〉 중의 더늠* '쑥대머리' 입니다."

그는 한 차례 심호흡을 하여 설레는 가슴을 달래며, 이를 지그시 물고 무대 한가운데로 나아갔다. 고수가 방석 위에 꼿꼿한 자세로 앉아 그를 맞았다. 그 고수는 전날 경성방송국에서 만난 사람이었다. 세모꼴 얼굴에 코가 주먹처럼 뭉툭한 중년. 그는 속으로 반가웠다. 마른 입술에 침을 발랐다. 전날 길을 들여놓은 상대인 만큼 만만하게 느껴졌고 속이 편안했다. 장내를 가득 매운 객석에서는, 귀명창 수백 명의 반짝거리는 눈초리와 귀들과 빛을 반짝 되쏘는 이마들이 그를 향하고 있었다. 객석 앞줄에는 내로라하는 명창 심사위원들이 앉아 있었다. 그 가운데는 외삼촌인 김창환도 있었다. 객석의 관중은 긴긴 시간 동안 앉아 있었으므로 이제 지쳐 있었다. 그는 입술에 침을 바르고 심호흡을 했다. 저들의 지친 귀 속에, 촉기 어린 차갑고 신선한 소리를 지하에서 갓 흘러나온 생수처럼 뿌려주어야 한다.

명창대회를 앞둔 그는 송정리 뒷산의 정봉에 올라가서 짙푸른 하늘과 수억만 개의 나무와 풀들을 향해 소리 독공을 하곤 했었다. 지금 앞에 앉아 있는 것은 사람들이 아니고 나무나 풀들이라고 생각했다. 그가 소리를 하면 나뭇잎, 풀잎들이 모두 손을 저으며 환호하곤 했었다. 지금 내 앞에 앉아 있는 심사위원들이나 관객들 가운데서는, 아무도 나만큼 소리 잘하는 사람이 없다. 내가 오직 최고의 명창 소리꾼이다. 어머니의 말이 떠올랐다.

'너를 가질 때 달을 품었더니라.'

다시 심호흡을 하고 나서 군침을 꿀꺽 삼키고 나자 우둔거리던 가슴이 가라앉았다.

고수가 거연하게 '더리리 덩더둥' 하고 마중 박을 울렸다. 그는 숨을 한껏 들이마셨다가 "쑥대머리 구신 헨용" 하고 첫 소리를 뺐다. 웅혼한 남성적인 통성이 천구성으로 이어졌다. 전날 한 차례 그의 소리를 귀에 익힌 바 있는 고수는 제꺼덕 중모리 박으로 소리를 받쳐주었다.

"적막 옥방의 찬 자리에 생각난 것이 임뿐이라 보고지고 보고지고 한양낭군 보고지고 오리정 정별 후에……."

그의 촉기 어린 천구성은 흙탕물 속에서 솟아오르는 향 맑고 차가운 생수처럼 관중의 귀를 향해 날아갔고, 쩌릿한 전류처럼 그들의 청각을 자극했다. 무더운 여름 한낮의 소나기 지나간 다음 먹구름 속에서 찬란하게 뻗어 나오는 햇빛 같은 소리였다. 그 소리는, 하늘의 금방울과 은방울을 흔들어대는 듯싶은, 결 고운 무지개 색깔의 화사한 무늬를 객석의 귀명창들의 영혼 속에 퍼뜨려주고 있었다.

객석의 귀명창들은 단박에, 그의 젖힌 목과 꺾어 올리고 내리는 미성과 계면조의 아릿한 슬픈 애원성에 매료되고 있었다. 그들의 가슴과 온몸의 모공과 세포와 오장육부 속으로 여름의 차고 시원한 물줄기 같은 참신한 소리가 금침金針처럼 내리꽂히고 있었다. 관객들의 겨드랑이와 오금과 사타구니에 새콤하면서 달콤한 전율이 일었다. 그것은 오르가슴처럼 그들을 진저리치게 했다. 그 귀명창들은 자신들도 모르는 새에 무릎장단을 먹이면서 '좋다', '그렇지', '잘하네', '얼씨구' 하고 신음과 절규 비슷한 추임새를 넣었다. 객석의 귀명창들 가운데 몇몇은 이미 전날 라디오 방송에서 들은 소리를 기억해냈다. 그들은 무릎장단을 치면서 목청 높여 추임새를 먹였다.

"……손가락에 피를 내어 사정으로 편지헐까……."

그의 차다찬 황금색깔의 촉기 어린 슬픈 수리성은 지하 천 길 속의 뜨거운 기운 솟구쳐 오르는 지령음, 하늘을 휘감는 알 수 없는 무지개색깔의 신들린 신화 같은 광휘를 그려내고 있었다.

"내가 만일, 님을 못 보고 옥중고혼이 되거드면 무덤 앞에 섰는 돌은 망부석이 될 것이요, 무덤 근처에 섰는 나무는 상사목이 될 것이라, 생전사후 이 원통을 알아줄 이가 뉘 있더란 말이냐, 퍼더버리고 울음 운다."

그가 소리를 끝냈을 때 관중은 박수를 치면서 발을 구르고 환호성을 질렀다.

"네가 일등 먹어버렸다."

"니가 장원이다!"

"앙콜!"

"한 번 더 해라."

"앙코올!"

관중의 열화 같은 환호성으로 인해 극장 바닥이 꺼지고 천장이 무너지는 듯했다. 지축이 흔들리고 있었다. 사회자는 어찌할 수 없이, 전국명창대회에서는 있어본 적이 없는 재청을 받아들였다. 안으로 들어가려던 임방울은 사회자의 손에 이끌려 무대 앞으로 나왔다. 무엇을 한 대목 더 불러주겠느냐는 물음에, 그는 '호남가'를 하겠다고 했다. 사회자가 "두 번째로 불러줄 소리는 '호남가'입니다." 하고 관중에게 말했다. 장내가 떠나가는 듯한 박수 소리와 발 구르는 소리로 들썩였다. 그가 '호남가'를 부르고 나자 관객들은 광적으로 삼창을 하라고 외쳐댔

다. 사회자가 어찌할 수 없이 삼청을 받아들였고, 그는 〈수궁
가〉 중에서 '토끼 화상 그리는 대목'을 불렀다.

"화사를 불러라, 화사를 불러들여, 토끼 화상을 그린
다……."

누구를 위해 소리를 하느냐

나이 일흔다섯이지만 영육이 아직 꿋꿋하고 청초한 외삼촌 김창환이 흰 두루마기 차림에 검정 갓을 쓴 채 그를 데리고 종로 북편 언덕의 어둠 자욱이 깔린 긴 골목으로 들어섰다. 집들은 기와지붕의 처마들을 다닥다닥 대붙이고 있었다. 오불고불한 길을 한참 가다가 으리으리한 기와집의 솟을대문 앞에 이르렀다. 대문 한쪽에 걸려 있는 불그죽죽한 주등이 어둠을 눅이고 있었다. 기와집의 처마와 울안의 곳곳에는 울긋불긋한 초롱들이 걸려 있었다. 머리에 하얀 수건을 동이고, 흰 바지저고리에 쪽빛 조끼를 입은 중노미들이 바쁘게 왕래하고 있었다. 흰 와이셔츠에 나비넥타이를 하고 검은 양복을 입은 키 헌칠한 지배인이 들어서는 김창환을 알아보고 안쪽 방으로 안내했다.

방안에는 검은 양복 차림을 한 두 남자 손님이 마주앉아 있고, 앳된 기생 둘이 그들 옆에 대붙어 앉아 있었다. 임방울을 데리고 들어선 김창환은 아랫목의 몸집이 오동통한 데다 앉은 키가 큰 단아한 얼굴의 사십대 중반의 남자를 향해 무릎을 꿇고 절을 했다. 소리광대는 낮은 계급의 사람이므로 나이가 많을지라도 요릿집으로 초청해주는 손님에게 정중하게 큰절을 하는 것이었다. 단아한 얼굴의 남자는 절을 하는 상대가 나이 많은 소리광대인지라, 반가운 표정을 지으며 두 손으로 방바닥을 짚은 채 가볍게 고개를 숙여 답례했다. 임방울도 따라 그 남자에게 큰절을 했다. 그 남자는 거연하게, 그러나 부드럽게 웃으며 고개를 끄덕거려주었다. 그 남자는 김창환에게 마주앉은 하이칼라 머리의 앳된 남자를 소개했다.

"이 젊은이는 고향이 평안도 정주이고, 이름이 백석이야. 곧 일본에서 유학을 하게 될 귀재인데, 진즉부터 세상을 깜짝 놀라게 하는 시들을 거듭 써내고 있네."

백석은 김창환을 향해 허리와 머리를 굽혀주었고, 김창환은 두 손을 짚은 채 답례를 하고 나서 단아한 얼굴의 남자를 향해 말했다.

"오늘 대회에서 장원한 이 임방울 명창이, 사실은 제 생질 녀석입니다."

단아한 남자가 "으흠, 그래?" 하며 임방울을 흘긋 건너다보고 고개를 끄덕거리며 말했다.

"임방울이라, 이름이 아주 그럴듯하구나, 어디 오늘 장원한 그 소리가 어떤지 한번 들어보자."

임방울은 두 손을 짚은 채 고개를 조아리며 황송한 표정을 지었다. 김창환은 임방울에게 단아한 얼굴의 남자를 소개했다.

"이 어르신은 천하의 방응모 사장님이신데, 대단한 귀명창이시다. 앞으로 언제 어디서 부르시든지 기꺼이 달려가서 성심껏 소리를 들려드리도록 해라."

임방울은 새삼스럽게 몸을 일으키고 방응모에게 큰절을 했다. 방응모가 백석과 임방울을 향해 젊은이들끼리 수인사를 나누라고 말했고, 그들은 두 손을 짚은 채 맞절을 했다. 두 기생은 황홀한 눈으로 임방울의 얼굴을 흘긋거리곤 했다. 방응모가 기생들에게 김창환과 임방울에게 술을 따라 올리라고 하고 나서 말했다.

"어디…… 한번 들어보자."

기생이 윗목 구석에 있던 북을 김창환 앞으로 끌어냈다. 김창환은 술잔을 비우고 나서 북채를 잡고 임방울에게 부채를 건넸다. 임방울은 부채를 들고 일어섰다. 김창환은 두리리리둥더둥 하고 마중 장단을 쳤고, 임방울은 먼저 '호남가'를 불렀다. 방응모는 무릎장단을 먹이면서 어깨를 들썩이고 '좋다' 하고 추임새를 넣었다. 다음은 '쑥대머리'를 불렀다. 가끔씩 들려오던 이 방 저 방의 시끄러운 소리들이 잠잠해졌다. 임방울이 소리를 끝냈을 때 방응모가 임방울의 두 눈을 빤히 바라보며 문득 퉁명스럽게 물었다.

"예전 같으면, 그 소리를 임금님에게 들려드리고 나서 금팔찌를 받았을 터인데, 이제는 나라가 망했다. 그 소리를 누구에게 들려주고 누구에게서 금팔찌를 받아야 하느냐?"

임방울은 방응모의 날카롭게 뚫어보는 눈길에서 선뜩 아픔을 느꼈다. 순간 〈수궁가〉와 〈적벽가〉를 내려준 유성준 선생이 떠올랐다. 출타했던 유성준이 술에 취해 들어와서 그 말을 그에게 물었던 것이다. 그가 대답을 못하고 있자, 유성준은 '임금을 잃어버린 흰 옷 입은 백성들한테 소리를 들려주고 그 백성들한테서 금팔찌를 받아야지야.' 하고 말해주었다. 이후 그 말은 늘 그의 의식 속에서 고래 심줄처럼 단단하게 박힌 채 가끔 몸을 뒤척거리곤 했다. 그는 방응모의 눈길을 이마로 받으면서, 마른 입술에 침을 바르고 천천히 무거운 목소리로 말했다.

"흰 옷 입은 백성들한테 들려주고 그 백성들한테서 금팔찌를 받을랍니다."

술 한 잔을 들이켜고 나서 한동안 술잔 속에 담긴 청주를 들여다보고 있던 방응모가 "으흠, 흰 옷 입은 백성들한테서 금팔찌를 받을란다?" 하고 뇌까렸다. 그 술을 단숨에 들이켜고 난 방응모는 호주머니에서 지갑을 꺼내 지폐 여섯 장을 헤아렸다. 두 장을 김창환에게 주고, 넉 장을 임방울에게 주면서 말했다.

"그래, 그렇다. 지하 천 길 속에서 뿜어 올리는 생수 같은 네 소리 한 대목 한 대목으로…… 저 푸른 하늘을 잡고 뙈기를 쳐버리고 백성들한테서 금팔찌를 받아라."

죽음보다 깊은 잠

　해가 서쪽 하늘로 기울고 있었다. 불그죽죽한 비낀 햇살이 수묵으로 그린 듯싶은 가지 앙상한 매화나무와 토담과 방문 틈으로 날아들고 있었다.

　쪽색 두루마기에 다홍색 처네를 머리에 쓴 여인이 바야흐로 사춘기에 접어든, 흰 저고리에 검정 치마를 입고 털목도리를 한 딸과 함께 약을 지어 들고, 잘게 쪼갠 장작 짐을 짊어진 나무꾼을 앞세우고 병문안을 왔을 때, 그는 신열에 들뜬 채 비몽사몽 잠에 빠져 있었다. 바람 소리가 들리는 듯싶기도 하고, 사람의 숨소리와 두런거리는 말소리가 들리는 듯싶기도 하고, 바람벽에 비친 검은 그림자 같은 도깨비들이 허둥대는 모습이 보이기도 하고, 그의 혼령을 데려가려는 저승사자의 검은 갓과 두루마기 자락이 어른거리기도 했다. 그런가 하면 투명한 한낮의 대기 같은 세상이 보이기도 했다.

순한 젊은 아내는, 한때 자기의 남편을 차지하고 산 여인이 왔음에도 불구하고 싫은 기색 한 오라기도 보이지 않은 채 공손히 안으로 맞아들였다. 함애선이었다. 함애선은 그의 조용히 잠든 듯싶은 얼굴을 보고 슬픈 아니리*조로 말했다.

"선생니임, 애선이 왔소오. 눈 조끔 떠보시요이."

그녀는 애끓는 진양조 가락의 애원성으로 말을 이었다.

"아이고 아이고오, 아직도 그 무정한 깊은 잠을 자고 있으시오? 님이 온들 오는 줄을 아는가, 가면 가는 줄을 아는가."

헤어진 지 오래임에도 불구하고 그녀는 그의 젊은 아내를 아랑곳하지 않고 님이란 말을 거침없이 썼다. 한 손으로 그의 손 하나를 잡아당기고, 다른 한 손으로 딸의 손을 잡아다가 서로를 맞잡게 해주었다. 딸은 백합처럼 흰 칼라가 있는 까만 교복을 입고 있었고, 고운 눈매와 운두 높은 코와 도톰한 입술이 그의 그것들과 닮아 있었다.

"당신이 그렇게도 이뻐하던 달이도 왔응께 눈 뜨고 좀 봐보시오."

'달이'는 얼굴이 달덩이 같다 하여 그가 지은 이름이었다.

50

그의 눈에서 눈물이 흘렀다. 그는 그녀의 말을 다 듣고 있었다. 그녀는 몸이 포근하고 마음이 부드러웠다. 창극단을 이끌고 다니면서 두려워하고 외로워하는 그의 마음을 달래주던 여인이었다.

그는 여느 때 늘, 어느 누구에게도 털어놓을 수 없는 두려움과 외로움을 가지고 있었다. 그 두려움과 외로움은 많은 사람들이 모여 있는 한가운데서 더 곡진하게 그를 옥죄었다. 그녀를 끌어안고 오순도순 사랑의 말을 나누고, 사랑의 행위를 나누는 가운데서도 그 두려움과 외로움은 문득 가슴을 쓰라리게 하고 텅 비게 했다. 어느 날 문득 목과 소리를 잃어버리고, 사람들에게서 따돌림을 받고, 잊히게 될지도 모른다는 두려움과 외로움이었다.

어느 날 밤 꿈에, 그는 득음하지 못한 채 목과 소리를 잃고 한스럽게 살아가는 떠돌이 소리꾼이 되어 있었다. 사람들은 그를 거들떠보려고 하지 않았다. 그는 험준한 산골짝에서 무릎을 꿇고 앉은 채 목과 소리를 되살려보려고 애를 쓰다가 꿈에서 깼다. 이후 그 꿈이 되살아나 우울해지곤 했다. 아, 나는 전생에 그렇게 목과 소리를 잃은 채 한평생을 살았던 한스러운 소리꾼이었는지도 모른다. 그 두려움과 외로움으로부터 벗어나려고, 그는 틈만 나면 목과 소리를 잃어버리지 않으려고, 혼자서 그것을 입에 굴리고 흥얼거리곤 했다.

"뭣이 그렇게 쓸쓸하시요? 나한테 다 털고 풀어버리시오."

그녀가 그의 두려움과 외로움을 치유하려고 들었지만 그는 그녀에게 아무것도 털어놓으려 하지 않았다. 대신 문득 거품 같은 재담을 뱉어내곤 하는 것으로 스스로의 두려움과 외로움을 덮어버리려고 들었다. 속 모르는 사람들은 그를 낙천적인 재담가라고 말했다. 다른 사람들이 상상도 할 수 없는 엉뚱한 소리를 해서 좌중을 잘 웃기는 재담가. 그녀는 재담으로 좌중을 웃기곤 하는 그의 속마음을 금방 읽어내곤 했다.

그는 '인기병(人氣病)'이라는 알 수 없는 우울증을 앓고 있었다. 사람들의 시선이 자신에게 쏠리는 것이 좋으면서도, 그것을 끔찍스러워했다. "사람들이 나를 좀 못 알아봤으면 좋겠어." 하고 그녀에게 말한 적이 있었다. 동료 소리꾼들의 질시 어린 눈길과 시샘이 지겨웠다. 협률사 사람들이 공연을 성공적으로 이끌기 위해 그의 인기에 기대려 하는 것이 두려웠다.

'그래, 내가 다 해낼 수 있어.' 하는 자신감이 속에서 용솟음치곤 하지만 알 수 없는 불안감이 그를 늘 괴롭혔다. 어느 날 갑자기 내가 꾀꼬리 소리 같은 고운 목과 소리를 잃은 대신 까마귀 소리나 뜸부기 소리나 비둘기 소리를 하게 되고, 사람들이 내 소리를 싫어하면 어찌할까. '저 사람, 소리가 완전히 끝장나버렸네.' 하며 나에게 원고개를 틀고 떠나가면 어찌할까. 문득 그 생각이 들면 그는 제꺽 〈적벽가〉나 〈수궁가〉나 〈춘향가〉 중에서 가장 부르기 어렵다고 생각했던 부분, 잘 잊어버리곤 하는 부분을 홍얼거리곤 했다. 그리하여, 그의 입은 잠을 잘 때 말고는 가만히 쉬고 있지를 않게 되었다.

그녀가 그의 손을 잡아 흔들며 말했다.

"창극단 공연 광고에 선생님 이름이 안 보이고, 동무들이 어울려 있는 자리에서도 선생님이 없은께 세상이 썰물 진 갯벌 같고, 하늘하고 땅하고가 잘못 돌아가는 것 같어라우. 얼른 털고 일어나서 그 까만 세루 양복 입고 나와서 멋들어지게 관객들을 휘어잡고 소리를 좀 하시오."

그녀의 매혹적인 비음이 그의 가슴을 아릿하게 했다. 그녀의 눈에서 눈물이 흘렀다. 그녀는 두 손으로 그의 손과 볼과 이마와 눈을 어루만지고 쓰다듬었다. 그의 젊은 아내는 그녀의 등 뒤에서 석상처럼 앉아 있었다.

그녀는 주머니에서 지폐 몇 장을 꺼내 젊은 아내의 손에 쥐어주고 나서, 하직인사를 하려고 그의 두 손을 모아 잡았다.

그는 그녀에게 두 손을 잡힌 채 꿈같은 기억 속으로 빠져들어갔다.

한 많은 늙은 명창

협률사 광대들은 송정리 앞 가을걷이 끝난 논바닥에 포장을 치고, 그 안으로 인근 마을 사람들을 불러 모아 가야금을 켜고 풍물을 치고 줄타기를 하고 판소리를 불렀다. 꼴머슴을 살던 어린 임방울은 협률사의 굿에 마음을 빼앗겼다. 협률사의 가설극장에서 들려오는 풍물 소리, 새남 소리, 가야금 소리, 구성진 판소리 가락이 뼈를 녹이고 간을 저릿저릿하게 했다. 그는 일찌감치 송아지의 꼴을 베어다 외양간에 놓아두고, 부엌에서 식은 밥을 훔쳐 먹고, 포장을 몰래 들치고 들어가 굿을 보았다.

두 남자가 무대 앞 땅바닥에 양철 기름통을 놓고, 솜방망이를 거기에 담가 불을 붙여 무대를 밝혔고, 무대에 올라간 소리꾼들이 객석을 향해 소리를 했다. 그 소리가 환장하게 좋았다. 소리꾼들은 '호남가', '명기명창' 따위의 단가나, 〈흥부가〉〈춘향가〉〈수궁가〉〈심청가〉 중에서 한 대목씩을 불렀다. 그 가운데 특히 그의 마음을 사로잡은 것은 기생 차림을 한 앳된 소녀였다. 그녀는 풍물굿을 할 때면 너울너울 춤을 추고, 가야금 연주가 끝나면 맨 먼저 나와서 '육자배기'를 불렀다. 그녀의 너울거리는 춤사위와 가느다란 목소리가 그의 가슴을 바투 잡아 조였다. 그의 몸은 그 소녀가 추는 춤에 따라 너울거려지고, 그의 가슴은 그녀가 소리를 함에 따라 뜨거운 김을 뿜어내곤 했다. 그녀는 나주로 시집간 삼례를 닮았다.

공연을 하지 않는 한낮에 가설극장 옆으로 가보았는데, 포장 안에서 한 남자의 목소리와 소녀의 목소리가 번갈아 들려왔다. 남자는 '호남가'를 한 소절씩 불러주고, 소녀는 그것을 따라 배우고 있었다. 나도 들어가 배우겠다고 할까. 나를 받아줄까. 어디인가를 갔다가 오던 한 남자가 "너 거그서 뭣을 하고 있냐, 어서 가!" 하고 그를 내쫓아버렸다. "나도 같이 소리를 배워가지고 따라다님서 굿을 하면 안 될까라우?" 하고 말하고 싶었지만, 말이 나오지를 않았다.

송정리에서 공연을 마친 협률사가, 황소가 끄는 수레에 포장과 말뚝들을 싣고 광주로 옮겨 갈 때, 그는 우두커니 서서 그들을 바라보았다. 협률사의 소녀가 그의 넋을 잡아끌고 있었다. 그의 몸은 빈 자루처럼 헐렁헐렁해져 있었다. 가슴이 아리고 저렸다. 내가 저들을 따라가고 없으면, 어머니가 얼마나 슬퍼할까. 참고 눌러앉아 있자니 가슴이 견딜 수 없이 아렸다.

그는 결단을 내렸다. 어머니를 외면하고, 그 소녀를 가까이에서 보며 그녀와 더불어 소리를 배우고 춤을 추면서 살기로 했다. 무작정 수레 뒤를 따라서 갔다. 수레를 발밤발밤 뒤따라가는 동안, 어머니에 대한 배반의 쓰라림과 어머니와의 이별에 대한 아픔이 그의 정수리와 폐부와 겨드랑이와 괄약근을 훑었다.

"너 거그서 뭣을 하고 있냐, 어서 가!" 하고 그를 내쫓던 이마 번들거리고 배불뚝이인 남자에게서 함께 다녀도 된다는 허락을 얻지도 않은 채, 그는 광주천 모래밭의 공터에 포장 치는 일을 도와주고 국밥을 얻어먹었다. 가설무대 짓는 것도 도와주었다. 가설극장을 다 지어놓은 다음에는 풍악꾼들이 시내를 돌면서 선전을 했다. 그 뒤를 따라 다니면서 기생 차림의 소녀가 노는 굿을 구경했다. 마치 굿패와 한 식구이기라도 한 것처럼 신명이 났다.

관객들 속에 앉아 굿을 보면서 소리를 따라 했다. 몸이 공중으로 붕 떠오르는 듯싶었다. 기생처럼 단장한 소녀의 소리를 들을 때나 여성 춤꾼의 춤을 볼 때면 간이 오그라드는 듯싶었다. 관객들은 박수를 치면서 환호했다. 자기도 장차 소리를 배워 가지고 무대 위에 올라가 관객들을 사로잡는 소리를 하리라

했다. 무지갯살처럼 곱고 아름다운 미래 속으로 빠져들었다.

누님들이 셋인데, 그들은 모두 광주의 권번으로 소리와 춤을 배우러 갔다. 어머니는 굿이 없는 날은 방안에서 맥이 빠져 뒹굴지만, 굿이 있을 때는 아침 일찍 하얗게 소복을 하고 나갔다가 이튿날이나 그다음 날 아침에 돌아오곤 했다. 아버지와 함께 굿을 하러 갈 때도 있지만 혼자서 갈 때가 더 많았다.

어머니와 아버지는 늘 아들인 방울이 때문에 싸우곤 했다. 어머니는 방울이에게 소리를 가르치려 하는데, 아버지는 아들한테만은 무업이나 역마살을 물려주지 않겠다면서 농사를 가르치려고 들었다. 어머니는 아버지를 추궁했다.

"아이고, 언감생심, 엉덩짝만 한 논밭 한 뙈기도 없는 주제에 무슨 농사꾼을 만든다고 그러요?"

아버지는 어머니에게 신경질적으로 말했다.

"소리 그것 배워봤자 역마살만 들어서 떠돈다고……. 또 소리를 제대로 해서 명창 소리를 듣게 되면 모르지만, 반거들충이가 되면 결국 이 못난 애비같이 박수무당 노릇이나 하게 되고, 남의 북 장구나 쳐주러 댕기게 된단 말이여……. 나는 죽어도 그 꼴 못 보네."

아버지는 임방울을 부잣집으로 데리고 가서 꼴머슴으로 말기면서 "좌우간에 진득허니 엎드려 착실하게 꼴이나 베어다주면서 삽질도 배우고, 괭이질도 배우고, 쟁기질도 배우고, 도리깨질도 배우고 그래라." 하고 말했다. 임방울은 도리질을 하고 이를 악물었다. 자기는 농사꾼이 되지 않겠다고 생각했다.

한 패가 풍물을 치고, 다른 한 패가 줄을 타고, 또 다른 한 패가 가야금을 탄 다음 늙은 명창과 기생 차림의 소리꾼이 소리를 했다. 그는 소리하는 그 명창들의 눈에 띄려고 애를 썼다. 협률사의 늙은 명창과 기생 차림의 소리꾼은 사실은 겨우 토막소리 한두 대목만 할 줄 아는 또랑광대*에 지나지 않았지만, 그의 눈에는 대단한 존재로 여겨졌다. 굿을 하지 않고 쉴 때면 그 명창에게서 소리를 배울 참이었다.

늙은 명창은 굿판이 끝난 다음에는 술을 마셨다. 술에 취하면 절망적으로 투덜거리면서 비틀거렸다. 말을 붙여볼 수도 없었다. 늙은 명창은 그를 혼란스럽게 했다. 무대 위에 올라가서 의젓하게 소리를 하는 모습과 술에 취해 비틀거리는 모습은 전혀 딴 사람의 것이었다. 그는 늙은 명창이 비틀거릴 때 한쪽 팔을 어깨에 걸치고 부축해주곤 했다. 그 명창이 그에게 취한 목소리로 물었다.

"어디서 온 놈인데 내 앞에서 자꾸 어릿거리는 것이냐?"

그는 통사정하듯이 말했다.

"명창 어르신한테서 소리를 배우고 싶구만이라우."

늙은 명창은 흥 하고 콧방귀를 뀌었다.

"나보고 명창이라고?"

늙은 명창은 도리질을 하며 자조 어린 소리로 말했다.

"안 돼! 나 같은 놈한테서 배우면 절대로 안 돼. 술로 계집 질로 투전으로 목 다 버리고, 겨우 용개목으로 고비를 넘기곤 하는 나 같은 또랑광대한테서 배우면 너도 나 같은 신세가 돼 뿌러. 너같이 장래가 창창한 놈은 이동백이나 김창환 같은 진 짜 명창들을 찾아가서 배워야 한다."

어머니

　그가 가설극장 바닥을 빗자루로 쓸고 있는데, 하얀 소복을 하고 머리를 쪽쪄 올린 어머니가 찾아왔다. 어머니를 보는 순간 그는 도둑질을 하다가 들킨 것처럼 화닥닥 놀라 무르춤해졌다. 어머니는 말없이 그의 손목을 잡아끌고 가설극장 밖으로 나가더니 덥석 끌어안아버렸다.

　"아이고, 내 새끼! 아이고, 내 새끼!"

　어머니의 눈에서 흐르는 눈물이 그의 가슴을 적셨다. 그의 가슴속에서도 뜨거운 울음이 올라와 목구멍을 막았다. 어머니는 그의 손을 잡은 채 말없이 걸었다. 시내를 빠져나간 다음 오불꼬불한 들판 길을 건너갔다. 달이 동쪽 하늘에 떠 있었다. 달은 한쪽 볼이 일그러져 있었다. 졸졸 흐르는 냇물을 건넜다. 냇물 웅덩이 속에 빠진 달이 일렁거리고 있었다. 둘은 말없이 걷기만 했다. 말 없는 가운데 알 수 없는 말들이 두 사람의 가슴을 오가고 있었다. 어디로 가요? 아무 말 말고 부지런히 걷기나 해라.

담양 북면 쪽 어디론가 갔다. 들과 산들은 희부연 달안개 속에 잠겨 있었다. 먼 데 마을에서 개 짖는 소리가 들려왔다. 개 짖는 소리를 달이 삼켰다. 신화 속처럼 이슴푸레한 그 옛날의 밤, 강변의 갈대 숲 속에서 달과 남자를 함께 받아들이던 꿈을 생각하며 어머니가 이윽고 말을 뱉었다.

"아가, 너, 가끔 소리를 하고 싶은 기가 동하면 도저히 참을 수 없어서 그냥 미치고 환장할 것 같을 때가 있지야? 그렇지야? ……내 말이 맞지야, 잉?"

그녀의 말이 그의 가슴을 수런거리게 했고, 겨드랑이에서 귀뚜라미 소리를 만들고 있었다.

논둑에서 소 먹일 풀을 베다가 낫의 예리한 날에 손가락을 벤 적이 있었다. 서쪽 하늘에 저녁노을이 붉게 타고 있었다. 덩달아 그의 가슴이 타올랐다. 자기도 모르는 사이에 소리를 내질렀다. 육자배기도 아니고, 청춘가도 아니고, 시나위도 아니고, 범패도 아니고, 판소리도 아닌 소리였다. 눈앞에 오색 무지갯살이 펼쳐지고 있었다. 그 소리 때문이었다. 온몸에 힘이 솟구쳤다. 미친 사람처럼 악을 쓰듯이 소리를 내질렀다. 낫의 날에 베인 손가락에서 선혈이 솟구쳤다. 선혈 솟구치는 손가락을 붙잡은 채 그는 악을 쓰듯이 소리를 하고 있었다. 그때 그의 옆구리에서 귀뚜라미 소리가 흘러나오고 있었다.

어머니가 내 속을 어떻게 알고 있을까. 한동안 침묵하면서 걷던 어머니가 말을 이었다.

"태어나기를 역마살이 낀 채 태어난 사람은 그것을 풀어야 산단다. 소리로 풀든지 춤으로 풀든지 굿으로 풀든지…… 좌우간 사람은 점지된 대로, 생긴 대로 살아야 쓴단다."

먼 데 마을에서 다시 개 짖는 소리가 들렸다. 그 소리를 들판의 맑은 안개와 하늘의 달이 먹어 치웠다. 얼마쯤 가던 어머니가 다시 말을 이었다.

"너 살아봐라. 길을 두고 메로 갈 수는 없대이. 절대로, 절대로……. 내가 너를 가질 때 샛노랗고 둥그런 달을 품었어."

한밤중이 가까워서 이른 곳은 큰 마을의 산 밑에 있는 외딴 기와집 대문 앞이었다. 대문은 방긋이 열려 있었다. 어머니는 그의 손을 이끌고 사랑채 마당으로 들어섰다. 사랑방 문에 불빛이 어려 있었다. 어머니가 인기척을 하고 방문을 열쳤다. 방 안에 누워 있던, 반백 머리의 체구 작달막하고 얼굴이 달걀 모양으로 동글납작한 남자가 소스라쳐 일어나 앉았다. 그는 그 남

62

자를 보는 순간, 어디선가 본 듯하다 싶었다. 어디에서 보았을까. 꿈에서 보았을까.

어머니는 그를 이끌고 방안으로 들어섰다. 윗목 구석에 있는 소태기름 등잔불이 어머니의 치맛자락이 안고 들어간 바람으로 인해 몸을 비틀어 꼬았다. 방의 윗목 구석에는 소리 북과 북채가 방석 위에 놓여 있었다.

"이 사람이, 뭔 일이란가, 잉!"

어머니를 쳐다보며 반색하는 남자의 이마와 양쪽 볼에 잔주름이 잡혔다.

"이 세상에 태어나서 소리를 하고 싶어 환장하는 놈 하나가 허허벌판에서 헤매는디, 달 같은 신명을 품고 사는 당신이 아무런 낌새를 못 챘다면 사람이 아닌 것이지라우."

퉁명스러운 어머니의 말에 머리 반백의 남자는 코를 찡긋하면서 그의 얼굴을 돌아보았다. 날아온 그 남자의 눈길로 인해, 그의 얼굴 살갗은 파리가 기어가는 것처럼 근실거렸다. 머리 반백의 그 남자가 무뚝뚝하지만 다정다감한 목소리로 말했다.

"아닌 밤에 홍두깨라더니……."

어머니가 주머니에서 지폐 두 장을 꺼내 남자의 무릎 앞에 놓으면서 무뚝뚝하게, 그러나 정감 어린 목소리로 말했다.

"복채요. 쌀 시 가마니 값인께 새끼 굶기지 말고, 괴기랑 사

멕여감서 소리 내려주시오……. 피가 피인디 어찌하겄소? 힘
껏 잘 거두시오……. 초라니패들 방불한 협률사 따라 다니면
서, 포장 쳐주고 말뚝 박아주고 빗자루 들고 마당 쓸고 있는 것
을 붙잡아 끌고 왔소."

한동안 침묵이 흘렀다. 남자가 침묵을 깼다.

"나한테 두어선 안 돼…… 또랑광대나 박수무당밖에는
안 돼."

"아니라우, 나는 당신 목소리가 제일 좋아라우. 여기 두고
갈라니께 목소리나 만들어준 다음 손이 닿는 대로, 공창식이한
테 붙여주든지 유성준이한테 묶어주든지 알아서 하시오…….
그럼 나는 가요."

이 말을 남기고 어머니는 몸을 일으켰다. 그가 따라 일어나
려 하자 어머니가 그의 어깨를 힘껏 눌러 주저앉혔다. 어머니
가 문을 열고 나가자 등잔불이 심하게 움칠거렸다. 그림자들이
바람벽에서 도깨비들처럼 일렁거렸다. 어머니는 등잔불을 흔들
리게 한 치맛자락을 펄럭이며 아까 밟아오던 달빛 깔린 들판 길
을 되밟아 돌아갈 것이다. 혼령 같기도 하고 천사 같기도 한 그
녀 모습이 머리에 선명하게 그려졌다.

소리의 맛

반백 머리의 체구 작달막한 그 남자는 그에게 잘하는 소리를 한번 해보라고 했다. 그는 귀동냥으로 익힌 '쑥대머리'를 했다. 남자가 다 듣고 나서 말했다.

"목화밭의 무에 단맛이 들듯이, 담근 김치에 새곰하고 고소한 맛이 들듯이, 끓인 국에 그윽한 손맛이 들듯이…… 소리에는 맛이 들어야 한다. 그냥 밋밋하게 하는 소리는 맹물처럼 밍근하고 덤덤한 맛이다. 소리의 굽이굽이에 곡진한 맛이 들어야 한다. 겉절이와 고등어 살에 간이 들듯이 소리에도 간이 들어야 한다. 꽃이 향기를 풍기듯이 소리도 향기를 풍겨야 한다."

남자가 눈살을 찌푸리고 말을 이었다.

"그런디, 니 소리는 타고난 소리일 뿐 공력이 들어간 소리가 아니다. 공력이 들어간 소리는 혀로 입천장으로 목구멍으로 콧구멍으로 짓는 말마디와 말마디 사이에, 배에서 뿜어내는 숨결 사이사이에 구성지게 맺고 푸는, 당사실 같고 명주실 같은 결과 무늬가 들어 있어야 하는 법이다. 말의 마디마디 속에 들어 있는 감정에 따라 젖혀 올리는 목, 꺾어 올리거나 내리는 소릿결, 하늘 닿게 치올리는 찬물 같은 성질이 들어 있어야 하는 것이여."

한동안 그의 얼굴을 들여다보던 남자는 "필요한 데가 있으면 언문으로 써가면서 공부해라. 언문 읽고 쓰는 것은 투리*를 했겠지야?" 하고 말하며 공책과 연필을 주었다. 남자는 북을 앞에 놓고 한 소절씩을 부르고 나서 그에게 그대로 따라 해보라고 했다. 성춘향과 이몽룡이 광한루에서 만나는 대목부터 시작했다.

한 대목을 가르치고 나서 북채를 잡은 채 말했다.

"자고로 소리꾼이 소리로 표현을 하는 것은 예사로운 소리가 아니다. 이면을 잘 그려놓고 본질로 들어가야 하는 것이여. 질펀한 강물이 중중 흘러가는 것이 보이게 해놓아야 하고, 그 속에 물고기들이 살아야 하고, 산 그림자와 구름 그림자와 꽃 그림자가 어리게 해야 하고, 물새들이 날아와 앉아 물고기 사냥을 하게 해야 하고, 그 위에 다리를 놓아야 하고, 그 다리 위로 사람이 너울너울 걸어가게 해야 한다. 소리를 듣는 사람은 소리꾼이 이면을 그려주는 대로 머리에 그 상황을 그리는 것이여. 소리꾼은 첫째 목소리 치레를 해야 한다. 통성으로 불러야 할 때는 통성으로 부르고, 입을 크게 벌리고 아구창으로 불러야 할 때는 아구창으로 부르고, 배창자 속에서부터 피를 짜내는 것같이 부를 때는 또 그렇게 짜내 부르고, 한스러운 귀신이 우는 듯한 애원의 귀곡성을 낼 때는 피울음 같은 한을 가득 담아서 불러야 하고, 옹달샘 천장에서 물방울 하나가 표롱 떨어지는 소리를 낼 때는 또 그렇게 내어야 하고, 사람 몸뚱이가 들락거릴 만치 큰 독 속을 울리거나, 거대한 동굴을 울리고 나오는 것 같은 웅혼한 소리를 낼 줄 알아야 하고……."

남자는 몸종인 방자가 상전인 이몽룡을 희롱하는 대목을 가르쳤다.

"소리바탕에서는…… 몸종이라고 해서 상전한테 너무 설설기기만 하면 못쓴다. 몸종이 슬쩍슬쩍 상전을 가지고 놀아야 헌다. 그래야 관객들이 통쾌해하는 것이여……. 나중에 누구한테 배우든지 〈수궁가〉를 배우게 될 터인데, 용왕과 토끼가 말을 주고받을 때에도 토끼가 용왕을 가지고 놀아야 하는 것이여."

남자는 익살과 해학을 가르치고 한스러운 소리를 가르치고 그 한스러움을 푸는 지혜를 가르쳤다.

"소리꾼은 둘러앉은 관중의 마음을 쥐락펴락해야 하는 것이여. 자고로 소리꾼은 자기가 앉은자리에 떠도는 공기의 결과 무늬를 따라 소리를 해야 하는 것이지만, 그 소리로 관중을 사로잡아야 한다. 웃음도 주고 눈물도 주어야 하는 것이여. 눈물을 주려면, 간을 닳아지게 하는 슬픈 계면조를 뱉어낼 줄 알아야 한다. 애원성을 토해내되 절대로 노랑목*을 써서는 안 된다. 천구성과 수리성에는 중환과 정수리를 찌르는 금침같이 낭창거리는 한 맺힌 촉기가 들어 있어야 한다. 촉기는 뭣이냐 하면, 귀뚜라미라는 놈한테 더듬이가 있지 않으냐? 그것같이 사람의 감정을 긁어주는 것이여. 그렇다고 감정을 콕콕 찌르는 소리만 해서는 안 되고, 사람을 편안하게 하는 수리성을 쓸 줄도 알아야 한다."

그는 먹물을 먹지 않아 생각이 확실하지는 않지만, 생래적으로 아름아름한 기름진 사념의 밭을 가지고 있었다. 그 남자가 일러주는 말들은 그의 밭에 떨어지자마자 싹이 터 자라났고 곧 숲을 만들었다. 소리에 굶주려 있던 그는 가르쳐준 대목을 익히고 또 익혔다. 소리를 하고 나면 배가 고팠다. 남자의 부인이 지어낸 밥을 달게 먹었다.

그는 오래지 않아 소리 선생인 그 남자의 마음이 변덕 심한 날씨처럼 자주 변한다는 것을 알아차렸다. 어떤 때는 맥이 빠진 채 우울해했다가, 어떤 때는 술을 마신 듯 화색이 돌면서 유쾌해하였다. 우울해할 때는 소리 한 대목 가르치는 것을 힘들어하고 짜증을 내는데, 얼굴에 화색이 돌 때는 소리를 기운차게 했고, 허허허 하고 웃어대곤 했다. 한 달쯤 지났을 때 그는 소리 선생인 그 남자가 몰래 아편을 한다는 사실을 알아차렸다. 그 남자에게 오래 의탁할 수 없다고 생각했다. 그 남자에게서 떠나가려면 하루 빨리 그 남자가 알고 있는 모든 것을 배워야 한다고 생각했다. 그는 우울해진 그 남자가 아편을 하기 위해 자리를 비우면, 그날 배운 것을 공책에다가 깨알 같은 글씨로 적곤 했다. 적은 것을 보면서 익히고 소리를 되짚어 하고 다시 되짚어 했다.

성춘향과 이몽룡이 만나 사랑을 나누는 대목, 오리정에서 헤어지는 대목, 변 사또가 부임하고 기생점고를 한 다음 춘향이를 옥에 가두고, 어사가 된 이몽룡이 거지 차림을 한 채 남원으로 내려오다가 박석고개에서 춘향의 한스러운 편지를 가지고 한양으로 가는 방자와 상면하는 대목, 한밤중에 향단이와 더불어 치성을 드리는 춘향 어머니가 거지 차림의 사위를 맞이하는 대목, 더늠인 '쑥대머리', 거지 행색을 한 이몽룡이 춘향이의 면회를 하는 대목의 '옥중 상봉가', 어사출또를 하고 나서 옥중의 춘향이를 구해내어 대상으로 올라오게 하는 대목, 춘향 어머니가 '이놈들아 내 배 다치지 마라, 열녀 춘향이 난 배다' 하며 엉덩이를 흔들며 춤추는 대목을 모두 배우는데 한 해가 다지나갔다.

눈이 펑펑 내릴 때, 그는 '옥중 상봉가'와 새로운 더늠인 '쑥대머리'를 새로이 다시 배우고 익혔다. 그 무렵, 머리 반백인 그 남자는 마른기침을 자주 했고, 피를 뱉어내곤 했다. 이듬해 이른 봄 콩알만 한 매화 꽃봉오리의 위쪽 모서리가 희끗해진 어느 아침, 그 남자는 그에게 자기에게서 배운 〈춘향가〉를 모두 불러보라고 했다. 그 남자는 북을 잡고 그는 방 한가운데 서서 소리를 했다. 그가 〈춘향가〉를 부르고 났을 때, 그 남자는 밀려든 무력증을 주체하지 못한 채 얼굴을 일그러뜨리며 말했다.

"이제 고만 가거라. 나는 껍데기만 남았다. 내가 가지고 있는 모든 것, 너한테 다 주었다. 화순 능주에 공창식이란 명창이 있다. 그리로 찾아가거라."

그 남자는 한동안 눈을 감고 있다가 말을 이었다.

"그 사람한테 가서는, 절대로 나한테서 소리를 받았다고 말하지 마라. 나는 이름도 뭣도 없는 또랑광대일 뿐이다. 또랑광대는 측간 목수하고 똑같은 하찮은 사람이여……. 앞으로 그 사람 밑에 들어가서 공부를 하다가, 나한테서 받은 것이 틀렸다고, 고치라고 하면은 고집 부리지 말고 고쳐라……. 팔뚝을 물어뜯으면서 열심히 해갖고, 소리로써 하늘을 잡고 꽤기를 쳐뿌러라. 너는 목을 잘 타고났은께 넉넉히 그렇게 할 수 있을 것이다."

산천은 험준하고

임방울은 송정리를 향해 걸었다. 혹독한 꽃샘추위가 몰아치는 초봄이었다. 해가 지평선으로 떨어지고 있었다. 그가 비낀 햇살을 등지고 사립문 안으로 들어서며 "어머니!" 하고 부르자, 어머니는 버선발로 달려 나와 그를 얼싸안았다. 어머니에게서 날아온 유향이 그의 코 속으로 날아 들어왔다. 유향으로 인해 집안 분위기가 포근하게 느껴졌다. 아버지는 왼고개를 틀었다. 불알 달린 놈 하나 있는 것을 역마살이 끼어야 해먹을 수 있는 소리광대로 만들고 있는 것이 불만이었다. 일찍이 장가를 보내서 후손을 받아야 하는데…… 아버지는 툴툴거리며 주막으로 갔다. 마당 가장자리에 서 있는 매화나무가 바야흐로 불그레한 꽃망울들을 터뜨리고 있었다. 임방울의 귀와 가슴에 꽃망울 터지는 소리가 들렸다. 소리를 하면서부터 그의 귀는 예민해졌다.

하늘과 땅의 모든 소리들이 들리기 시작했다.

어머니는 아들에게서 그동안 공부해 익힌 소리에 대한 이야기를 듣고 나서 대뜸 "아니, 그 양반, 어쩌면 그렇게 무책임하다냐? 공창식이한테 데리고 가서 맡김스름 당부를 할 일이지……" 하고 원망스럽게 말했다. 그가 머리를 쓸면서 말했다.

"아이고 저도 이제 한 질 컸어라우. 남들은 다 장개를 가서 아부지들이 되었어라우."

어머니는 세차게 도리질을 하고 말했다.

"아니다. 내일, 나하고 함께 공창식이한테 가자."

임방울은 얼핏 현기증이 일었고 온몸에 소름이 돋았다. 집 안의 이 구석 저 구석에 웅크리고 있던 거무스레하고 으스스한 찬바람이 그를 향해 달려들었고, 몸에 무력증이 일었다. 얼굴에 미열이 일어나면서 열꽃이 피고 있었다. 먼 길 걸어오느라고 피곤한 것인가. 잠시 누워 자고 싶었다. 몸을 웅크리고 두리번두리번 누울 자리를 찾으며 어머니에게 말했다.

"나 으슬으슬 춥소야."

어머니가 그의 얼굴을 살폈다. 그의 얼굴에 핀 열꽃이 그녀의 가슴으로 바늘처럼 날아들었다. 어머니가 그를 아랫목에 눕히고 "아이고 어쩔거나, 독한 감기가 온 모양이다야." 하며 이

불을 덮어주었다.

예사 감기가 아니었다. 온몸이 뜨거워지면서 열꽃이 피어난 얼굴에 빨긋빨긋한 손님발이 생겨났다. 밥상을 차려 들고 들어온 어머니가 그의 얼굴을 보고 소스라쳐 놀라 "워따 어메, 이것이 뭔 일이라냐! 손님(천연두)이다야." 하더니 "아니, 애비란 작자는 어딜 갔다냐!" 하고 볼멘소리를 했다. 그를 일으켜 밥상 앞에 앉혀놓고 말했다.

"좌우간에 밥을 실하게 묵어야 손님이 편안히 계시다 가시는 법이다. 어서 묵어라."

손님이란 역병을 말하는 것이었다. 어찌된 연유로 나에게 손님이 들었을까. 그는 입안이 떫고 속이 역겨웠으나 억지로 밥을 다 먹었다. 어머니는 잠시 밥 먹는 그의 얼굴을 지켜보다가, "내 정신 좀 봐라. 불을 지펴야겠다." 하고 부엌으로 들어갔다. 아궁이에 장작불 넣는 소리가 들려왔다. 그는 밥상을 윗목으로 밀어놓고, 이불 속에 몸을 묻은 채 눈을 감았다. 검푸르고 화끈거리면서 어질어질한 어둠의 세상이 펼쳐졌다. 샛노란 별들이 선회했다. 의식이 아득해졌다. 어슬어슬한 황혼 같은 혼몽이 왔다. 그는 혼자서 많은 열감기를 앓아보았다. 모든 아픔은 참고 기다리면 낫는다는 것을 알고 있었다. 한데 이번 것은 보통의 열감기가 아니다. 손님이다. 찬바람을 쏘이지 않고 자리에 누운 채 견디어야 한다. 조심하지 않으면 죽을 수도 있다. 살아날 지라도 얼굴에 얽은 자국이 무수히 생기게 된다.

어린 시절에 어머니를 앞장서서 가다가 땅에 넘어져 무릎 다친 일이 생각났다. 어머니의 말이 떠올랐다.

'넘어진 땅에 침을 뱉고 하늘을 쳐다봐라. 그래야 이 자리에 서 다시 넘어지지 않을 것이고, 금방 떡을 얻어먹게 될 것이다.'

궂은 일 다음에는 반드시 좋은 일이 생긴다. 손님이 온 것 은 나한테 무슨 좋은 일인가가 생기려고 그런다. 이런 때는 무 슨 생각인가를 하면서 기나긴 시간을 죽여야 한다. 후끈거리는 열 때문에 몸이 허공으로 구름처럼 떠다니는 듯싶었다. 어지러 움을 무릅쓰고 눈을 감은 채, 입속으로 한 해 동안 받은 소리 를 했다.

밖에서 서둘러대는 어머니의 발짝 소리가 들려왔다. 어머니 는 짚을 추려서 왼 새끼를 꼬았다. 너 발쯤의 새끼줄 틈에 숯 덩이와 빨간 고추들을 끼웠다. 금줄이 되었다. 사립문 위에 그 금줄을 쳤다. 바가지를 들고 늙은 매화나무 앞으로 갔다. 불그 스레한 꽃송이들이 지천으로 달려 있었다. 꽃송이들을 따서 바 가지에 담았다. 열꽃 피는 내 새끼를 위해 이 매화꽃들이 피어 났다. 바가지에 꽃송이들이 수북하게 담겼다. 그것을 부엌으로 가지고 갔다. 화덕을 걸고, 그 위에 노구솥 뚜껑을 거꾸로 엎었다. 꽃잎들을 털어 붓고 화덕에 불을 지폈다. 꽃잎들이 향기를 뿜으면서 노릇노릇 볶아졌다. 볶은 것을 절구통에 넣고 절구로 찧었다. 몽근 가루가 되었다. 그 가루를 사발에 담아 들고 방으로 들어갔다. 어머니는 아들에게 입을 크게 벌리라고 했다. 그가 입을 벌리자, 매화꽃 가루 한 숟가락을 입 안에 털어 넣어주었다. 따스한 물 사발을 주면서 "꿀렁꿀렁 해갖고 눈 딱 감고 삼켜라." 하고 말했다. 임방울은 어머니가 시키는 대로 삼켰다. 어머니는 다시 한 숟가락을 먹였다. 어머니가 그를 이불 속에 묻어놓고 그의 손을 잡아 어루만지면서 말했다.

"손님 든 데에는 매화 꽃잎 볶은 것이 참말로 좋단다. 더 많이 따다가 볶아놓을란께 계속 묵어라. 그것이 아주 신통스러운 약이다. 거짓말같이 좋아질 것이다. 혹시 답답하고 성가시다고 이리저리 돌아눕거나 몸부림치고 짜증 내지 말고, 혹시 얼굴 살갗이 가렵다고 긁지도 말고, 한사코 마음을 느긋하고 편안하게 묵고, 가만히 누워 있기만 하면 모르는 새에 손님이 떠나가실 것이다. 달을 품어서 난 너인께 아무런 일도 없을 것이다. 손님이 떠나시고 나면 전혀 새로운 세상이 기다리고 있을 것이다. 편안하게 눠 있기만 해라. 성급하게 생각지 말고 마음을 푹 늦추고 기다려야 한다. 앞으로 돌아올 먼 앞날을 생각함서."

그는 달이라는 말을 입속에 놓고 씹었다. 밤하늘에 두둥실 떠오른 달을 머리에 떠올렸다. 그래, 내 속에는 달이 들어 있다. 어머니는 몸을 일으키면서 말했다.

"손님은 매화 향기를 좋아한단다. 그래서 매화꽃이 필 때 오시고, 그 꽃잎 볶은 가루를 드리면 흔쾌히 떠나가신단다."

어머니는 네모난 상에 정화수를 떠 올렸다. 상을 들어다가 툇마루에 놓고 징을 엎어놓고 두들기면서 비손을 했다. 손님께서 오시기는 했지만, 한사코 조용히 흔적 남기시지 말고 다녀가시라는 비나리였다.

사립문 비걱거리는 소리가 들리고, 술에 얼근하게 취한 아버지가 들어왔다. 어머니는 아버지를 닦달하여 의원에게로 보냈다. 아버지가 약을 지어 왔다. 어머니가 그 약을 달여 아들에게 먹였다.

어머니의 비손 때문인지, 아버지가 다려준 약과 매화꽃 볶은 가루 때문인지, 그에게 온 손님은 가볍게 지나갔다. 한 달 뒤에 털고 일어났는데, 양쪽 볼과 콧등에 손님 다녀간 흔적, 곰보 자국이 몇 개 남아 있었다.

어머니는 꼭두새벽녘에 일어나서 인절미를 만들었다. 그것을 함지박에 담아서 머리에 이고 임방울을 앞세우고 길을 나섰다. 복채로 바칠 쌀 두 가마니 값을 주머니에 넣었다. 그동안

이곳저곳에 굿을 해주고 아들을 위해 모은 것이었다. 선생들은 사람을 보고 소리를 가르쳐주는 것이 아니고, 복채를 보고 가르쳐준다. 야박하다고만 말할 수 없다. 소리 선생도 사람이므로 흙모래 파먹으며 살 수는 없다. 복채를 듬뿍 들이밀어야만 제자한테 밥이나 고기를 굶기지 않고 먹이면서 가르칠 터이다. 피울음 같은 소리를 짜내는 사람은 기름진 고기를 먹어야 한다.

개울 가장자리의 수양버드나무에서 꾀꼬리들이 목청 자랑을 하고 있었다. 너릿재를 넘어 화순을 지나고, 능주 어귀로 들어섰을 때는 한낮이 조금 기울어 있었다. 주막에서 국밥을 한 그릇씩 먹고 범우골로 들어섰다. 가비들 사이에서는 공창식이 제자들을 세심하게 가르친다고 알려져 있었다. 어머니는 주막에서 탁주 한 병을 받아 아들의 손에 쥐어주었다. 술병을 든 아들의 얼굴을 보았다. 양쪽 볼에 생긴 얽은 곰보 자국이 안타깝게 느껴지면서도, 그것이 오히려 더 예쁘고 귀여웠다. 곰보 자국들을 손으로 만지며 말했다.

"너한테 다녀간 손님은 참말로 깨끗하고 착한 손님이셨어야. 달의 정령을 품고 사는 너인디, 악랄하고 무서운 손님이 다녀가셨겠냐? 너는 이 자국 때문에 더 소리를 잘할 것이다."

그는 어린 시절에 넘어져 무릎을 다쳤을 때 땅에 침을 뱉고 나서 눈물 어린 눈으로 쳐다보았던 푸른 하늘과 굿하는 집 할머니가 손에 쥐어주던 떡을 생각했다. 얽은 자국이 나에게 행운을 가져다줄지도 모른다.

소리 선생 공창식의 집은 산기슭의 외딴 곳에 있었고, 안채와 사랑채가 ㄱ자로 붙어 있었다. 초여름처럼 볕이 두껍고 공기가 훈훈했다. 공창식은 사랑채 큰 방에서 홑이불을 덮은 채 퇴침을 베고 누워 있었다. 제자들은 보이지 않았다. 뒷산 중턱이 골짜기와 저 골짜기에서 이미 배운 것을 익히는 소리가 아련하게 들려왔다. 밥 먹은 다음 배도 꺼지게 하고 목청도 터지게 할 겸해서 제자들을 산으로 올려 보낸 것이었다.

어머니가 먼저 안으로 들어가면서 인기척을 했다. 자리에서 일어난 공창식이 눈이 부신 듯 눈살을 찌푸리고 얼굴을 일그러뜨린 채 두 사람을 맞았다. 임방울은 어머니의 뒤를 따라 조심스럽게 들어갔다.

공창식이 놀라 그들의 당돌하고 무례함을 불쾌해하며 "어디서 온 누구시요?" 하고 물었다. 어머니는 방안으로 들어서자마자 공창식에게 큰절을 했다. 임방울도 따라 엎드려 절을 올렸다. 공창식이 다시, 어디 사는 누구인데 무슨 일로 왔느냐고 물었다. 그의 어머니가 방바닥 가까이 얼굴을 숙인 채 공손하게 말했다.

"이 천한 것은, 광산 송정리에 사는 아낙인디, 늦둥이로 둔 제 자식이 소리를 하고 싶어해서 이렇게 무례를 무릅쓰고 고명하신 이름만 듣고 찾아뵈었구만이라우. 부디 제 자식을 제자로 받아주십시오."

공창식은 그의 어머니에게, 편히 앉으라고 말했지만 그의 어머니는 자세를 고쳐 앉으려 하지 않았다. 공창식이 그에게 물었다.

"어디서 소리를 좀 배웠느냐?"

그는 윗몸을 앞으로 숙인 채 말했다.

"여기저기서 귀동냥으로 얻어 배우다가 어떤 선생님에게서 〈춘향가〉를 배웠는디, 그 선생님은 어디 가서 자기한테 소리를 배웠다는 말을 하지 말라고 했구만이라우."

그의 어머니가 덧붙여 말했다.

"널리 알려진 사람은 아니고, 그냥 자기 소리, 자기 신명에 자기가 반해서 박수 노릇을 하기도 하고 토막소리를 하기도 하며 떠돌다가 이젠 집에서 사는 사람이어라우."

공창식은 고개를 끄덕거리며 "나도 그 사람 말은 들었소. 소리를 했다 하면, 신들린 듯이 한다는 그 사람, 오재익이!" 하고 나서 임방울을 향해 "어디 그럼 소리가 어느 정도 되는지⋯⋯ 너 잘하는 것 한 대목을 한번 내놔보아라." 하고 말했다.

그는 〈춘향가〉 중의 더늠 '쑥대머리'를 불렀다. 그의 촉기 어린 찬 물줄기 같은 통성과 천구성과 애원성은 방안을 쩌렁쩌렁 울리고 하늘과 땅을 흔들었다. 공창식은 약간 턱을 쳐들고 눈을 감은 채 그가 하는 소리를 들었다. 그가 소리를 끝내자 한동안 말없이 고개를 끄덕거리다가 이윽고 탄성 어린 목소리로 말했다.

"참으로 좋은 목을 타고났구나! ……그래! ……타고났어!"

그의 얼굴에 박혀 있는 손님 자국들을 건너다보다가 말을 이었다.

"시김새*가 좀 생기고 여기저기 좀 다듬으면 아주 좋겠다. 그래 잘 찾아왔다. 어디 한 번 열심히 해보아라."

어머니가 다시 얼굴을 방바닥에 박으면서 젖은 목소리로 말했다.

"선생님, 참으로 감사합니다."

어머니는 주머니에서 지폐를 꺼내 공창식의 무릎 앞에 내밀고, 가지고 온 떡 함지박과 탁주병을 바치면서 말을 이었다.

"복채가 적습니다마는 복채 보시지 말고, 지 아둔한 새끼를 잘 좀 거두어주십시오. 이년, 목숨이 다할 때까지 힘껏 받들어 모실랍니다."

공창식은 그녀의 아들에 대한 정성이 거북스러운 듯 임방울을 건너다보며 "이 사람아, 장가가야 할 나이인데 어머니 치마 폭에 싸여 왔냐?" 하고 퉁명스럽게 말하고 나서 그의 어머니에 게 말했다.

"이제는 모든 것을 저 혼자 하도록 놔두십시오. 생김생김이나 성정이 넉넉히 그러할 듯싶습니다."

그는 부끄러워 고개를 숙였다.

어머니는 그를 공창식에게 맡기고 몸을 일으켰다. 사립 밖으로 나가자 그에게 등을 보이며 총총 걸어갔다. 어머니의 쪽찐 머리 위로 햇살이 쏟아지고 있었다. 어머니의 흰 치맛자락이 길바닥 위의 바람을 쓸고 갔다. 화순의 너릿재를 혼자서 허위허위 넘어가는 어머니의 모습이 머리에 그려졌고, 그는 가슴이 아리고 저려왔다. 그가 방으로 들어가자 공창식은 말했다.

"느그 어무니 정성이 하늘도 넉넉하게 울리고 남겄다. 느그 어무니 정성을 보아서라도 너 참말로 이를 갈고 해야겄다."

이튿날부터 그는 공창식에게서 〈적벽가〉를 받았다. 적벽화 전의 숨 막힐 듯 급박하고 뇌성벽력처럼 파괴적이면서도 장엄하고 웅혼한 가락, 그 화전에서 패한 조조가 도망치는 대목의 비참함과 그 속에 녹아든 익살과 해학, 죽은 군사들의 원혼이 된 새들이 조조를 향해 원망스럽고 한스럽게 지저귀는 계면조의 새타령, 슬픔과 해학의 극치인 군사 점고와 군사들의 개성적인 신세타령들. 그는 밤마다 그날 하루에 배운 것을 공책에다가 깨알같이 적어두곤 했다. 음악적인 감수성과 기억력과 목청이 좋은 그는 한 번 들으면 그것을 자기 것으로 소화시켰고, 그것을 선생보다 더 찬란하고 황홀하게 소리로써 형상화시키곤 했다.

"산천은 험준하고 수목은 친잡헌디 만학에 눈 쌓이고 천봉에 바람이 칠 적, 화초목실 없었으니 새가 어이 울랴마는 적벽의 객사원귀 고향 이별 한조恨鳥들이 조승상을 원망하여 지저귀어 우더니라……."

공창식은 그에게 한 소절 한 소절씩을 가르치면서 속으로 탄성을 질렀다. 가슴 저리게 하는 계면조의 한스러운 통성과 천구성과 애원성이 저 작달막한 체구 어디에서 흘러나오는 것인가. 이놈이 어떻게 해서 내 밑으로 굴러들어 왔단 말인가. 이놈은 하늘이 내린 재인이다. 공창식은 그를 가르치는 데에 신명을 다했다. 그와 마주앉기만 하면 신이 나고 기운이 솟구쳤다. 다른 제자들이 닭이라면 이놈은 봉이었다. 임방울은 목청도 좋지만 영리함과 기억력이 좋았다. 한문 실력이 부족하여 어려운 고사로 된 사설들을 잘 이해하지는 못하지만 설명을 해주면 곧바로 이해했고, 그것을 모두 외어 담는 기억력이 남달랐다. 그러면서도 그것을 공책에 깨알같이 적어두는 근면성실함이 있었다. 딸이 하나 있으면 사위를 삼았으면 좋겠는데 딸이 없었다. 외사촌 형에게 딸이 다섯 있으므로, 그 가운데 하나를 신부로 삼게 해주고 싶었다. 이놈은 장차 소리만으로도 넉넉히 아내와 자식들을 배 굻리지 않을 것이다. 이놈은 소리로써 세상을 휘어잡고, 천고에 소리를 남길 것이다. 내 소리는 없어질지라도, 이놈을 가르친 내 이름만은 청사에 길이 남을 이놈의 이름에 붙어 소멸되지 않을 것이다.

공창식은 읍내 권번에 소리를 가르치려고 나갔다가 일본 유학을 다녀온, 화순 갑부의 장남인 남국일을 만나 임방울의 천재성을 자랑했다.

"내 집에 보물이 하나 들어와 있소. 언제 틈 내서 그놈 소리 한번 들으러 오시오. 나 요즘 그놈 가르치는 재미로 사요."

소리에 미치다시피 한 남국일은 기생집에서 마신 술로 얼근해진 김에 공창식의 집으로 달려왔고, 공창식은 임방울을 불러 인사를 올리게 했다. 그는 남국일에게 큰절을 했다. 검은 양복을 입은 남국일은 거구의 남자였고, 코가 덩실하고 얼굴이 훤했고, 코밑수염을 나비처럼 기르고 있었다. 남국일은 그의 얽음 자국과 초롱초롱한 눈을 응시하고 나서 공창식을 향해 "자네가 말하던 그 아이인가?" 하고 물었다. 공창식은 고개를 끄덕거리고 나서 북을 자기 앞으로 끌어당겨놓고, 그에게 "아무 데든지 한 대목 들려드려라." 하고 말했다.

그는 면접관 앞에서 시험을 치르는 학생처럼 다소곳하게 앉아 〈적벽가〉 중에서 새타령 한 대목을 불렀다. 그가 소리를 마치자, 이때껏 무릎장단을 먹이던 남국일은 공창식에게서 북채를 빼앗아 들면서 말했다.

"한 대목 더 해봐라."

그는 '호남가'를 불렀다. 남국일은 어깨와 엉덩이를 들썩거리면서 북장단을 먹었다. 그가 '호남가'를 끝내자, 다른 것 한 대목을 더 하라고 했다. 그는 〈춘향가〉 중의 '쑥대머리'를 했다. 남국일은 그가 소리를 끝내자마자 "아이고, 내 새끼야!" 하고 소리치면서 그를 얼싸안았다.

장엄하고 웅혼한 소리

　남국일은 자기 집에서 과부인 어머니의 생일잔치를 할 때, 임방울과 더불어 공창식과 그의 제자들 몇을 불러 소리를 하게 했다. 임방울의 소리는 여기서도 닭들 가운데 봉황의 모습이었다. 그는 무지갯빛의 찬란한 날개를 펼쳐 세상을 덮어버렸다. 잔치를 마치고 돌아갈 때 남국일은 그에게 귀엣말을 했다.

　"너 공 명창한테서 〈춘향가〉〈적벽가〉를 웬만큼 받은 것 같다. 이제는 그 밑에서 떠나거라. 공 명창 소리는 너무 간드러진 데다 휘늘어지고 슬프기만 해서 덜 좋다. 소리가 장엄하고 웅혼하고 씩씩하기로는 유성준 명창 덮을 자가 없다. 내가 근처 절간에다가 공부방을 차리고 그 선생을 모실 터이니, 그 밑으로 옮겨 공부를 하여라. 〈적벽가〉를 유성준이한테서 다시 배워라. 〈수궁가〉〈흥부가〉도 배우고."

그는 남국일의 말이 고맙기는 하지만 걱정되는 것이 있었다. 유성준에게로 옮겨 가려면 최소한 쌀 두세 가마니 값의 복채를 새로이 내야 할 것이고, 그것을 내려면 어머니에게 통기를 하고 도움을 받아야 하는데, 어머니는 아직 그만한 돈을 모아두지 못했을 터였다. 얼른 대답하지 못하고 고개를 떨어뜨리고만 있는데, 남국일이 그의 속마음을 읽고 말했다.

"너, 복채 걱정은 안 해도 된다. 내가 절간에다가 선생을 모시고 너 대신에 복채를 두둑하게 바치고, 니 잠자리와 먹을 것까지 다 마련해주마."

임방울은 공창식에게 하직을 하고 유성준의 문하로 들어갔다. 유성준은 명창 송만갑의 아버지 송우룡에게서 소리를 받은 사람으로, 장작을 패는 듯싶은 데가 있는 장엄하고 웅혼한 동편제의 명창이었다. 남국일은 화순 만연산 기슭에 있는 만연사의 삼간짜리 요사를 통째로 얻어 명창 유성준을 선생으로 모시고, 임방울을 붙여주었다.

그는 유성준과의 첫 만남에서부터 당혹했다. 유성준은 그가 부른 〈적벽가〉의 새타령을 들어본 다음 눈살을 찌푸리면서 도리질을 했다.

"윤기 넘치는 수리성에다가 천구성과 통성은 참말로 카랑

카랑하고 좋다마는 소리 굽이굽이가 너무 늘어지고 간드러져서 못쓰겠다. 자칫 잘못하면 노랑목이 돼버린다. 공창식이를 비롯해서 서편제 하는 사람들의 소리들이 다 그 모양이다. 소리가 한스럽기만 하면 천하게 들려서 안 된다. 나라가 망하니까 사람들이 모두 슬픈 것만 좋아하는데, 세상이 그럴수록 폭포수처럼 장쾌하게 떨어지기도 하고, 지하에서 솟구치는 생수나 시뻘건 용암처럼 뻗지르고 솟구쳐 올라오는 힘이 있어야 한다. 그것이 웅혼한 우리 민족의 정기니까."

잠시 말을 끊고 난 유성준은 "왕왈(王曰) 연(然)하다!" 하고 배창자에서 우러나오는 소리를 해보이면서 따라 해보라고 했다. 감수성이 좋은 그는 곧바로, 배창자에 힘을 주고 가슴 밑뿌리에서 올라오는 웅혼한 소리를 구사했다.

유성준은 "그래! 그래, 됐다!" 하고 탄성을 질렀다. 유성준은 "고고천변 홍일광 부상의 둥둥 높이 떠" 하고 나서, 따라 해보라고 했다. 그는 유성준의 소리가 목과 입천장과 볼과 아구창을 울리고 나오는 것을 알아차리고 따라서 했다. 유성준은 다시 고개를 끄덕거리면서 "됐다! 됐어!" 하고 말했다.

임방울은 일사천리로 순조롭게 유성준의 소리를 받았다. 경상도 남해 어촌에서 태어나 구례에서 자란 유성준은 성질이 바다처럼 탁 트여 시원하고 드넓으면서도 대쪽처럼 곧고 화끈했다. 되는 것은 되지만 안 되는 것은 절대로 안 되는 기질이었다. 장엄하고 웅혼하고 씩씩한 소리 또한 그 기질에 알맞았다. 그는 유성준의 박력 있고 웅혼한 소리를 연마했다. 그렇지만 사람들의 심금을 울리는, 한스러움 그 자체인 육자배기 가락이 자생한 전라도 땅 한복판에서 나고 자란 그는, 유성준 문하에서 소리공부를 하면서 자기 속에 두 가지 정서가 공존하고 있음을 알아차렸다. 하나는 기왕에 자리해 있던 한스러운 계면조의 슬픈 정서이고, 다른 하나는 유성준으로 인해 새로 도입된 장작을 패는 듯한 씩씩하고 웅혼하고 장엄한 기개였다. 그 두 가지 가운데 어느 하나만을 기를 수 없었다. 둘이 하나로 섞이고 어우러져야 한다고 생각했다. 그는 유성준에게서 〈적벽가〉를 다시 받고 나서 〈수궁가〉를 받았다.

〈적벽가〉는 장엄함과 웅혼함이 뼈대를 이루고 있었다. 그런 사이사이에, 간웅인 조조의 패전과 그의 간교함과 비굴함을 희롱하는 익살과 해학과 강제로 끌려온 군사들의 설움과 한스러운 신세타령이 섬세한 무늬처럼 알알이 수 놓여 있었다. 〈수궁가〉는 토끼가 용왕의 충신인 자라의 꼬임에 속아 용궁으로 들어가 아슬아슬하게 죽을 고비를 넘기고 살아나오는 대목, 신산

한 운명을 돌파해나가는 대목들이 좋았다. 그 가운데서 가슴을 저리게 하는 것은, 토끼가 용왕과 입씨름을 하여 설득하고 살아나오고, 또 사람들이 쳐놓은 덫에 걸려 죽을 뻔했다가 살아나고, 다시 독수리한테 잡혀 죽을 뻔했다가 꾀를 써서 살아나는 토끼의 영리한 지혜였다.

그가 〈수궁가〉를 열심히 받고 있던 어느 날, 밖에 나갔던 유성준이 얼근하게 술에 취하여 들어와서 그를 앞에 앉혀놓고 무뚝뚝하게 말했다.

"〈수궁가〉 받고 익히기 재밌제?"

그가 그렇다고 하자 유성준이 물었다.

"니 〈수궁가〉 속에 나오는 토끼라는 놈이 뭣인지 아나?"

그는 대답을 하지 못하고 고개를 떨어뜨렸다. 유성준이 말했다.

"토끼는 중국하고 일본 사이에 끼어 있는 조선 땅의 신세인 것이고, 자꾸 시달림을 당하는 조선 민족의 신세다. 고구려 사람들, 백제 사람들이 당나라 군사들한테 당하고, 병자호란 때 곤욕을 치르고, 임진왜란 때 일본한테 당하고, 이제는 일본한테 나라를 통째로 뺏겨버렸다. 수도 없이 죽을 꼴을 당하지만 그때마다 이런저런 꾀를 써서 기어이 살아나는 우리 민족의 처지가 어떤 것인지를 알아야 〈수궁가〉뿐 아니라 모든 소리를 제대로 할 수 있다."

그는 두 손으로 방바닥을 짚으면서 고개를 떨어뜨렸다. 유성준이 어흠 하고 목을 가다듬고 나서 말했다.

"소리꾼은 자기 소리를 듣는 사람들에게 희망을 주어야 한다. 한 번 마음과 몸을 허락한 남자만을 받들기 위하여 절개를 지키던 춘향이가 어사가 되어 나타난 이몽룡 때문에 열녀가 되고, 가난한 흥부가 부자가 되어 좋은 일을 하고, 조조가 패망하고 유비가 황제가 되어 세상을 평정하고……."

유성준은 한동안 뜸을 들이고 나서 목소리를 낮추어 말을 이었다.

"나라는 망했는데, 너 소리를 연마해 가지고, 누구한테서 금팔찌를 받겠다는 것이냐?"

그가 고개를 떨어뜨리고만 있자, 유성준이 말했다.

"나라는 망했지만 백성들은 시퍼렇게 살아 있다. 너는 백성들한테 희망을 주는 소리를 해라."

악연

꽃샘바람이 맵찬 날 한낮에 남국일이 낯선 젊은이 하나를 소리 공부방으로 데리고 왔다. 그 젊은이는 임방울보다 키가 더 컸고 얼굴도 기름하고 구멍새들이 또렷또렷했고 눈썹의 숱이 많고 새까맸다. 남국일은 그 젊은이를 유성준과 임방울에게 소개했다.

그 젊은이는 이름이 김연수이고 전라도 고흥이 고향이었다. 어려서 한문 서당에서 공부를 한 다음 서울에서 고등보통학교엘 다니다가, 작심하고 소리를 배우려고 들어왔다는 것이었다. 남국일은 유성준에게 말했다.

"먹물이 진하게 든 데다 소리 배울라고 하는 열정이 남달라서 틀림없이 대기 만성할 재목이네."

이날부터 임방울은 김연수와 한 방에서 기거하며 소리를 함께 배웠다. 만신부리가 박혀 있는 집안의 소생인 임방울에게는 스스로도 예측할 수 없는 신기가 있었다. 김연수를 막 보는 순간 이상야릇한 생각이 들었다. 김연수가 전생에 득음하지 못한 채 죽은 한 많은 소리꾼의 혼이 씌어 있는 사람이다 싶었다. 앞으로 두고 보면 보아도, 김연수가 욕심이 참 많은 성정을 가지고 있는 까닭으로 자기하고는 악연일 듯싶었다.

과연 첫날부터 그와 김연수는 부딪쳤다. 김연수는 그보다 세 살이 아래인 데다 소리 후배임에도 불구하고 그에게 머리를 숙이려 하지 않았다. 김연수는 무당 집안의 후손인 가비임에도 불구하고 비가비인 척했다. 김연수는 나이가 많은 임방울에게 존댓말을 쓰려 하지 않고 하소를 했다.

유성준은 임방울에게 명했다.

"병든 용왕이 탄식하는 대목을 승근이가 좀 가르쳐봐라."

그는 북을 끌어당기고 김연수와 마주앉아 "왕왈, 연하다 수연이나" 하고 가르쳤고, 김연수가 따라서 했다. 한데 세 번을 따라 하고난 김연수가 불만스러운 목소리로 이의를 제기했다.

"승근이 자네, '왕왈 연하다 수연이나'를 잘못 부르고 있는 것 같구먼 그래. '왕왈王曰 연然하다'는 '왕이 가라사대 그러하다'는 뜻인께, '왕왈' 하고 나서는, 조금 전에 한 것보다 반박쯤을 좀 더 길게 빼고 난 다음에 '연하다'라고 해야 하는 것 아닌가?"

그는 당황했고, 속이 상해서 북채를 내던지며 말했다.

"나는 자네 못 가르치겠네. 선생님한테서 배우소."

한데 또 한번은 술 얼근하게 취한 남국일이 와서 임방울에게 "승근아, 너 '쑥대머리' 한번 해봐라." 하면서 북채를 잡았다. 임방울은 "쑥대머리 구신 헨용" 하고 소리를 했다. 남국일은 다시 새타령을 주문했고, 그는 "산천은 험준하고 수목은 친잡헌디" 하고 소리를 했다. 남국일은 다시 토끼 화상 그리는 대목을 주문했고, 그는 망설이지 않고 거듭 소리를 했다. 한데 남국일이 돌아간 다음 김연수가 그에게 딴죽을 걸었다.

"아까 자네 '쑥대머리'를 부를 때, '구신 헨용'이라고 하던디 말이여, 그것이 잘못이네이. '귀신 형용'이라고 해야 맞네. 그리고 '산천은 험준하고 수목은 친잡헌디' 하고 부르던디, 그것도 '수목은 총잡한디'라고 해야 하는 것이라고."

임방울은 가슴이 꽉 막혔다. 김연수는 그의 무식함을 깔보고 희롱하고 있었다. 그는 퉁명스럽게 말했다.

"그래, 이 자식아, ……소리꾼 가운데는 나같이 무식하게 부르는 사람도 있어야 하는 법이여. 사실 말하면, 나는 '총잡'보다는 '친잡'이 좋고, '귀신 형용'보다는 '구신 헨용'이 더 부드럽고 좋아……. 이 세상 사람들 가운데는 유식한 사람보다 무식한 사람들이 훨씬 많고, 그 무식한 사람들은 나같이 무식한 소리꾼을 더 좋아한단 말이여. 알았어? 너나 많이 유식하게 불러라."

이후 그들 사이에는 유식과 무식이라는 단단하고 두껍고 높은 벽이 가로놓이게 되었다.

하얀 혼령

　임방울은 이날 의식이 맑아졌다. 금방 누구인가가 찾아올 듯싶었다. 젊은 아내에게 '문 좀 열어봐.' 하는 눈짓을 보냈다. 그의 다리를 주물러주던 아내가 그의 눈을 주시했다. 그가, '밖에 누가 왔어.' 하는 눈짓과 턱짓을 했다. 아내가 그의 상체를 일으켜 이불로 둘둘 감아 안은 채 문을 열었다. 마당은 텅 비어 있었다. 아무도 와 있지 않았다. 하늘에는 먹구름이 끼어 있었다. 허공은 아득하고 음음한데 하얀 벚꽃 잎 같은 눈송이들이 사뿐사뿐 흘러내리고 있었다. 저세상으로 간 한 많은 혼령들이 눈이 되어 팔랑거리며 내려오고 있었다. 그의 머리에 산호의 얼굴이 그려졌다. 그녀의 혼령이 눈송이가 되어 그에게로 돌아오고 있었다. 꼴머슴을 살던, 아랫마을의 부잣집에서 아기 업개 노릇을 하던 삼례의 얼굴을 빼다가 박은 듯싶은 산호였다.

가슴이 뜨거워졌고 수런거렸다. 그 수런거림을 소리로 뿜어내고 싶었다. 그렇지만 그의 혀는 굳어 있었고, 그의 몸은 무력했다. 살갗이 깡말랐고, 맥이 빠져 있었다. 그는 심호흡을 했다. 삼례로도 보이고, 산호로도 보이는 얼굴이 빙긋 웃으면서 '얼른 일어나시오. 소리하러 가게. 나 방울이가 하는 소리를 듣고 싶소.' 하고 말했다. 꽃잎 같은 눈송이들은 솜덩이처럼 쌓이고 있었다. 눈송이들이 흘러내리는 허공에 또 하나의 세상이 있었다. 세상은 한도 끝도 없이 넓었다.

전국명창대회 다음 날 아침, 임방울이 송정리로 내려가려고 외삼촌인 김창환의 집을 나서는데, 웬 양복쟁이 남자들 둘이 대문 안으로 들어섰다. 김창환이 웬 사람들이냐고 물었다. 그들은 김창환에게 정중하게 인사를 하고 명함 한 장씩을 내밀었다. 중년 남자는 일본 콜롬비아 레코드 회사 서울지사에서 나온 전무라는 사람이고, 젊은 남자는 서기였다. 전무가 전날 장원한 임방울 명창에게 볼일이 있어 왔다고 말했고, 김창환은 임방울을 그들 앞으로 나서게 했다. 전무가 임방울에게, 콜롬비아 레코드사의 서울지사 사무실로 가서 레코드 취입 문제에 대한 이야기를 하자고 했다.

한 고층 건물의 사무실 소파에서, 임방울은 창문 쪽에서 날아오는 빛을 되쏘는 대머리인 지사장과 마주앉았다. 지사장은 다짜고짜로 당장에 음반 취입 계약을 하자고 말했다.

"우리 콜롬비아에서는 임 명창의 '쑥대머리' 하고 '호남가' 하고, 임 명창이 자신 있게 부를 수 있는 것들 몇 가지를 일차적으로 취입하고 싶습니다."

서기가 미리 작성해놓은 계약서의 조항들을 읽었다. 임방울은 계약서에 이름을 쓰고 지장을 찍었다.

시월 말에 꿈같은 황홀한 일이 벌어졌다. 임방울은 일본으로 건너갔다. 대전에서 기차를 타고 부산까지 가서 연락선을 타고 시모노세키 항으로 갔고, 거기에서 자동차를 타고 오사카로 갔다. 닷새 동안 마이크 앞에 서서 녹음을 했다. 몸이 찬란한 쌍무지개 속으로 둥둥 떠가고 있는 듯싶었다. 이듬해 일월의 혹한 속에서 단가 '명기명창'과 〈흥부가〉 중 '가난타령'이 발매되었고, 삼월에는 〈춘향가〉 중 '쑥대머리'와 단가인 '호남가'가 발매되었는데, 서울이나 부산이나 대구나 광주의 거리거리에서 축음기들이 그의 소리들을 토해냈다. 그 음반들은 남쪽에서 불어오는 훈훈한 봄바람을 타고 불티 날듯이 팔렸고, 그 소리의 주인공인 임방울의 인기는 하늘을 찔렀고, 이 땅의 방방곡곡 마을마을 집집으로 그의 소리가 퍼져나갔다. 임방울의 음반들 때문에 축음기들도 덩달아 줄줄이 팔려나갔다. 웬만큼 장사가 잘 되는 술집이나 식당들에서는 손님을 끌기 위해 축음기를 사들이고, 임방울의 '쑥대머리'와 '호남가'를 틀어댔다. 이고을 저 고을의 밥술이나 두고 먹는 유지들도 너도나도 축음기를 사들이고 임방울의 음반들을 구해 갔다. 또한 어딜 가나 사람들의 입과 입들이 그 '쑥대머리'를 부른 임방울이란 사람에 대하여 궁금해하거나 아는 체하는 말들로 분주했다.

"임방울이 어떻게 생긴 사람이라냐?"

"키는 작달막하고 얼굴은 동글납작하고 양 볼과 콧등에 얽은 자국이 몇 개 있는 사람이라는디, 그냥 저렇게 신들린 소리를 한다네."

"어디 사람이라냐?"

"전라도 광산군 송정리 사람이라더라."

"저 목소리, 백 년에 한번 나올까 말까 한 천재 명창의 목소리라더라."

"일본 레코드사에서 임방울의 목을 영국 보험에 들어놨다고 하더라."

기생 산호

공창식의 협률사는 임방울을 앞세우고 목포, 무안, 여수, 순천, 광주 등지에서 공연을 했다. 공연을 앞두고는 함께 출연할 예인들이 임방울의 이름을 대문짝만 한 깃발에 새겨 들고, 풍물을 치고 다니면서 바람몰이 선전을 했다. 사람들은 임방울의 얼굴을 보고, 실제 목소리를 듣고 싶어 구름같이 몰려들었으므로, 협률사 가설극장의 포장이 미어터질 듯했다. 임방울은 그 공연의 맨 마지막에 출연하곤 했다. 무대에 오르면 처음에 '호남가'를 불렀고, 재창을 청하면 '가난타령'을 불렀고, 삼창을 청하면 '쑥대머리'를 불렀다. 광주 양동시장 천변에서의 공연은 연일 대만원이었다.

열흘째 되던 날 밤, 공창식 협률사의 가설극장 앞에 인력거두 대가 공연 끝나기를 기다리고 있었다. 공연 뒤처리를 하고

난 임방울이 다른 예인들과 함께 밖으로 나가려고 하는데, 검
정 양복에 나비넥타이를 한 젊은이가 앞으로 나서면서 말했다.

"저는 송학원 지배인인디, 우리 사장님께서 임 명창을 모셔
오라고 해서 왔습니다. 오셔서 소리 한 대목만 불러주시면 이
돌을 임 명창이 달라는 대로 드릴 것입니다."

임방울이 무어라고 의사 표시를 할 새도 없이, 젊은 지배인
은 대기시켜놓은 인력거 위에 그를 반강제로 태웠다. 인력거는
줄기차게 달렸다.

그가 탄 인력거가 도청 앞 송학원에 다다르자, 앞장서서 달
려온 인력거에서 내린 지배인이 그를 송학원 안으로 이끌었다.
어디선가 임방울의 '쑥대머리' 소리가 축음기를 통해 흘러나왔
다. 임방울은 안쪽 구석의 널찍한 방으로 안내되었다. 방안에
들어서자, 백합꽃 향기 같은 여성의 체취가 물씬 콧속으로 밀
려들어왔다. 한쪽 벽에 열 폭 병풍이 쳐져 있었다. 매화꽃에 파
랑새가 날아들고, 한 쌍의 학이 소나무 가지 위에 깃들고, 푸른
물에 원앙이 노닐고, 모란꽃에 벌과 나비가 날아들고, 용을 연
상하게 하는 덩굴에 포도송이들이 주렁주렁 열려 있었다. 병풍
옆 횃대에 울긋불긋한 치마저고리들이 걸려 있었다. 윗목 구석
에는 가야금이 기대서 있고 그 밑에는 소리북이 방석 위에 앉
아 있었다.

요리상이 들어오고, 이어 연분홍 갑사 색동저고리에 쪽색 자락치마를 입은 여인이 들어와 그의 무릎 앞에 큰절을 했다. 그 여인을 보는 순간 임방울은 깜짝 놀랐다. 어디선가 많이 본 여자였다. 아, 하고 놀라 부르짖었다. 그 여인은 어린 시절 꼴 머슴살이를 하던 부잣집에서 아기업개를 했던 삼례였다. 아, 삼 례가 살아 있었더란 말인가. 절을 하고 난 여인이 비음 섞인 가 녀린 목소리로 말했다.

"소녀는 산호인데 이 집 주인입니다. 오래전부터 선생님이 부른 소리들을 사모해오던 터에, 광주 공연을 하신다기에 이렇 게 모셔오라고 했습니다. 무례를 범한 소녀를 용서해주십시오."

그는 내내 멍해 있었다. 얼굴 생김새는 물론, 쨍 울리는 데 가 있는 콧소리 진한 목소리마저도 어린 시절 삼례의 그것과 닮 아 있었다. 그가 대뜸 물었다.

"혹시 고향이 송정리 아니시오? 이름이 삼례이고……."

산호는 빙긋 웃으며 도리질을 하고 말했다.

"소녀의 고향은 송정리가 아니고, 이름도 삼례가 아닙니다."

그가, 그럼 고향이 어디냐고 다그쳤다. 산호는 웃으면서 말 했다.

"저는 그냥 하늘에서 뚝 떨어졌어요. 하늘나라 옥황상제의 막내딸인데 땅에서 불끈 솟아 오른 임방울 명창을 만나 사랑을 나누려고 내려왔지요. 전국명창대회에 장원하셨다고 신문에 난 임 명창 사진을 보고 소녀는 깜짝 놀랐어요. 가슴이 뭉클하고 우둔거리고 저릿저릿해서 진저리를 쳤어요. 제가 전생에 짝사랑한 남자의 얼굴을 빼다 박아놓은 것 같았어요."

사랑가

산호가 그에게 요리상 앞으로 다가앉으시라고 말했다. 상에
는 꿩고기 요리와 노루고기 전골, 생선구이, 버섯요리, 여러 가
지 과일들이 놓여 있었다. 임방울이 요리상 앞에 다가앉자 그
녀가 약주 한 잔을 따라 공손하게 올리며 말했다.

"제가 꿩하고 노루 잡으러 다니는 포수 한 사람을 고용했답
니다."

그는 고향 마을 뒷산 숲속을 달리는 노루와, 꿩꿩 푸드득 하
고 나는 장끼를 떠올렸다. 산호가 권하는 대로 받아 마셨다. 얼
굴이 화끈 달아올랐다. 꿈을 꾸는 듯싶었다. 산호의 얼굴과 목
소리는 어린 시절 그의 가슴을 두근거리게 했던 삼례의 그것이
었다. 하늘은 삼례를 데려가고 대신 산호를 보내준 것이다. 산
호는 어리광 어린 목소리로 말했다.

"안심하고 드십시오. 이 방은 제가 살림살이하는 안방입니다. 여기 들어오기는 임 명창 뜻대로 들어왔지만, 나가기는 임 명창 마음대로는 못 나갑니다. 소녀의 허락 없이는……."

그의 가슴에 걸리는 것이 있었다. 송정리에 있는 아내 박오네는 공창식의 생질녀였다. 그의 어머니는 아들의 소리 선생 공창식이 권하는 며느릿감을 거절하지 않았다. 상큼하게 예쁜 여자는 아니지만, 몸매가 오동통하고 얼굴이 동글납작하고 탐스럽고 복스러웠다. 그녀는 다산성의 여자였고, 벌써 딸 하나와 아들 하나를 생산했다. 연년생이었다. 한데 아들이 고삭부리*였다. 아들이 온전하지 못한 아이라는 것을 알아차린 그는 아내 박오네를 더 가까이하려 하지 않았다.

청주 석 잔을 마셨을 뿐인데 눈앞이 어질어질했다. 정신이 몽롱했다. 눈앞의 산호가 하늘의 천사인 듯 고왔다. 흰 살결, 오똑한 코, 도톰한 입술, 긴 속눈썹 아래서 반짝거리는 까만 눈, 가는 목과 숫아오른 쇄골, 앙증스러운 은색의 소라껍질 같은 귀, 그녀 몸에서 날아오는 먹딸기 향 같은 아릿한 체취.

꿈을 꾸고 있는 듯싶었다. 산호가, 자기 고향이 송정리가 아니라고 말했지만 그것은 거짓말인 듯싶고, 그 옛날의 삼례가 틀림없다 싶었다. 산호가 무릎을 꿇으면서 간절하게 청했다.

"저를 위해서 '쑥대머리' 한 번만 불러주십시오."

"장단도 없이 어떻게 소리를 한단 말이요? 장단 없이 소리하는 것은 마치 벌거벗고 사람들 앞에 나서는 것하고 똑같은 것이요."

그녀가 북을 끄집어냈다.

"제가 서투르지만 장단을 쳐볼게요."

비음이 섞인 데다 쨍 울리는 데가 있는 그녀의 목소리가 그의 가슴 깊은 곳으로 파고들었다. 거절할 수 없었다.

"쑥대머리 구신 헌용." 하고 소리를 했다. 그 소리는 신화 속의 하늘을 나는 칠색조 같았고, 번쩍거리는 비늘에 둘러싸인 백사 같았다. 그것은 방안을 밝히고 있는 촛불을 보듬으며 맴돌았고, 멀고 먼 시공 속으로 사위어갔다. 그녀는 장단을 먹이며 진저리를 쳤다. 그가 소리를 마쳤을 때, 그녀가 자기도 소리를 하겠다고 말했다. 그가 북을 잡았다. 그녀가 "서방님 잠깐 들조시오." 하고 소리를 했다. 옥에 간힌 춘향이 거지가 되어 면회를 온 이몽룡을 향해 애처롭게 하소연하는 소리였다. 내일 본관사또 생신 끝에 날 죽이라 할 것이니, 그때 자기가 죽고 나면 칼머리나 들어주라는 내용이었다. 그것을 그녀는 서늘한 목소리로 불렀다. 그가 어디서 누구한테 배웠느냐고 물었다. 산호는 임방울의 음반이 닳아지도록 듣고 또 들었다고 했다.

"축음기 속에서 흘러나오는 소리를 듣고 있으면 간이 다 닳아지는 것같이 저릿저릿해요. 겨드랑이에서 날개가 돋아나고, 살결이 백합꽃처럼 희어지고, 잠자리 날개 같은 옷을 입은 천사가 되어 하늘로 날아오르는 것 같아요."

그는 그녀가 권하는 술 주전자를 향해 손사래를 치며 빈 잔만 받는데, 산호는 그가 따라주는 술잔을 한입에 들이켜곤 했다. 그녀는 거슴츠레해진 눈으로 그를 보며 말했다.

"시방 여기 이몽룡이하고 성춘향이가 환생을 했어요. 지금 '쑥대머리'에서 말한 '여의신혼 금슬우지' 첫날밤을 지내고 있는 겁니다. 저, 산호는 춘향이고 임 명창은 몽룡이요. 밤새도록 마십시다. 소리도 하고 사랑도 하고……."

밤이 깊어갔다. 손님이 든 이 방 저 방에서 들려오던 왁자한 소음들이 점차 조용해져갔다. 산호가 다가앉으면서 그의 한 팔을 끌어다가 그녀의 목에 걸었다. 그녀의 얼굴은 그의 품속으로 들어갔다. 그녀가 말했다.

"임 명창은 하늘이 점지해준 제 서방님이셔요. 저 이제부터는 임 명창을 서방님이라고 부르겠어요."

그녀는 잠시 뜸을 들였다가 속삭이듯이 슬픈 목소리로 말했다.

"제 머리를 올려주고 이 요릿집 차려준 영감이 삼 년 전에 돌아가셨어요. 그 뒤로는 내내 독수공방이지요."

그녀의 먹딸기향 같은 체취가 그의 콧속으로 스며들었다. 그 체취에 취했다. 어린 시절 삼례의 가슴에서 맡은 바 있는 달콤하고 새곰하고 배릿한 체취였다. 그녀는 문득 겉 치맛말을 풀어 헤쳤다. 겉치마를 아무렇게나 구겨서 윗목 구석을 향해 내던졌다. 하얀 속 치맛말을 목줄 가까이로 끌어올렸다. 그의 손 하나를 끌어당겨, 치맛자락 속을 거쳐 젖가슴으로 가져갔다. 젖무덤을 잡혀주었다. 그의 손아귀 속에 말랑말랑하면서도 탐스러운 젖무덤이 들어왔다. 자그마한 오디 같은 유두가 손바닥을 자극했다. 겨드랑이에서 일어난 귀뚜라미 소리 같은 전율이 전신으로 번져갔다. 정수리에 가벼운 경련이 일어났다. 그녀가 진저리를 치며 그의 허리를 끌어안았다.

어머니의 젖가슴이 떠올랐다. 그는 어머니가 딸만 거듭 둔 다음에 낳은 막내아들이었다. 여섯 살 되는 해까지 어머니의 젖을 먹었다. 어머니의 젖무덤을 두 손으로 붙안은 채 만지면서 젖꼭지를 빨았던 기억이 선명하게 남아 있었다. 어머니는 그에게 젖을 먹이면서 진저리를 치곤 했다. '아이고 우리 얼뚱 애기' 하고 엉덩이를 토닥거려주었다.

산호가 어리광 섞인 목소리로 말했다.

"서방님, 이렇게 저를 보듬은 채 '사랑가' 한번 불러주시오."

못할 것도 없었다. 그는 '사랑가'를 가만가만 불렀다. 춘향이와 몽룡이가 얼싸안고 부른 그 '사랑가'. 산호는 그의 가슴에 얼굴을 묻은 채 그의 소리를 들었다. 가끔씩 어떤 대목은 따라서 불렀다.

요술 소리통

산호는 밖을 향해 "향심아" 하고 불렀고, 앳된 여자의 대답
소리가 들려왔다. 산호는 "유성기 가져오너라." 하고 말했다.
잠시 후에 문이 열리고 키 작달막한 앳된 기생이 눈을 내리깐
채 축음기를 들고 들어왔다. 그것을 요리상 옆에 두고 나갔다.
그 기생의 다홍색 치맛자락이 일으킨 바람에 취한 듯 촛불이 춤
을 추었다.

"서방님의, 귀신의 요술 같은 목소리 한번 들어보십시오."

산호는 축음기 뚜껑을 열었다. 소리통의 하얀 머리가 물새
처럼 고개를 외틀고 있었다. 레코드 한 장을 회전판에 올려놓
고 소리통 머리의 바늘을 갈아 끼웠다. 태엽을 감았다. 소리통
머리를 오른손으로 들고 왼손으로 회전판을 돌렸다. 빠른 속도
로 돌아가는 검은 레코드판 가장자리에 소리통 머리의 바늘을

올려놓았다. 소리통에서 공명한 소리가 방안에 울려 퍼졌다.

"가난이야, 가난이야, 원수년의 가난이야……."

그 목소리는 듣는 사람의 가슴 밑바닥과 간과 심장을 전율하게 하고 있었다. "나는 세상에 생겨나서 불의행사 한 일 없고"의 대목에서는, 소나기 지나간 다음 검은 구름 속에서 뻗어나온 번쩍거리는 햇빛 같은 한스러운 촉기가 가슴속의 성감대와 눈물샘을 자극했다. 그는 천장을 쳐다보며 그 소리를 들었다. 그것은 자기 아닌, 이야기 속에 나오는 어떤 신들린 소리꾼이 부른 것인 듯싶었다. 그가 산호에게 물었다.

"저 소리하는 사람이 누구란가!"

산호는 "저도 모르겠소." 하면서, 소리통 머리를 드러내고 판을 바꾸었다. 태엽을 다시 감고 회전판을 돌리면서 소리통 머리를 올려놓았다.

"쑥대머리 구신 헝용 적막 옥방 찬 자리에 생각난 것이 임뿐이라."

웅혼하면서도 찬연한 계면조의 천구성이 흘러나왔다. 임방울 자신이 듣기에도 그것은 간을 녹이는 듯한 소리였다.

"여의신혼 금슬우지 나를 잊고 이러는가, 계궁항하 추월같이 번뜻이 솟아서 비춰고저 막왕막래 막혔으니 앵무서를 내가 어이 보며……."

산호는 그의 품속에 얼굴을 묻으면서 두 팔로 가슴을 끌어안았다. 두 손으로 깍지를 끼어 아드득 조이고 진저리를 치며 부르짖었다.

"아이고, 서방님 나 좀 살려주시오."

'쑥대머리'가 끝나자 산호는 소리통 머리를 거두어 얹고 뚜껑을 닫아 구석으로 밀어놓았다. 그가 소피를 보러 가기 위해 몸을 일으켰다. 산호는 그의 앞을 가로막고 병풍자락을 젖히고 거기에 있는 요강 뚜껑을 열어주었다. 황금색깔의 방짜 요강이었다. 임방울은 거기에다 소변을 봤다. 요강에 오줌 떨어지는 소리가 병풍자락을 흔들었다. 산호도 그 요강에 소피를 했다. 음험한 그 소리가 방안을 맴돌았다.

산호는 그의 바지저고리를 벗기고 원앙 수놓인 이불 속으로 밀어 넣었다. 산호는 촛불을 꺼버린 다음 속치마 속저고리를 벗어 던졌다. 서창에 달빛이 어려 있었다. 속곳마저도 벗어버리고 이불 속으로 들어왔다. 그녀는 콧소리 많은 쨍 울리는 목소리로 신음하듯이 속삭였다.

"우린 지금 춘향이와 이 도령이 되었어요."

산호는 그를 끌어안았고, 그의 입술과 혀를 머금어버렸고, 그는 쌍무지개의 찬란한 꿈속으로 날아갔다.

다음 날 한낮이 지나서야 자리에서 일어났다. 쪽찐 머리에서 비녀를 빼버린 산호의 머리채는 검은 미역가닥처럼 늘어져 있었다. 참깨죽 한 그릇씩을 먹고 나서 산호는 다시 축음기 뚜껑을 열었다. '쑥대머리' 음반을 올려놓고 일어섰다. 흰 속저고리에 속치마 바람인 그녀는 바람벽에 걸려 있는 명주수건을 손에 들고 속삭이듯이 말했다.

"혼자 있을 땐 이렇게 '쑥대머리' 가락에 맞추어 춤을 춰요."

축음기의 회전판을 돌리고 하얀 물새 같은 소리통의 머리를 음반 위에 올려놓고, 춤을 추기 시작했다. 살풀이춤이었다.

수건을 휘젓는 춤사위, 뿌리는 춤사위가 비상하는 흰 물새의 날갯짓처럼 산뜻했다. 여미는 춤사위, 모으는 춤사위가 곱고, 무릎을 굽히고 앞으로 엎드린 채 오른쪽으로 감아 돌려 휘젓는 춤사위, 수건 튀기는 춤사위가 하늘 선녀의 몸짓인 듯했다. 수건을 어깨에 거는 춤사위, 두 발을 모으고 뒤꿈치를 올리는 춤사위, 한 발을 돌리는 춤사위가 색정적이었다. 한 번 돌린 발을 옆으로 돌리는 뒷걸음, 두 발을 바꾸어 걸어가는 춤사위가 귀여웠다.

춤이 끝났을 때 축음기 소리도 끝났다. 그녀는 소리통을 들어 젖혀놓고 그의 품속에 몸을 묻었다. 그녀는 암호랑이가 살진 수캐의 살을 탐하듯이 입술과 혀로 그의 입술과 목과 볼과 귀와 이마를 핥았다.

멈추어버린 시간

　　그와 산호는 흘러가는 시간을 의식할 수 없는 몽롱함 속에
서 꿈결사랑 놀음을 하고 또 했다. 비늘을 벗어버린 맨살과 맨
살, 영혼과 영혼이 뜨겁고 달콤하게 섞였다. 꽃구름을 타고 무
지개 세상으로 훨훨 날아 올라가다가 억천만 길 아래로 추락하
고, 아찔하게 의식을 잃어버리는 단말마의 전율과 절정감이 거
듭되었다. 그러다가 죽음보다 깊은 잠 속에서 시간이 멈추어버
렸다. 내내 아방궁 같은 산호의 방에서 갇혀 지냈다. 얼마 동안
이나 그렇게 갇혀 살았는지 분간할 수 없었다. 광기 어린 사랑
의 혼돈과 혼몽 속에서 세상사와 시간을 망각해버렸다. 산호도
그도 사랑에 미쳐 있었다. 시도 때도 없이 술에 취해 있었고,
그런 채로 축음기로 '호남가'를 듣고, '명기명창'과 '옥중 상봉
가'와 '쑥대머리'를 들었다. 비몽사몽간에 무지개색깔의 사랑을

하고는 다시 죽음보다 더 깊은 잠 속으로 빠져들었다가, 다음 날 한낮이 되어서야 자리에서 일어나곤 했다. 아침에는 입이 떫어서 북엇국에 밥을 말아 먹었다. 밥상을 구석으로 밀어놓은 다음 그녀는 다시 그를 끌어안았다.

한 달포쯤 되었을 듯싶은 날 아침에 그가 "우리 협률사에서 나를 찾고 난리법석이 났을 터인데 큰일이네. 음반 회사에서도 찾을 것이고……. 나 잠깐 얼른 나갔다가 와야겠네." 하며 몸을 일으키려고 했지만 그녀가 그를 놓아주려 하지 않았다. 그녀는 마녀처럼 냉랭하게 "들어올 때는 서방님 마음대로 들어왔지만 나갈 때는 제 허락 없이는 못 나가요." 하고 나서 마른기침을 했다. 생각해보니 그녀가 그 기침을 한두 번 한 것이 아니었다. 밤에 뜨겁게 사랑 놀음을 하면서도 가끔 그런 기침을 했었다. 그는 그녀에게 병원엘 가서 진찰을 받든지 의원한테 가서 진맥을 해보든지 하라고 말했다. 그녀는 도리질을 했다. 어린 시절 홍역을 앓으면서 바람이 들어간 까닭으로 숨 가쁜 증세가 약간 있어 그런다면서 걱정 말라며, 탕녀처럼 그의 몸을 탐했다. 그들은 다시 사랑을 했다. 그녀의 이마와 앙가슴에서 땀이 배어나왔다. 그녀는 더워 견딜 수 없는 듯 이불을 걷어찼고 숨을 가쁘게 쉬며 마른기침을 거듭했다. 그는 땀을 흘리는 그녀의 마른기침 소리를 듣는 순간 섬뜩한 생각이 들었다. 이

여자가 폐결핵을 앓기 시작했는지도 모른다. 그 병을 앓는 사람들은 보통 사람들보다 더 색을 밝힌다는 말을 들은 바 있었다. 정신이 번쩍 들었다. 그런데 그녀가 알 수 없는 짓을 했다. 사랑을 오래 계속한 까닭으로 맥없어하던 그녀는 병풍 뒤로 들어갔다. 거기에 있는 요강에다 오줌을 누거나 머리 모양새를 고치는 체하고 오랫동안 꾸물거리고 있곤 했다. 그랬다가 나온 다음에는 명랑 활달해지고, 곧 진한 사랑을 하려고 들었다.

　이 여자가 혹시 아편을 하고 있는 것이 아닐까. 그에게 〈춘향가〉를 가르쳐준 오재익도 마른기침을 했고, 그로 인해 무기력증이 생기곤 하자 아편을 했다. 그 아편을 끊지 못하고 마침내 얼마 전에 세상을 떠났다. 산호하고 이렇게 마냥 뒹굴기만 하다가는 산호도 죽고 나도 죽는다. 사랑을 너무 진하게 하는 것은 몸에 해롭다. 이렇게 둘이 붙어 뒹굴다가는 산호는 병이 더욱 깊어질지 모르고, 나는 산호에게서 폐결핵을 옮을지도 모른다. 한데 그녀가 그를 놓아줄 기색을 보이지 않았다. 벗어날 궁리를 하기 시작했다. 몰래 도망을 치는 수밖에 없다는 생각을 하기에 이르렀다. 산호가 요정 돌아가는 형편과 기생들을 살피기 위해 옷을 차려입고 나가고 없을 때 그는 병풍 뒤로 들어가 그녀가 숨겨놓은 아편을 찾아냈다. 방으로 들어온 그녀에게 아편을 끊으라고 말했다. 그녀는 그것을 끊겠다고 약속했고, 숨겨놓은 아편을 버리겠다고 하면서 밖으로 가지고 나갔다. 그러나 그것은 거짓말이었다. 다음 날 밤에도 그다음 날 밤에도 그녀는 그를 속이고 밖에 나가 아편을 하고 돌아와 사랑을 하자고 보챘다. 돌이킬 수 없도록 아편 중독은 깊어져 있었다.

곡진한 사랑을 나눈 뒤에 그녀가 깊이 잠든 한낮, 그는 '산호야, 네가 죽음의 약을 끊지 않으면 너를 찾지 않겠다'고 쓴 쪽지를 남기고, 옷을 차려입고 뒷문으로 도망을 쳤다.

하늘이 푸르렀다. 얼마 만에 처다보는 하늘인가. 머리가 텅 비어 있었다. 바가지 같은 머리통 속에 물 먹은 솜덩이들만 가득 차 있는 듯 멍멍했다. 공부를 통해 차곡차곡 담아놓은 소리와 사설들이 어지럽게 헝클어져 있었다. 정신이 흐리고 멍청해져 있었다.

협률사를 찾아가자, 공창식이 그동안 어디엘 갔었느냐고 호통을 쳤다. 그렇지만 속으로는 반기는 기색이었다. 나주 장터로 갔다. 가설무대를 짓고 공연을 했다. 풍물 연주, 가야금 연주, 줄타기 공연이 끝난 다음 그가 마지막에 무대 위로 올라갔다. '호남가'를 부르고 재청이 있으면 '가난타령'을 부르고, 또 삼청이 있으면 '쑥대머리'를 부르기로 작정한 채.

'호남가'의 중간을 부르는데, 숨이 가쁘고 목이 탁하게 가라앉으면서 갈라졌다. 장작 패는 듯한 통성과, 카랑카랑한 천

구성과 곡진한 애원성이 나오지 않았다. 하아, 이러면 안 되는
데…… 목소리가 뜻대로 되지 않으니 가사가 생각나지 않았고
박자를 두 번이나 놓치는 실수를 했다. 간신히 '호남가'를 마치
고 재청이 있어, '가난타령'을 불렀다. 삼청이 있어 '쑥대머리'
를 부르고 나오는데 공창식이 한심해하며 짜증 어린 목소리로
야단을 쳤다.

　"너 이놈, 어디서 무엇을 하다가 그렇게 목을 망쳤냐? 단가
하나도 제대로 못 부르고 박을 놓치고……."

　그는 혀를 물고 참회를 했다. 산호가 진액을 다 뽑아 가버
린 것이다. 내 속에도 폐결핵이 들어왔는지 모른다. 어디로 훅
달아나버리고 싶었다. 어디로인가 가서 망가진 몸과 목을 새로
이 만들지 않으면 안 된다고 생각했다.

바위굴

유성준에게서 소리 공부를 하던 화순의 만연사로 달려갔다. 주지인 무상 스님에게 독공할 요사 한 칸을 빌려달라고 청할 참이었다. 한데, 만연사의 주지는 전혀 낯선 사람으로 바뀌어 있었다. 낯선 주지는 요사를 내줄 수 없다고 했다. 무상 스님이 어디로 갔느냐고 묻자, 쌍계사로 가보라고 했다.

쌍계사로 갔다. 무상이 임방울을 반갑게 맞았다. 무상은 임방울이 전국명창대회에서 일등을 한 사실과 '쑥대머리'와 '호남가', '가난타령' 따위의 음반이 불티 날듯이 팔려나간다는 것과, 임방울의 인기가 하늘을 찌르고 있음을 다 알고 있었다.

그는 무상 앞에 큰절을 올리고 나서, 독공을 할 만한 요사 한 칸을 빌려줄 수 없느냐고 물었다. 무상은 "저기 산 중턱에 요사보다 더 좋은 바위굴 하나가 있습니다. 안내해줄 테니 가서 보시고 마땅하면 거기에서 독공을 하십시오. 공양은 절에 내려와서 하시고요." 하고 말했다. 무상은 몸소 그를 데리고 비탈진 자드락길을 올라갔다. 산 중턱 너덜겅 안쪽의 바위에 작은 동굴이 하나 있었다.

"가끔 용맹 정진하는 수좌들이 독선獨禪을 하곤 하는 토굴이오. 얼마 전부터 이렇게 비어 있소. 임 명창 복인 모양입니다."

동굴은 천연의 바위굴이었다. 비와 바람을 막아줄 뿐 아니라, 입구가 좁아 거적 하나만 치면 겨울의 추위나 여름의 장마철도 탈 없이 날 수 있는 공간이었다. 근처에서 두루뭉술한 돌덩이 하나를 가져다가 베개로 쓰기도 하고, 북 삼아 치기도 하자고 생각했다. 탱자나무 가지를 깎아 만든 채는 그의 괴나리봇짐 속에 들어 있었다. 독한 마음을 먹고, 괴나리봇짐 속에 넣어 온 배추씨 문서 같은 소리의 사설 적힌 공책을 꺼내 펼쳐 보면서 기억 속에 들어 있는 소리들을 되새김하듯 익힐 참이었다. 그는 무상에게 머리를 조아리며 말했다.

"아주 마음에 딱 드네요."

무상이 빙긋 웃으면서 "공부는 내일부터 하시고 오늘은 잠깐 절로 내려가 차나 한잔합시다. 우리 행자들한테 공양을 받으려면 미리 낯도 익혀놔야 하니까……. 문으로 칠 거적하고,

바닥에 깔 멍석하고 덮을 이부자리하고는 다 절에서 빌려드리
겠소." 하며 앞장서서 내려갔다.

아우르기

무상이 임방울을 자기 방 차탁 앞에 앉혔다. 차탁에는 하늘 색깔의 청자 주전자와 앙증스러운 찻잔들이 놓여 있었다. 그것들이 창에서 날아온 빛을 반짝 되쏘았다. 상좌가 물을 끓여 왔고 무상이 차를 우려냈다. 청자 찻잔에 담긴 차의 색깔이 맑은 치자색이었다. 무상이 말했다.

"임 명창의 소리 속에도 이런 청자 색깔 같은 빛이 들어 있어요."

그가 말없이 무상의 두 눈을 바라보았다. 무상은 찻잔을 들어 보이며 말했다.

"이런 색깔을 비취색이라고 합니다. 비색秘色, 즉 비밀스러운 색깔이라고 말하기도 해요."

그는 "아, 예." 하면서 자기 소리 속에 들어 있다는 비색에 대하여 생각했다. 어떻게 소리 속에 이러한 색깔이 들어 있다는 것인가. 무상이 "그건 그렇고" 하더니, 한 가지 놀랍고 고마운 제의를 했다.

"내가 상좌를 시켜 하루 세 끼 공양을 토굴까지 날라다 드리도록 하겠소."

그는 세차게 도리질을 하면서 말했다.

"아니어라우. 제가 하루 세 차례 올락낼락할게라우. 올락낼락함스롬 바람도 쐬고 운동도 하고 목청도 힘껏 트고 그래야지라우."

무상이 정중하게 말했다.

"사실은 임 명창이 빈도에게는 한 사람의 선지식이요. 빈도는 임 명창에게서 큰 것 하나를 배웠습니다."

그는 부끄러워하면서 말했다.

"무식한 저에게서 무엇을 배웠다고 그러시요?"

무상은 구석에 있는 앙증스러운 까만 축음기를 꺼냈다. 하아, 스님도 축음기 소리를 듣는구나. 무상은 순천의 한 시주가 고맙게 보시를 한 것이라면서, 뚜껑을 열고 태엽을 감은 다음 '호남가'와 '쑥대머리'를 거듭 틀었다. 축음기는 그의 아름답고 곱게 박제된 소리를 뱉어냈다. 그 소리를 다 듣고 난 무상이 말했다.

"빈도는 남국일 처사를 만나면서부터 소리를 듣기 시작했는데, 그분은 공창식하고도 친하지만 유성준하고도 친해요. 그래서 저는 그 두 명창의 소리를 다 접했지요. 공창식이 계면조의 간드러진 한스러운 소리를 한다면, 유성준은 우조*의 씩씩하고 웅혼한 소리를 합니다. 제가 생각하기로는 양쪽 다 일장일단이 있어요. 공창식의 소리는 여성적이고, 유성준의 소리는 남성적이고…… 그런데, 임 명창의 소리는 그 두 소리가 융합되어 있어요. 아니, 융합되었다는 것은 잘못된 말이고, 그 두 소리 위에 우뚝 서 있어요. 그 두 선생을 다 죽여버리고 임 명창이 혼자 우뚝 서 있는 겁니다."

'두 선생을 다 죽여버리고'라는 무상의 말이 그의 정수리를 때렸다. 내가 공창식과 유성준 두 선생을 모두 배반했다는 것인가. 그의 얼굴에 나타난 당혹감을 알아챈 무상이 빙긋 웃으면서 말했다.

"우리 수좌들은 가부좌를 하고 면벽참선 공부를 하는데, 명심해야 할 것이 이것이오. '석가모니 부처님을 만나면 석가모니 부처님을 죽이고, 조사祖師를 만나면 조사를 죽여라.' 이것은 임제 큰스님이 하신 말씀이오……. '함께 도를 닦는 여러 벗들이여. 그대들이 참다운 각성을 얻고자 할진대, 오직 한 가지 세상의 속임수에 걸리는 미혹함을 입지 않아야 한다. 안으로나

124

밖으로나 만나는 것은 모두 죽여버려라…… 부처님을 만나면 부처님을 죽이고, 조사를 만나면 조사를 죽이고, 아버지 어머니를 만나면 아버지 어머니를 죽이고, 친족을 만나면 친족을 죽여야만 비로소 어떠한 경계에서도 자유롭게 된다'……."

무상은 잠시 뜸을 들이고 있다가 말을 이었다.

"이 말은 무엇이냐 하면, 도를 닦는 데는 석가모니를 따라 해서도 안 되고, 조사를 따라 해서도 안 되고, 부모나 친족을 따라 해서도 안 되고……, 오직 나 홀로 우뚝 서야 한다는 것이요. 내가 석가모니 부처님이나 조사를 따라 하거나, 부모나 친족을 따라 하는 것은 하나의 원숭이가 되는 것일 뿐, 하나의 오롯한 사람이 되는 것은 아니라는 것이요."

그의 가슴이 환히 열리고 있었다. 아하, 그렇다. 큰 깨달음의 환희가 무지갯살처럼 눈앞에 펼쳐졌다. 그는 벌떡 몸을 일으키고 무상 앞에 큰절을 했다.

저녁밥을 먹고 산중턱의 바위굴로 올라가면서 생각했다. 사람들은 왜 내 소리에 그렇듯 열렬히 환호를 했을까. 내 소리의 어떤 점이 그렇게 좋을까. 그의 소리에는 세 바디*가 있었다. 그 하나는, 신들린 듯이 소리를 한다는 오재익에게서 받은 것이고, 다른 하나는 서편제의 공창식에게서 받은 것이고, 또 다른 하나는 동편제의 유성준에게서 받은 것이었다. 유성준은 그가 이미 익힌 소리는 지나치게 늘어지고 간드러진 계면조의 슬픈 결과 굽이가 있어, 소리 전체를 맥 빠지게 하고 연약하게 하고, 너무 한스럽기만 하여 좋지 않다고 했었다.

"소리에는 고래심줄같이 질기고 단단한 맥이 들어 있어야 하는 것이야. 백두산에서부터 흘러내려온 백두대간이 얼마나 기운찬 줄 아냐? 우리 조선 땅에서 생겨난 소리에는 그 백두대간 같은 씩씩하고 웅혼한 기백이 들어 있어야 하는 기다."

망해버린 나라의 사람들은 크게 세 패로 갈리었다. 한 편은 일본에 협력을 함으로써 잘사는 영악한 사람들이고, 다른 한 편은 일본에 거부감을 가지고 있는 고집스런 사람들이고, 또 다른 한 편은 그렇건 저렇건 상관하지 않고 이끌려가는 우매한 사람들이다. 어쨌거나, 망한 나라의 모든 사람들의 가슴에는 한스러움이 쌓여 있다. 한스러움은 호남소리 속에 원래 흐르고 있던 것이다. '육자배기'와 '진도 아리랑' 따위의 가락이 그 기본 틀이다. 내 소리 속에는 호남소리의 깊은 맛이 담겨 있다. 나라 잃은 설움 때문에 한이 많은 사람들은 씩씩하고 웅혼한 소리보다는 한스러움이 많은 계면조의 슬픈 소리를 좋아한다. 사람들이, 한이 많이 들어 있는 내 '쑥대머리'와 '호남가' 따위에 환호하는 이유가 그것이다. 그렇다면 나는 오재익과 공창식에게서 받은 서편제와 유성준에게서 받은 동편제의 장점들을 한데 어우러지게 해야 한다. 아니, 거기에서 한 걸음 더 나아가 나만의 것을 만들어야 한다.

그는 바위굴에 들어앉은 채, 〈춘향가〉와 〈적벽가〉와 〈수궁가〉를 하나씩 차근차근 다시 일구기로 작정했다. 일구지 않고 놔두면 묵정밭*이 된다. 이리 갈아엎고 또 저리 갈아엎어 부드럽고 기름진 옥토로 만들어야 한다. 한스럽게 간드러진 계면조의 굽이굽이에 씩씩하고 꿋꿋하고 웅혼한 기운을 집어넣어야 한다. 그는 소리 선배인 명창 송만갑이 씩씩하고 웅혼한 우조의 동편제 소리에 계면조의 간드러진 서편제 소리를 받아들여 섞은 까닭을 알 수 있을 듯싶었다. 이제부터 나는 오재익의 소리도 공창식의 소리도 유성준의 소리도 아닌, 나 임방울만의 소리를 재창조해가야 한다. 임방울로서 살아가려면 오재익과 공창식과 유성준을 받아들이되, 그들을 모두 죽이고 그들을 뛰어넘어 홀로 우뚝 서야 한다. 무상이, 부처를 만나면 부처를 죽이고 조사를 만나면 조사를 죽이고 부모를 만나면 부모를 죽여야 한다고 말한 것처럼, 오재익과 공창식과 유성준 셋을 철저하게 죽여야 하고, 그들의 소리 위에다가 나 임방울의 소리를 올려놓아야 한다.

동리桐里

　　바위굴에서 독공을 하다가 지친 그는 거적을 깐 바닥에 누
웠다. 발끝에서 머리끝까지, 온몸에 들어 있는 모든 힘을 투사
하여 통성과 천구성과 애원성으로 뿜어내기는 힘든 일이었다.
소리를 한다는 것은 촛불처럼 몸의 진액을 모두 태워 세상을 밝
히는 일이었다. 배창자를 쥐어짜 소리를 뽑다보니 끼니때가 되
지 않았는데도 허기가 졌고 온몸에 무력증이 일어났다. 드러눕
자 설핏 잠이 들었는데, 낙엽 밟는 소리가 들렸다. 무슨 짐승이
바위굴로 들어오고 있는 것일까. 여우일까, 늑대일까, 멧돼지
일까, 호랑이일까. 온몸에 오싹 소름이 돋고 머리끝이 곤두섰
다. 몸을 일으켰다. 북채를 오른손으로 단단히 쥐었다. 맹수라
면 먼저 공격을 해서 쫓아야 한다. 숨을 죽이며 기다리는데, 상
대가 거적문을 젖히고 들어섰다. 하얀 도포에, 머리털과 수염

이 눈빛인 노인이었다. 안도의 숨을 쉬면서, 어르신은 누구시옵니까, 하고 물으니 노인이 근엄하게 말했다.

"……나는 동리다."

'아하, 동리라면 판소리의 원조 신재효 선생님이시다.'

그는 무릎을 꿇고 엎드려 큰절을 한 다음 두 손으로 바닥을 짚고 머리를 조아렸다. 토굴 안쪽 구석에 좌정한 동리 신재효가 말했다.

"……그래, 너 아주 참 잘하고 있구나. 독공이란 것은 이렇게 스님들이 용맹정진을 하듯이 꾸준하게 절차탁마해야 하는 법이다. 내가 너에게 소리의 비법 한 가지를 전해줄 터이니, 편히 앉아서 네가 잘하는 대목을 한번 불러보아라."

그는 〈춘향가〉의 '쑥대머리'를 부를까, 〈적벽가〉의 '새타령'을 부를까, 〈수궁가〉의 '토끼 화상 그리는 대목'을 부를까, 그냥 단가 하나를 부를까 망설이는데, 동리가 말했다.

"네가 부른 '쑥대머리'는 내가 늘 들어보았으니, '새타령'이나 '토끼 화상 그리는 대목'을 불러라."

그는 '새타령'을 불렀다.

"산천은 험준하고 수목은 친잡헌디……."

동리는 무릎장단을 쳐가면서 그의 소리를 들었다. 그가 소리를 끝내고 나자 동리가 고개를 끄덕거리며 말했다.

"그래, 아주 **빼어난** 미성인 데다가 젖힌 목, 치켜 올리는 목, 찬 물줄기 같은 천구성, 슬픈 계면조의 애원성, 웅혼한 우조가 어우러진 가락이 특이하구나."

동리는 잠시 뜸을 들였다가 말을 이었다.

"그런데 광대로서 한 가지 부족한 것이 있다. 너는 다만 혼자서만 소리를 하는 것이 흠이다. 광대는, 언제 어디서든지 자기 혼자서만 소리를 해서는 안 된다. 산이나 동굴 안에서 소리를 할 때면, 산의 기상이나 동굴 속의 음기를 **빨아들여** 육체와 영혼에 녹여 소리로 뿜어내야 한다. 나 신재효 앞에서 소리를 하게 되면, 신재효라는 관객의 기까지도 **빨아들여** 자기 소리에 아울러 넣어야 한다. 물론, 수십 수백 수천의 관객을 앞에 놓고 소리를 할 때에는 그 관객들의 기를 모두 **빨아들여** 몸에 녹여서 소리를 해야 하는 법이다. 좋은 소리꾼은 혼자만의 신명으로 소리를 하지 않는다. 관객과 더불어 관객의 신명을 불러일으키고, 관우장군이 적토마를 타고 언월도를 휘둘러대듯이 그 관객의 신명을 올라타고 소리를 휘둘러대야 하는 법이다."

관객의 신명을 올라타고 소리를 해야 한다는 말이 번개와 우레 같은 깨달음이 되어 그의 정수리를 때렸다. 그는 눈앞이 환하게 밝아졌다. 몸을 벌떡 일으켜 동리 앞에 큰절을 하다가 눈을 떴다. 동리 신재효는 간 곳이 없었다.

앞산도 첩첩하고

임방울이 잠적하고 나자 공창식의 협률사에서는 야단이 났다. 얼굴로 내세우곤 하던 임방울이 없어졌으니 공연이 잘 될리 없었다. 일본의 음반회사인 콜롬비아의 서울지사는 또 그들대로 혈안이 되어 임방울을 찾고 있었다. 만일 다른 음반회사가 임방울을 몰래 데려다가 녹음을 한다면 큰일인 것이었다. '쑥대머리'와 '호남가' 음반이 불티 날 듯이 팔려나가자 그들은 곧 임방울의 또 다른 음반을 만들 작정을 하고 있었다. 콜롬비아의 서울지사 직원들은, 임방울이 갔음직한 전라도 광주 인근의 이 구석 저 구석을 쑤시고 다녔다. 송정리의 집과 그 인근의 친척집들을 뒤지고, 송학원을 뒤지고, 임방울을 가르친 바 있는 공창식과 유성준과 그를 아는 사람들을 찾아다니면서 캐묻고 속속들이 추적을 했다. 마침내 만연사를 거쳐 쌍계사로 달려가기에 이르렀다.

콜롬비아 서울지사의 젊은 직원이 그의 바위굴 앞에 모습을
드러냈다. 그가 바위굴에서 기거한 지 다섯 달째 될 무렵이었
다. 콜롬비아의 젊은 직원은 무릎을 꿇고 엎드려, 자기를 따라
서울로 가자고 애원했다.

"아이고 임 명창님, 이 불쌍한 놈 좀 살려주십시오. 임 명창
님을 모시고 가냐 못 모시고 가냐에 제 명운이 달려 있습니다."

그는 도리질을 하고 젊은 직원에게 말했다.

"지금 당장은 안 됩니다. 앞으로 두어 달은 더 공부를 해야 합
니다."

그때 또 한 젊은이가 바위굴 앞에 나타났다. 광주 송학원의
지배인이었다. 그 지배인은 얼굴에 암울한 그늘을 담은 채 슬
픈 목소리로 하소연하듯이 말했다.

"산호주의 명이 경각에 달려 있는데, 마지막 소원이 임 명
창을 보는 것이랍니다."

그 말을 듣자마자 그는 산호가 하곤 하던 마른기침과 아편
을 떠올렸다. 그녀가 죽으면 안 된다. 그는 산을 내려갔고, 광
주로 향했다. 레코드사의 젊은 직원과 송학원의 지배인이 그를
따랐다.

송학원에 이르렀을 때 산호는 자리에 누워 있었고, 임종을

앞두고 있었다. 얼굴은 창백했고, 뼈에 살가죽을 입혀놓은 반 송장이 되어 있었다. 산호가 병들었다는 소문이 퍼지자 손님들 이 끊어졌고, 송학원은 파리를 날리고 있었다. 산호는 임방울 의 손을 잡은 채 입을 열었다. 방안에는 음습하고 구중중한 죽 음의 냄새가 퍼져 있었다.

"소녀는 죽어도 죽는 것이 아니고, 혼령이 되어 서방님이 가는 곳마다 따라 다닐 거예요. 아니, 서방님 몸속으로 들어가 서, 서방님이 더욱 아름답고 고운 목소리로 소리를 하도록 도 와드릴 거예요. 소녀를…… 한 번만 안아주세요."

그녀는 그의 품속에 얼굴을 묻은 채 숨을 거두었다. 그 화 사한 복사꽃잎 같던 산호가 회흑색의 낙엽처럼 스러져 가다니, 그는 하늘이 무너지는 듯싶었다.

산호의 관은 광주에서 담양으로 나가는 들판 건너의 나지막 한 산기슭의 공동묘지로 갔다. 하늘에는 검은 구름이 두껍게 덮 여 있었다. 바람 한 점 없었다. 금방이라도 빗줄기가 쏟아질 것 같았다. 소복을 한 기생들 몇과 산호에게서 술과 밥을 얻어먹 곤 한 소리꾼 몇이 뒤를 따랐다. 임방울은 흰 두루마기에 흰 두 건을 머리에 쓴 채 그 뒤를 따랐다. 콜롬비아의 젊은 직원이 그 를 놓칠세라 뒤따랐다.

붉은 무덤을 만들고 그 위에 잔디를 입히기 시작했을 때부터 굵은 빗방울이 떨어졌다. 무덤에서 붉은 물이 흘러내렸다. 임방울은 가슴이 쓰라렸고 눈앞이 캄캄해졌다. 세상이 너무 허무했고, 산호가 숨을 거두면서 하던 말이 귓결에서 살아났다.

'소녀는 죽어도 죽는 것이 아니고, 혼령이 되어 서방님의 몸속으로 들어가서, 서방님이 더욱 아름답고 고운 목소리로 소리를 하도록 도와줄 거예요.'

눈물인지 빗물인지 알 수 없는 물방울들이 이마와 눈과 코에서 흘러내렸다. 무덤에 잔디가 다 입혀졌다. 그는 삽자루를 잡고, 삽날의 등으로 무덤의 표면에 심긴 잔디를 두들겼다. 가슴에서 솟구쳐 올라오는 슬픔과 허무의 뜨거운 바람이 목구멍을 타넘었다. 그는 자기도 모르는 사이에 그것을 토해냈다.

"앞산도 첩첩하고 뒷산도 첩첩한디 혼은 어디로 행하신가……."

뜻밖에 그것은 한이 가득 든 계면조의 애원성이 되고 있었다. 그가 뱉은 소리는 쏟아지는 빗줄기와 함께 무덤을 에워싸고 맴을 돌았다. 그것은 살아 꿈틀거리는 구슬프고 으스스한 바람 한 줄기가 되었다. 그것의 한 가닥은 먹구름 낀 하늘을 향해 날아가고, 다른 한 줄기는 이 산 저 산의 골짜기와 등성이의 숲 속으로 흘러 들어갔다. 그의 몸 깊은 곳에서 연달아 소리가 솟구쳐 올라왔다.

"황천이 어디라고 그리 쉽게 가려는가. 그리 쉽게 가려거든 당초에 나오지를 말았거나……."

진양조의 계면조 소리 굽이굽이에는 산호에 대한 애달픈 사랑과, 슬픈 사이별의 한과, 피 맺힌 생명력의 촉기가 어려 있었다. 그 자리에 있던 사람들은 그 소리를 듣는 순간 하나같이 어흑어흑 하고 울음을 터뜨렸다. 콜롬비아 음반회사 서울지사의 젊은 직원도 두 주먹으로 눈물을 훔치며 울었다. 그 젊은 직원은 울면서 속으로 소리쳤다.

'아, 바로 이것이다. 앞산도 첩첩하고, 이것을 녹음해서 음반으로 만들어 내놔야 한다.'

임방울의 속에서는 거듭 허무와 슬픈 감정이 솟구쳐 올랐고, 그는 피맺힌 천구성을 뿜어냈다.

"왔다가 가면 그저나 가지, 노던 터에 값진 이름을 두고 가며 동무에게 정을 주고 가서……."

먹구름 낀 하늘에서는 무심한 빗줄기가 쏟아졌고, 주위의 소나무들이 숙연하게 어깨를 늘어뜨리고 눈물을 줄줄 흘리고 있었다.

"가시는 님은 하직코 가셨지만 이승에 있는 동무는 백년을 통곡한들 보러 온 줄을 어느 뉘가 알며, 천하를 죄다 외고 다닌들 어느 곳에서 만나 보리오."

기생과 소리꾼들은 두 손바닥으로 얼굴을 가린 채, 혹은 빗방울 흘러내리는 먹구름을 향한 채 눈물을 훔치고 있었다.

"무정하고 야속한 사람아, 전생에 무슨 함의로 이 세상에 알게 되어서…… 곽 속에 들어도 나는 못 잊겠네."

임방울을 놓칠까 싶어 뒤를 따라 다니는 콜롬비아의 젊은 직원은 손수건으로 코를 풀고 눈물을 훔쳤다. 그 젊은 직원의 가슴에는 폭죽 같은 환희가 터지고 있었다. 아, '앞산도 첩첩하고', 이 소리를 음반으로 만들어놓으면 대박이 터질 것이다.

"원명源命이 그뿐이었던가, 이리 급작시리 황천객이 되었는가, 무정하고 야속한 사람아, 어디로 가고 못 오는가, 보고지고 보고지고 임의 얼굴을 보고지고."

천사

그는 하얀 서창을 바라보았다. 이를 악물었다. 이렇게 죽어 가서는 안 된다. 떨치고 일어나야 한다. 훈훈한 봄바람이 불고 꽃 피고 새가 울면, 무대에 서서 소리를 해야 한다. 겨드랑이가 간지러웠다. 겨드랑이 속에서 꿈틀거리는 것이 있었다. 그래, 날개가 돋아나야 한다. 이제 무력증이 걷히고, 말이 터지면 목을 만들어 훨훨 날아다니면서 구름 같은 관중 앞에서 소리를 해야 한다. 그래, 나는 지금 아픈 것이 아니고, 훨훨 날아다닐 수 있는 날개가 돋아나기를 기다리고, 목이 살아나기를 기다리고 있는 것이다. 부엌에서 한약을 달여 가지고 들어온 아내가 그의 상체를 일으켜 앉히고 사발을 코앞에 내밀었다.

그는 약을 마시고 나서, 문을 열라는 눈짓을 했다. 아내가 도리질을 하며 말했다.

"찬바람이 해로워서 안 돼라우."

그가 '잠시만 열었다가 닫아' 하는 눈짓을 했다. 아내는 이불을 끌어다가 그의 윗몸을 둘둘 말아놓고 문을 열었다. 찬바람이 덤벼들었다. 함박꽃 같은 눈송이가 팔랑거리며 땅으로 내려앉고 있었다. 마당과 담과 매화나무가 솜 같은 옷을 입고 있었다. 하얀 눈 세상, 신화의 세상이 되고 있었다. 이해에는 웬 눈이 이렇게 자주 내릴까. 그의 몸에는 빨간 열꽃이 피었다. 깡마른 얼굴 살갗은 불그죽죽했고, 후끈후끈한 열기가 있었고, 모공에는 식은땀이 어려 있었다. 더웠다. 상체를 휘감고 있는 이불을 걷어내버렸다. 이 겨울이 가고 꽃 피고 새 우는 봄이 오면 구름 같은 관중 앞에 서서 '쑥대머리'와 '옥중 상봉가'와 '가난타령'을 불러야 한다. 〈춘향가〉와 〈수궁가〉와 〈적벽가〉의 완창 무대를 가져야 한다. 하얀 솜옷을 입은 담 너머로 보이는 산이 하얗게 변하고 있었다. 검은 하늘에서는 계속 꽃잎 같은 눈송이들이 팔랑거리며 흘러내렸다. 그는 속으로, 저 눈은 넋이네, 어머니의 넋이네, 하고 읊조렸다. 가슴이 쓰라렸다. 눈시울이 뜨거워졌다. 어머니는 한겨울에 화순 어느 마을 부잣집에서 굿을 하고 오다가 동사했다.

그가 명창이 되어 레코드사에서 인세를 듬뿍 받고, 이 고을 저 고을의 부잣집 잔치에 가서 이돌을 받아다 드리는데도, 어머니는 늙은 몸을 이끌고 이 마을 저 마을로 굿을 하러 다니곤 했다. 기침으로 가쁜 숨을 쉬면서도 굿을 그만두려 하지 않았다. 아이고, 어머니 우리 어머니, 나 명창 만들려고 소리 선생에게 복채 바치던 어머니여, 지금은 극락에 계시는가……. 팔랑거리며 내려오는 눈송이들 속에, 하얀 신태집*을 들고 너울너울 춤추며 시나위 부르는 어머니의 소복한 모습이 보였다.

어머니를 생각하자, 가슴에 싸한 찬바람이 들어찼다. 예리한 칼로 도려내는 것처럼 아렸다. 일본으로 세 번째 녹음을 하러 가면서 임방울은 고향집에 들렀다. 자그마한 축음기 한 대를 사가지고 갔다. '호남가'와 '쑥대머리', '명기명창', '가난타령', '옥중 상봉가', '앞산도 첩첩하고'의 음반과 소리통에 꽂아 쓰는 바늘 한 갑을 가지고 갔다. 어머니에게 축음기를 이용해 소리 듣는 법을 가르쳐드렸다. 어머니는 축음기 속에서 흘러나오는 아들의 목소리를 신기해하며 소녀처럼 상기된 얼굴로 손뼉을 치며 말했다.

"오냐, 내 새끼, 내 조선명창의 소리를 듣고, 듣고, 또 들을란다. 이 판하고 바늘 끝이 다 닳도록 들을란다."

'가난타령'을 유난히 좋아했던 어머니의 시신은 무릎이 차게 내린 눈이 녹은 이듬해의 봄에, 화순의 너릿재 꼭대기에서 발견되었다. 어머니는 소복을 한 채, 무릎을 꿇고 비손을 하듯 두 손바닥을 한데 모으고 있었다. 얼어 죽어가면서도 아들을 위하여 비손을 한 것임에 틀림없었다. 시신 옆에는 굿한 집에서 싸온 시루떡과 구운 생선 한 보자기가 있었다. 어머니의 꽁꽁 언 시신을 흰 홑이불로 싸놓고 인부 둘을 샀다. 시신을 바지게에 올렸다. 송정리 집으로 옮겨 온 다음 방안에 모시고 아궁이에 불을 지폈다. 방이 따뜻해졌을 때, 어머니의 오그라든 팔과 다리를 주물러 폈다. "아이고, 아이고, 불쌍하고 가련한 우리 어머니……" 하고 울면서 염을 했다. 관 속에, 어머니에게 사 드렸던 축음기와 음반들과 바늘 한 갑을 넣어드렸다. 송정리 뒷산 기슭의 아버지 무덤 옆에 묻으면서, 어머니를 편히 모시지 못하고, 늙은 몸으로 큰 굿을 하러 다니게 방치한 불효를 자책하고 참회하며 통곡했다.

현해탄

젊은 아내가 문을 닫으려고 하자 그는 도리질을 했다. 아내는 그의 몸에 이불을 덮고 가장자리를 눌러주었다. 눈송이들은 생각을 가지고 있는 존재처럼 계속 팔랑거리며 흘러내렸다. 하얀 눈 세상이 되고 있었다. 과거의 시간들이 현재의 시간 속에 와서 꿈틀거렸다. 말을 잃어버린 그는 하염없이 눈 세상을 바라보았다. 흘러내리는 눈송이들 저편으로 현해탄의 짙푸른 물결이 보였다. 관부연락선의 구릉거리는 기관 소리가 귀에 들리는 듯싶었다.

동쪽으로 아득하게 열린 먼 바다에서 드높은 파도들이 밀려왔다. 바다는 짙푸르렀다. 그는 하늘과 바다가 맞닿은 수평선을 향해 서 있었다. 아, 나는 한없이 넓고 큰 세상으로 가고 있다.

일본의 콜롬비아 음반회사에서 새로운 토막소리들을 녹음하기 위해 가는 길이었다. 여성 명창 박녹주와 고수 한성준, 인솔 책임자인 서울지사의 젊은 직원과 더불어 부산으로 간 다음, 시모노세키 항으로 가는 관부연락선에 올랐다. 파도는 드높았고, 배는 기우뚱거렸다. 대부분의 탑승자들은 멀미 때문에 선실 안에 누워 있었다. 그는 배의 기우뚱거림으로 인해 가슴이 들끓었다. 얼굴이 상기된 채 갑판으로 올라갔다. 기관의 구렁거리는 소리가 귀를 먹먹하게 하는 고물 쪽으로 가서 난간을 붙잡은 채 섰다. 배의 스크루는 바닷물을 세차게 뒤쪽으로 밀어내면서 하얀 물보라를 일으켰다. 물보라는 연락선이 바다를 간지럽게 하는 까닭으로 일어난 너털웃음처럼 소쿠라지고 펑퍼지면서 뒤쪽으로 달아났다. 배의 기관 소리와 파도를 으깨어 부수는 소리, 물보라가 몸부림치면서 질러대는 광기 어린 껄껄거림이 귀를 먹먹하게 했다. 그는 그 그악스럽고 시끌벅적한 소리 세상 속에서 〈적벽가〉를 부르고, 그리고 연달아 〈수궁가〉를 불렀다.

시모노세키에서 오사카까지는 기차로 갔다. 일본의 집들은 지붕의 경사가 급박했다. 콜롬비아 사장과 전무와 제작과장이 그를 마중했다. 그의 '쑥대머리' 음반은 기울어져가던 콜롬비아를 불끈 일어서서 활개를 치게 했다. 식민지 조선의 민중은 그의 음반을 끝도 갓도 없이 사주었다. 콜롬비아 사장은 보증수표나 다름없는 그를 주빈으로 대접했다. 박녹주는 그냥 양념처럼 끼워 넣고 있었다. 그들은 박녹주를 고수로 쓸 생각이었다. 박녹주의 색정적인 목소리로 넣는 추임새를 함께 녹음하고 싶어 했다.

그들은 먼저 그의 〈춘향가〉 중에서 '거지 차림의 어사 이몽룡과 비손하던 춘향의 어머니가 만나는 대목'을 녹음했다. 박녹주가 북을 잡았다. 다음 날에는 〈수궁가〉 중에서 '토끼 화상 그리는 대목'을 녹음하고, 그다음 날에는 '고고천변 일륜홍'을 녹음했다. 또 그다음 날에는 '용왕이 탄식하는 대목', '용왕이 충신을 구하는 대목'을 녹음하고, 다시 또 그다음 날에는 '토끼와 자라가 만나는 대목'을 녹음했다.

마지막 날 제작과장은 '앞산도 첩첩하고'를 녹음하자고 나섰다. 서울지사의 젊은 직원의 주문에 따른 것이었다. 음악적인 감수성이 남다른 그 젊은 직원은, 기생 산호의 장례 때 빗줄기 속에서 그가 즉흥적으로 부른 슬픈 소리가락을 기억하고 있었다. 그 젊은 직원은 그 '앞산도 첩첩하고'가 불티 날 듯 팔릴 거라고 예언했다.

임방울은 막연했다. 그날 즉흥적으로 '앞산도 첩첩하고'를 피를 토하듯이 부르고 난 다음 모든 것을 까맣게 잊어버렸던 것이다. 그는 도리질을 하며 녹음을 거부했다. 소리의 족보에 있지도 않고, 소리나 사설이 제대로 되어 있지 않은 즉흥곡을 녹음해 발매했다가는 비웃음을 살 수도 있었다. 그런데 서울지사의 젊은 직원이 절대로 그렇지 않을 거라고 우기며 매달렸다. 하릴없이 그는 거기에 응하기로 했다. 하루 내내 여관방에서 '앞산도 첩첩하고'의 가사를 공책에다가 적어갔다. 산호의 무덤 앞에서 즉흥적으로 불렀던 것을 떠올리며, 그것을 진양조 가락으로 구성했다. 진양조 가락의 그 계면조 소리는 처음부터 피맺힌 통성과 천구성의 느린 결과 느슨한 무늬로 한 땀씩 한 땀씩 떠가고, 맨 뒤에 결말을 짓는 짧은 대목 '보고지고 보고지고'만 중모리로 하기로 했다. 그리고 죽은 그 동무와 여기저기에 공연을 다녔음을 가사 속에 넣음으로써, 죽은 여자가 단순히 한 사람의 기생만이 아님을 뜻하게 했다.

막상 녹음을 하는 도중 사설이 막혔다. 소리도 제대로 되지 않았다. 누구에게서 받은 소리가 아니고 즉흥적으로 창작한 소리이므로 사설이 혀와 목에 익지 않아서였다. 두 번째 녹음을 시작할 때 제작과장이 신신당부를 했다.

"이번에는 실수 없이 해주시오."

그는 심호흡을 했다. 녹음을 한다는 생각을 버렸다. 그냥 산호의 무덤에 심은 금잔디들을 삽날의 등으로 치면서 혼자 소리를 한다는 생각으로 부르기로 했다. 그런데 녹음을 하다가 다시 실패를 했다. "앞산도 첩첩하고 뒷산도 첩첩한디 혼은 어디로 행하는가"를 부른 다음 "황천이 어디라고 그리 쉽게 가는가"를 부르는데 소리의 결과 무늬가 너무 느슨하고 밋밋하고 싱거웠다. 그것이 그렇다고 느껴지자 신명이 오르지 않았고, 피맺힌 소리가 나오지를 않고, 또 거기에 찬물 같은 계면조의 애원성의 촉기가 박히지 않았다. 그는 도리질을 하면서 녹음실 밖으로 나가버렸다. 제작진은 당황했다. 제작진 가운데 누군가가 불평스럽게 "빠가야로!" 하고 소리쳤다. 못된 '곤조'를 부리는 조센진이라고 그를 욕하며, 두들겨 패서 버릇을 고쳐주자고 성질을 부리는 사람도 있었다.

밖으로 나온 그는 찬바람을 쐬며 심호흡을 했다. 어느 선생에게서 받지 않은 것을 혼자서 창작하기가 이렇게 어려운 것인가. 스스로가 한심스럽고 밉고 화가 끓었다. 이것 하나를 제대로 만들지 못하고 무슨 명창 말을 들을 수 있단 말인가. 고개를 쳐들고 하늘을 쳐다보는데, 문득 어린 시절 땅바닥에 엎어져 무릎을 찧고, 그 땅바닥에 침을 뱉은 다음 하늘을 쳐다본 일을 떠올렸다. 이렇게 일이 잘 풀리지 않음은 더 화려한 어떤 결과가 다가오려는 것이다. 이 고비만 넘기면 된다. 그는 그가 디디고 있는 땅바닥에 침을 뱉고 하늘을 쳐다보았다. 하늘에 흰 구름 한 장이 떠 있었다. 그래, 이제는 잘될 것이다. 어머니의 얼굴이 보였다. 어머니의 얼굴이 말했다. 너를 가질 때 둥그런 달을 품었더니라. 서울지사의 젊은 직원이 와서 통사정했다.

"잠시 마음을 가라앉히고 나서 다시 한 번 해보십시다. 제가 생각하기로는 '앞산도 첩첩하고' 이거, 틀림없이 세상을 발칵 뒤집어놓을 겁니다. '쑥대머리' 못지않게 팔려나갈 거예요. 자신감을 가지고, 힘을 내서 다시 한 번 해봅시다."

키 작달막한 제작과장이 그의 앞에 와서 굽실거리면서 말했다.

"신곡인 경우에는 다른 가수들도 몇 차례 실패하고 나서 성공하는 경우가 많습니다. 용기를 내서 다시 한 번 합시다."

제작과장은 "간바레!" 하면서 그의 손을 잡아 흔들었다. 그는 마음을 다잡고 녹음실로 들어갔다. 심호흡을 거듭하고 마이크 앞에 섰다. 내 몸과 내 소리 속에는 강의 신과 달의 정령이 들어 있다. 그냥 편한 마음 소리를 즐기자. 내 소리는 내가 하는 것이 아니고, 달의 정령이 만들어간다. 그렇다, 소리 속에 들어 있는 신명이 만들어간다. 소리는 스스로 태어나고 스스로 훨훨 날아가는 것이다. 목을 가다듬고 난 그가 "그래, 시작합시다!" 하고 기운차게 말했다. 준비를 마친 제작과장이 시작하라는 신호를 주었다. 그는 심호흡을 통해 주위의 기를 빨아들였다. 소리를 뱉어냈다.

"앞산도 첩첩하고 뒷산도 첩첩한디 혼은 어디로 행하는가."

소리에 오사카의 땅과 하늘의 기가 실리고, 그의 신명이 실리고 있었다. 몸의 깊고 깊은 곳에서부터 힘이 뻗쳐 올라오고 있었고 그것이 하늘을 향해 피어올랐다.

"황천이 어디라고 그리 쉽게 가랐던가. 그리 쉽게 가랐거든 당초에 나오지 말았거나, 왔다 가면 그저나 가지……."

알 수 없는 일이 일어났다. '가는가' 했던 것을 '가랐던가' 하고 발음을 하자 소리에 알이 꽉 차고 거기에 애원의 한스러운 촉기가 배어들고 있었다. 배 속에서 흘러나오는 소리의 굽이굽이에 슬픔과 사랑과 그리움이 녹아든 계면조에 신명이 무지갯살처럼 피어나고 있었다. 소리를 하고 있는지 허허로운 창공을 날아가고 있는지 분간할 수 없는 무아의 경지 속에서 그는 "보고지고 보고지고, 임의 얼굴을 보고지고." 하고 소리를 마무리했다. 녹음의 기술적인 작업이 끝난 다음 사장과 전무와 제작과장과 서울지사의 젊은 직원이 환호성을 지르며 박수를 쳤다.

이튿날 그가 시모노세키 항으로 출발하려는데 제작과장이 말했다.

"이 음반 제목을 《추억》이라 하고, 거기에다가 '죽은 아내亡妻를 생각하며'라고 부제를 달아야겠어요."

그는 고개를 저으며 말했다.

"안 됩니다. 집에 엄연히 살아 있는 아내가 있어요. 제 아내가 싫어할 것이오."

제작과장은 단호하게 말했다.

"부제를 붙이는 문제는 음반 판매하고 밀접한 관계가 있소. 회사가 결정하는 대로 따라주십시오. 여기서 '죽은 아내를 생각하며'라는 것은 반드시 임 명창의 아내를 지칭하는 것이 아닙니다. 이 노래는 세상의 모든, 아내를 잃은 사람들의 한스러움과 슬픔을 표현하는 것일 수도 있는 것 아닙니까? ……부제를 그렇게 달면, 이 음반이 지난번 음반보다 더 대단한 호응을 얻을 것이오."

그가 녹음을 마치고 한반도로 건너온 그해 팔월부터, '죽은 아내를 생각하며'라는 부제가 붙은 음반 《추억》이 다른 음반들과 더불어 출시되었다. 콜롬비아 음반사 제작과장의 예언대로 그 음반은 《쑥대머리》에 뒤지지 않게 많은 수량이 팔려나갔다. 도시 뒷골목의 술집은 물론, 한반도의 방방곡곡 가는 곳마다 축음기나 사람들의 목소리를 통해 '앞산도 첩첩하고 뒷산도 첩첩한디'가 울려 퍼졌다. 노랫말이 하나의 유행어가 되었다. '앞산도 첩첩하고 뒷산도 첩첩한디'라는 말은 보통 사람들의 앞날을

암담하게 가로막는 장애를 상징하는 것이었다. 그 노래 제목은
식민지 시대를 사는 사람들의 어두운 심사를 한마디로 말해주
고 있기도 했다.

하늘의 소리

사람들은 '추억'이란 제목을 기억하려 하지 않고 '앞산도 첩첩하고'를 기억했다. '앞산도 첩첩하고'는 '쑥대머리'와 더불어 임방울을 신화적인 인물로 떠오르게 했다. 그를 가리켜 사람들은 백 년에 한 번 나올까 말까 하는 명창이라고 추어올렸다. 임방울이란 이름을 앞에 내건 공창식의 협률사 공연은 가는 곳마다 성황을 이루었다. 시골 장터 옆의 빈터에 가설극장을 지어 공연을 하곤 했는데, 늘 하듯이, 초두에는 풍물굿을 띄워 흥을 돋우고 가야금 소리와 춤을 곁들여 보여주다가 보통의 소리꾼들의 소리를 들려주고, 최후에 그를 등장시키곤 했다. 관중은 그의 계면조의 아름답고 고운 천구성과 가슴을 닳아지게 하는 애원성에 박수를 치고 환호성을 질렀다.

공창식 협률사 예인들이 장흥 탐진강 둔치에서 공연을 하기 위해 장비들을 실은 화물차에 타고 가던 중, 영암 월출산 밑에 있는 한 마을 어귀에서 차가 고장 났다. 수리를 하는 동안 예인들은 풀밭에 앉아 점심을 먹었는데, 마을 뒷산 기슭의 숲에서 젊은 남자가 애처로운 구성으로 '앞산도 첩첩하고 뒷산도 첩첩한디' 하고 소리를 했다. 뒷산 기슭은, 비탈이 심한 밭과 검푸른 소나무 숲이 맞닿아 있었는데, 소리는 바로 그 어름에서 들려오고 있었다. 점심을 먹던 예인들은 일제히 소리 들려오는 산기슭을 쳐다보았다. 산 숲에서 아름드리 진달래꽃 무더기 하나가 움직거리더니 산밭으로 내려왔다. 진달래꽃 무더기 속에서 젊은 남자가 모습을 드러냈다. 더벅머리인 그 젊은 남자는 진달래꽃을 어깨에 걸치고 걸으면서 한스럽게 애끓는 소리를 했다. 그 남자는 산밭의 위쪽 귀퉁이에 있는, 만든 지 별로 오래지 않은 무덤 앞으로 갔다. 젊은 남자는 진달래꽃 무더기를 땅에 내려놓고, 괭이로 무덤 앞의 상석 밑을 파면서 애끓는 소리를 했다.

"……황천이 어디라고 그리 쉽게 가랐던가, 그리 쉽게 가랐거든 당초에 오지를 말았거나……."

피맺힌 애원성으로 청승스럽게 부르고 있었다. 찬란한 햇살이 쏟아지는 이른 봄철의 산밭 무덤 앞에서, 젊은 남자가 부르

는 소리는 듣는 사람의 가슴을 쓰라리게 했다. 협률사의 예인
들은 옆에 앉아 있는 임방울의 얼굴을 흘긋거리면서 "좋다",
"잘한다!" 하고 추임새를 넣었다. 누군가가 말했다.

"저기 임방울 명창이 또 한 사람 있네이."

다시 누군가가 말했다.

"저 사람을 데리고 가서 무대에 올리면 좋겠네."

때마침 두엄을 지고 지나가는 남자가 있어 임방울이 물었다.

"저 산밭에서 소리하는 사람이 어떤 사람이요?"

두엄 진 남자가 말했다.

"아내가 죽은 뒤로 실성을 했어라우. 날마다 산이나 들에
있는 꽃이란 꽃은 다 파다가 저렇게 지 각시 무덤 앞에 심음스
롬 애간장 녹이는 소리를 하요."

운전사가 차 수리를 다 끝냈으므로 예인들은 차에 올라탔
다. 그때까지도 산기슭의 젊은 남자는 소리를 거듭하고 있었다.

"보고지고, 보고지고, 임의 얼굴을 보고지고."

그 소리는 푸른 하늘로, 그리고 그 소리를 듣는 사람들의 육
체와 영혼 속으로 절절하게 사위어가고 있었다.

걸어 다니는 현금보따리

'앞산도 첩첩하고'라고 불리기도 하는 《추억》이란 음반은 백만 장 이상 팔려나갔다. 임방울은 음반회사 사람들이나 공연을 기획하는 사람들에게 걸어 다니는 거대한 현금 보따리로 보이기 시작했다. 콜롬비아와의 전속 계약이 만료되는 시점에서 오케이 레코드사, 빅터 레코드사, 시에론 레코드사가 전속 계약을 하자고 나섰다. 세 레코드사 가운데 시에론이 파격적인 조건으로 2년간의 전속 계약을 맺자고 했다. 그 조건은 30장의 음반을 한꺼번에 몰아서 내겠다는 것이었고, 계약금과 인세도 다른 음반사보다 많이 주겠다는 것이었다. 일사천리로 계약이 이루어졌고, 임방울은 관부연락선을 타기 위하여 부산으로 갔다.

박녹주, 김연수와 함께 갔을 뿐 고수가 따라가지 않았다. 박녹주와 김연수를 번갈아 고수로 써서 비용을 줄이려는 시에론 음반사의 계책이었다. 시에론 음반사는 애초에 인기가 절정에 올라 있는 임방울의 판을 주로 내고, 박녹주와 김연수의 판은 시험 삼아서 양념으로 내려고 했다.

서울에서 부산으로 가는 기차 안에서부터 임방울과 김연수 사이에는 좋지 않은 눈길이 오고 갔다.

김연수는 임방울의 소리가 세상을 풍미하는 것이 짜증스러웠다. 그는 임방울의 소리가 하늘 높이 떠야 할 이유가 없다고 생각했다. 김연수가 생각하기로, 임방울의 소리는 서편제와 동편제 양쪽의 법제에 모두 어긋난 소리였다. 한스러움이 너무 지나친 그의 소리를 김연수는 좋은 소리로 인정할 수 없었다. 또 하나의 흠은 그가 무식하다는 것이었다. 그럼에도 불구하고 그의 소리가 뜨고 있는 세상이 한심스러웠다. 김연수는 속으로 부아가 치밀었다. 그를 마주 대놓고 노골적으로 빈정거렸다.

"너무 으스대지 말드라고잉. 화무십일홍이고, 달도 차면 기우는 법이여."

김연수는 곰곰이 임방울을 극복할 계책을 하나하나 세워나갔다. 소리를 더욱 법제에 맞게 부를 뿐만 아니라, 한자말들을 제대로 발음하여 관객들에게 전달함으로써 그를 견제하려고 들었다. 언제인가는 자기의 유식함과 법제의 올바름과 임방울의 무식함과 법제의 어긋남을 대중이 알게 되리라고 생각했다. 그런 생각을 가지고 있는 김연수는 늘 무시하는 눈으로 그를 바라보곤 했다.

김연수의 그러한 심사를 알아채지 못할 임방울이 아니었다. 그는 김연수와의 동행이 불편했지만 그것을 겉으로 드러내지 않으려 했다. 그는 그 불편함을 익살 어린 농담으로 덮어버리곤 했다.

"나는 전생에 득음 못하고 죽은 또랑광대가 환생한 것이여. 이 세상 모든 명창이란 사람들이 아마 다 그럴 것이여. 그런께 모두들 독공을 부지런히 하고 또 하드라고잉. 아편도 하지 말고 화투도 치지 말고 색도 멀리 하고 술도 너무 과하게 마시지 말고……."

소리꾼들 사이에서는 그가 있는 한 웃음이 끊이지 않는다고들 말했다. 그는 소리꾼이기 이전에 재치 있는 재담가였다. 그는 김연수에 대한 불편한 생각이 솟구치면, 옆에 김연수나 박녹주가 있건 말건, '호남가'나 '명기명창' '쑥대머리' 따위를 중얼중얼 낮게 부르곤 했다. 어떤 때는 〈수궁가〉 중 '고고천변'을 부르기도 하고 '용왕의 탄식' 대목을 부르기도 했다. 그는 잠을 자지 않는 한 입을 쉴 새 없이 흥얼흥얼 놀려댔다.

김연수는 그런 임방울을 향해 "주접 웬만치 떨드라고잉!"

하면서 왼고개를 틀거나, 눈을 감고 자는 체해버리곤 했다.

관부연락선이 오륙도를 지나 큰 바다로 나서자 드높은 파도
가 배를 천천히 너울거리게 했다. 박녹주는 멀미를 하기 시작
했다. 김연수도 속이 메스꺼운 듯 창백해진 얼굴을 일그러뜨리
고 자꾸 침을 삼키곤 했다. 그들을 인솔하고 가는 시에론 음반
사의 직원도 멀미를 했다. 그들은 잠을 자버림으로써 멀미를 이
겨보려고 선실 바닥에 드러누워 눈을 감았다. 오직 임방울만 멀
미를 하지 않고 생생했다. 그는 멀미하는 김연수와 박녹주를 향
해 빈정거렸다.

"아이고! 〈수궁가〉를 공부하느라고, 자라 노릇 토끼 노릇을
함스롬 용궁 천 리를 몇 백 차례씩이나 들랑거린 예인들이 이
까짓 물너울에 멀미를 하면 어쩔 것이여?"

그는 갑판으로 올라갔다. 사람들 대부분이 다 멀미 때문에
선실에서 죽치고 누워 있는데, 오직 그 혼자서만 갑판 위에 우
뚝 서 있었다. 연락선이 뒤쪽으로 밀어젖히는 흰 파도와 물보
라를 보기도 하고 머나먼 바다에서 달려와 뱃머리에서 깨지곤
하는 파도들을 바라보기도 했다. 그는 이를 악물었다. 〈수궁가〉
를 공부한 소리꾼이 멀미를 한다는 것은 부끄러운 일이다. 그
에게도 약간의 멀미 기운이 있긴 했지만 소리를 함으로써 이겨

내기로 작정했다. 닥쳐오는 고통을 이겨낼 수 있는 것은 소리뿐이다. 소리꾼은 폭포 앞에서 폭포수의 굉음을 상대로 독공을해야 한다. 시끄러운 기관 소리와 드높은 파도 으깨지는 소음속에서 소리를 하게 된 것은 행운이다. 이 이상 좋은 독공 환경은 없을 터이다. 그는 집채 같은 파도들을 향해 목청 높여〈수궁가〉를 불렀다. 자라가 용왕에게 충성맹세를 하고 토끼를잡기 위해 육지로 가는 대목, 토끼를 꼬여 등에 태우고 용궁으로 들어가는 대목, 용왕이 토끼의 배를 가르려 하자, 토끼가 그위기를 모면하고 다시 육지로 나오는 대목들을 연달아 불렀다. 신명을 다해 소리를 하자 멀미 기운이 사라졌고, 가슴이 환하게 열렸다. 허공에서 삼례 같기도 하고, 산호 같기도 하고, 어머니 같기도 한 하얀 천사가 그를 향해 웃고 있었다.

불편한 녹음

녹음하는 첫날부터 임방울은 심기가 불편했다. 단가 '별유천지'와 〈춘향가〉의 '춘향 어머니 탄식' 대목을 녹음하는데, 제작진이 북 장단을 하필 김연수에게 맡긴 것이었다. 상대는 그의 소리를 인정하려 하지 않고 그를 무식한 사람, 법제에 어긋난 소리를 하고 노랑목을 쓰는 사람으로 비하하곤 하는 것이었다. 소리꾼이 혼신의 힘을 다하여 높은 소리로 피맺힌 촉기 어린 소리를 내야 하는 대목을 가성으로 부르는 것을 노랑목이라고 하는 것이었다.

그는 불편한 심사를 가라앉히기 위해, 잠깐 소변을 하고 오겠다고 말하고 밖으로 나갔다. 들어오는 길에 제작과장을 만나서 "고수를 박녹주로 바꾸어주십시오." 하고 요구했다. 제작과장이 의아해하며 말했다.

"왜요? 김연수 명창은 법제에 아주 충실한 사람이라고 들었습니다. 오늘은 그냥 그대로 갑시다. 내일 장단은 박녹주에게 맡기겠습니다."

김연수는 임방울이 자기를 불편해한다는 것을 눈치 챘고, 속으로 흥 하고 코웃음을 쳤다. 소리광대가 고수를 불편해하면 소리가 움츠러들기 마련이다. 김연수는 모른 체하고 북 앞에 앉은 채 속으로 뇌까렸다. 임방울이 너 이 자식, 오늘 한 번 죽을 맛을 봐라. 김연수의 속마음을 알아차린 임방울은 한 손에 부채를 들고 마이크 앞에 섰다. 쌍계사의 바위굴에서 만난 동리 신재효 선생의 말을 떠올렸다.

'소리꾼은, 고수의 기는 물론 관객들의 기, 하늘과 땅의 기를 빨아들여 소리를 할 줄 알아야 한다.'

그렇다. 내 소리에 장단을 먹일 고수가 남자이든지 여자이든지, 여우이든지 늑대이든지 곰이든지 호랑이든지 상관하지 말자. '네 소리에는 달의 정령이 들어 있다.' 하던 어머니의 말을 떠올렸다. '저는 죽어 바람이 되어, 서방님을 따라 다니면서, 서방님의 소리에 저의 혼령이 어리도록 할 거예요.' 하던 산호의 말도 떠올렸다. 그래, 해보는 것이다. 가로막는 것이 산이면 타넘어야 하고, 바다라면 헤엄쳐 건너야 하는 것이다.

김연수는 임방울의 눈을 뚫을 듯이 쏘아보았다. 임방울은 그 눈길을 보자마자 흠칫 놀랐다. 그 순간 그는, 저 김연수의 시기 질투와 저주의 눈길 속에 들어 있는 기운마저도 내가 빨아들여 소리로 토해내야 한다고 생각하며 심호흡을 하고 기를 모았다. 제작과장의 신호가 떨어지자마자 그는 김연수의 예리한 눈을 노려보면서 소리를 했다. 그의 소리는 신들린 듯, 계면조의 한스러운 촉기 어린 생명력을 품은 채 땅으로 퍼지고 하늘로 솟구쳐 올랐다. 그가 내뱉은 통성과 천구성과 애원성은 하늘의 마법처럼 듣는 사람의 혼을 취하게 했다. 김연수는 '아, 이 자식 봐라.' 하며 있는 기예를 다해 북을 쳤다. 소리가 북을 빨아들이고, 북이 소리를 빨아들였다. 김연수의 북과 임방울의 소리는 서로를 걸고틀면서 어우러졌고, 거듭 상승하며 승화하고 있었다.

녹음이 끝났을 때 옆에서 듣고 있던 박녹주가 탄성 어린 소리로 말했다.

"아이고, 이렇게 소리하고 북하고가 잘 맞는 것을 처음 들어보요. 앞으로 계속해서 임 명창이 소리를 할 때에는 김연수 명창이 북을 잡도록 해야겠소."

김연수가 얼굴을 일그러뜨리고 퉁명스럽게 "차라리 나보고 죽으라고 하소." 하고 말했다.

다음 날, 임방울이 〈수궁가〉 중 '고고천변'과 〈춘향가〉 중 '쑥대머리'와 '어사출또 끝에'와 단가 '호남가'를 녹음할 때는 박녹주가 고수 노릇을 했고 그다음 날, 〈춘향가〉 중 '이별가'와 '어사 행장 차리는 대목'을 부를 때는 김연수가 고수 노릇을 했다. 박녹주의 '타아' 하는 추임새 소리는 진저리 쳐질 정도로 색정적인 반면, 김연수의 북은 장작을 쪼개는 듯 강했고, '좋다' 하는 추임새는 무뚝뚝하면서 힘이 있었다. 김연수는 '개구리타령'을, 박녹주는 '홍타령'을 녹음했다. 이때는 임방울이 북을 쳐주었다. 또 김연수와 박녹주와 임방울이 각각 민요 한 곡씩을 불러 녹음했는데, 이때도 서로 번갈아 고수 노릇을 했다.

그런 다음에는 열흘 동안 내내 임방울의 소리만을 녹음했다. 이미 콜롬비아에서 낸 바 있는 음반 《추억》의 제목을 '사망처를 위하여'로 바꾸어 녹음하고 나서, 단가 '명기명창'과 〈수궁가〉 중 '왕왈 연하다'와 〈춘향가〉 중 '옥중 상봉가'와 '옥 문전의 봄바람'과 〈홍부가〉 중 '홍부 자탄 하는 대목'과 〈춘향가〉 중 '어사와 춘향 어머니'와 '춘향 어머니 비는데'와 〈수궁가〉 중 '토끼 화상 그리는 대목'과 '용왕 신하 구하는 대목' 들을 거듭 녹음했는데, 이때도 역시 김연수와 박녹주가 번갈아 고수 노릇을 했다.

김연수의 불만은 터질 듯이 부풀어 올랐다. 김연수가 받은 이돌은 임방울이 받은 것의 이십분의 일쯤이었다. 키가 헌칠하게 크고 체구가 튼실한 자기에 비하여, 체구가 왜소할 뿐만 아니라 서편제와 동편제를 뒤섞어 부르고, 노랑목이 주된 무기일 뿐인 저 무식한 엉터리 명창의 무엇이 도대체 저렇게 몸값을 올려놓은 것인가. 김연수는 속으로 안간힘을 쓰며 참았다. 자기는 법제에 알맞은 소리를 연마하고, 소리에 쓰이는 한자어들을 한자어답게 똑똑히 밝혀 소리를 하여, 장차 자기가 보배임을 만천하에 드러내야겠다고 다시 한 번 다짐했다.

관부연락선

시모노세키 항에서 부산항으로 가는 관부연락선에 오른 임방울은 가슴이 부풀어 있었다. 한시도 쉴 사이 없는 빡빡한 일정에도 불구하고, 희망과 자신감과 환희로 흥분되어 있었다. 그는 갑판의 뒤쪽으로 가서 난간을 잡고 배의 스크루가 뒤집어 밀어붙이는 하얀 물보라를 보면서 목청껏 소리를 했다. 부산항에 이를 때까지 〈춘향가〉와 〈적벽가〉를 모두 완창할 생각이었다. '망한 나라 안에서 누구에게 소리를 들려주고 누구로부터 금팔찌를 받을 것이냐.' 하고 묻던 유성준의 말을 떠올렸다.

백성도 살아 있고 소리도 살아 있다. 온 나라 사람들이 내 소리에 환호를 한다. 사람들의 가슴에 들어 있는 한스러움과 내 속에 들어 있는 한스러움이 서로 맞닥뜨려 환희의 불꽃이 일어나기 때문이다. 간드러진 계면조의 서편제 소리와 웅혼한 동편제 소리가 서로 어우러진 것을 사람들은 반기고 즐기는 것이다. 그 환호가 옛날 임금이 내려주었다는 금팔찌보다 더욱 값진 것이다. 〈춘향가〉에서 암행어사가 되어 남원으로 온 이몽룡이 어사출또를 하여 세상을 바꾸어놓고 춘향이를 구제하듯이, 망해버린 나라의 사람들은 누군가가 세상을 바꾸어주기를 바라고 있는 것이다. 그 한스러움을 위무해주는 것이 내 소리여야 한다. 파도는 드높았고, 연락선은 거친 파도로 인해 괴롭힘을 당하며 부산을 향해 달려가고 있었다.

가뜩이나 멀미에 시달리는 김연수에게는 임방울로 인해 더욱 고통스러운 여행이었다. 오줌을 누러 가면서 갑판 뒤쪽을 보니, 임방울이 하얗게 뒤집힌 파도와 물보라를 향해 소리를 하고 있었다. 임방울이 입은 흰 두루마기자락은 바람에 펄럭거리고 있었다. 그 뒷모습을 보는 순간 김연수의 가슴에 살의가 불끈 일어서고 있었다. 뒤쪽으로 다가가서 임방울을 들어 바다로 던져버리는 자기 모습이 머리에 그려졌다. 그는 진저리를 치면서 아니다, 아니다, 나는 오직 법제에 따른 소리와 나의 유식함으로써 무식한 저놈을 제압해야 한다, 하고 자기를 달래며 선실 안으로 돌아왔다. 김연수에게는 장차 이 땅에 판소리의 중흥을 이루어놓겠다는 각오와 자부심이 있었다. 그는 남다르게 판소리 다섯 바탕을 다 받았다. 유성준에게서 〈수궁가〉를 받고, 송만갑 문하에서 〈흥부가〉와 〈심청가〉를 배웠다. 정정렬 문하에서 〈적벽가〉와 〈춘향가〉를 전수하였다. 유일하게 신학문을 깨친 늦깎이 소리꾼인 그는 머지않아 '김연수 창극단'을 만들 참이었다. 그에게는 다섯 바탕의 소리를 각색할 수 있는 학문적인 재능과 기량이 있었다. 또한 그 다섯 바탕의 소리 사이사이에 잘못 쓰인 낱말과 빠져 있는 글자들을 끼워 넣고 수정하는 작업을 하리라 했다. 마지막에는 김연수 자신의 소리 다섯 바탕을 만들 참이었다. 그래, 이놈 임방울아, 누구의 소리, 누구의 이름이 더 오래 살아남는지 두고 보자. 노랑목을 쓸 뿐만 아니라, 동편제 서편제를 아무렇게나 섞어 뱉곤 하는 너의 무식한 소리가 지금 뜨고 있는 것은, 다만 하나의 무식한 대중 사이의 유행에 지나지 않는 것이다. 나는 장차 동리 신재효 선생 이후의 판소리 중시조로 역사에 남게 될 것이다.

김연수는 먼 앞날을 내다보았다. 조선성악연구회의 전속단체인 '조선창극좌'의 대표가 되어, 창극을 중흥시킬 생각이었다. 신파극과 영화가 판을 치는 세상에서는 소리꾼 한 사람이 무대 위에 올라가 소리를 해서는 관객을 만족시킬 수 없다. 많은 소리꾼들이 역할을 분담한 채 무대에 올라가 소리를 하는 창극 공연으로써 관객들을 사로잡아야 한다. 김연수는 나운규가

165

만든 영화 〈아리랑〉을 관람했고, 나운규와 문예봉이 주연을 한 〈임자 없는 나룻배〉도 보았다. 그것을 보면서 판소리가 나아갈 길을 생각했다. 영화와 신파극을 이길 수 있는 길은 오직 창극을 제작해서 공연하는 길뿐이다.

판소리를 하는 사람들에게 무서운 사건 하나가 서울 한복판에서 터졌다. 극단 청춘좌가 〈사랑에 속고 돈에 울고〉라는 신파극을 동양극장 무대에 올렸는데, 연일 극장이 미어터지도록 사람들이 몰려들었다. 입 달린 소리꾼들은 하나같이 우리도 신파극 같은 창극을 만들어 공연을 하자고 말했다. 화류계 여성이 사랑에 속고 돈에 운다는 그 멜로드라마 〈사랑에 속고 돈에 울고〉는, 두 해 뒤 부민관의 무대에 다시 올렸을 때에도 마찬가지로 대성황을 이루었다. 그 신파극은 거기에 그치지 않았다. 삼천리 방방곡곡의 유명 무명의 유랑극단들이 그것을 모방하여 〈홍도야 우지마라〉라는 제목의 신파극을 만들어 공연을 하곤 했는데, 그들 또한 톡톡히 재미를 보았다. 다급해진 소리꾼들은 서둘러 창극을 제작하여 공연하기로 뜻을 모았다. 그것이 김연수에게 하나의 행운을 가져다주었다.

자라와 토끼

음반회사 시에론에서 출시한 임방울의 소리들은 신파극의
대유행을 아랑곳하지 않고 삼천리 방방곡곡에 유성기를 통해
울려 퍼졌다. 특히 '사망처思忘妻(죽은 아내를 생각하며)'라고 새로
운 제목을 붙인 《앞산도 첩첩하고》 음반은 쑥대머리 못지않게
팔려나갔다. 임방울의 인기는 하늘을 찌를 듯했다. 그런 판에,
소리꾼들과 시조의 명창들을 아우르는 '조선성악연구회'라는
조직이 만들어졌다. 젊은 소리꾼 가운데 한학과 신학문에 두루
능통한 김연수가 그 조직의 이사가 되었다. 그 조직은 조선창
극좌를 만들어 운영했는데, 그 대표를 김연수가 겸하여 맡았다.
조선창극좌는 바야흐로 유행하는 신파극과 영화판에 도전하는
의미로서, 하나의 큰 획을 그을 수 있는 창극 〈수궁가〉를 제작
하기로 했다. 그 창극의 대본을 김연수가 직접 썼다.

〈수궁가〉에 등장하는 주요 동물은 자라와 토끼인데, 누가 자라를 맡고 누가 토끼를 맡을 것인지가 문제로 대두되었다. 체구가 크고 소리가 무거울 뿐 아니라 행동거지가 자라처럼 굼떠 보이는 김연수가 자라 역할을 맡고, 체구가 작을 뿐만 아니라 행동거지가 토끼처럼 민첩하고 소리가 경쾌하고 대중에게 인기가 많은 임방울이 토끼 역할을 맡았다. 자라와 토끼의 배역에서부터 김연수와 임방울의 대립이 예상되었다. 임방울과 김연수의 갈등을 알고 있는 사람들은 그 배역을 흥미로워했다.

　각색의 붓대를 잡은 김연수는 자기가 맡을 자라에게 많은 무게가 실리도록 대본을 만들었다. 자라를 주인공으로 했을 때 자라의 역할은 병든 임금님에 대한 충성스러움을 행동으로 보여야 하는 것이었다. 그리고 한사코 토끼를 간사스럽게 보이도록 만들어야 하는 것이었다. 김연수는 가능하면 토끼 역을 하는 임방울이 소리할 기회를 줄이고, 대신 자라 역을 하는 자기만 많은 소리를 하도록 각본을 썼다.

　창극 〈수궁가〉가 무대에 올려졌다. 창극은, 토끼를 잡아오라는 용왕의 명을 받은 자라가 육지에 당도하여 토끼와 처음 상봉하는 데서 시작되었다. 만나자마자 토끼와 자라의 지략 싸움은 시작되었다. 자라 역할을 맡은 김연수와 토끼 역을 맡은 임방울은 토해내는 소리에서부터 확연한 차이를 드러냈다. 김연수의 소리가 도끼로 장작을 패는 듯 박력이 있고 반듯반듯하고 씩씩하고 웅혼한 우조라면, 임방울의 소리는 웅혼한 구석이 있으면서도 경쾌하고 한스럽게 간드러진 애원성을 띤 계면조의, 가슴 저리게 하는 미성이었다. 토끼 역을 하는 임방울은 관중에게 처음 얼굴을 드러낼 때 '게(거기) 누가 날 찾나' 하는 대목을 불렀다.

"게 누가 날 찾나, 게 누가 날 찾나, 기산영수 소부 허유 피서 가자고 날 찾나, 수양산 백이숙제가 고사리 캐자고 날 찾나, ……완월玩月 장취 강남의 태백이 기경 승천하면서 함께 가자고 날 찾나, ……건너 산 과부토끼가 서방을 삼자고 날 찾나."

이 대목을 부르는 임방울의 옥구슬같이 화려하고 찬란하고 간드러진, 거대한 은구슬 금구슬을 흔드는 것처럼 아름답고 예쁜 소리에 관중은 가슴 한복판이 오그라들었고, '좋다' '얼씨구' 하고 추임새를 하면서 박수를 쳤다.

무대에 등장하는 순간, 임방울은 어느 날 밤 꿈에 동리 신재효 선생이 해준 말을 떠올렸다. 관중의 기운을 빨아들여 소리를 해야 한다는 것.

김연수가 쓴 대본에는, 임방울이 일단 '게 누가 날 찾나'를 부르는 데서 소리를 끝내고 깡총깡총 뛰어가다가 자라와 딱 부딪치기로 되어 있었다. 한데 임방울은 그 대목을 실제 연기로 하지 않고, 혼자서 판소리를 하는 것처럼 "요리로 깡짱 저리로 깡짱 깡짱깡짱 내려오다 별주부하고 딱 들이받아 논 것이" 하고 소리와 아니리로써 모두 해버린 것이었다. 자라 역을 맡은 김연수가 낮은 목소리로 불만스럽게 꾸짖듯이 말했다.

"대본대로 해, 대본에는 그렇게 안 되어 있단 말이여!"

관객의 환호로 인해 가슴이 잔뜩 부풀어 올라 있는 임방울의 흥과 신명에 김연수가 찬물을 끼얹고 있었다. 임방울은 관중에게 다 들리도록 큰 소리로 불만스럽게 꾸짖듯이 아니리로 말했다.

"야, 이 멍청한 자라놈아, 소리라는 것은 흥대로 신명대로 하는 것이지, 대본은 무슨 대본이란 말이냐!"

임방울로서는 격을 깬 것이고, 김연수로서는 산통이 깨진 것이었다. 관중이 와 하고 웃었고, 김연수는 신경질이 났고 동시에 맥이 빠졌다.

임방울은 아랑곳없이 과감하게 극을 이끌어갔다. 자라와 토끼는 서로 통성명을 했고, 상대인 자라가 고급한 문자를 쓴다고 생각한 토끼는 상대편을 기죽이기 위하여 되지도 않은 엉터리 문자들을 줄줄이 아니리로 내갈겼다.

"자, 문자 통으로 들어가니 착실히 들어보시오, 법은 홍안이요, 홍안백발이요, 홍불감장이요, 아가사창이요, 단기삼년이요, 이불가독신이요, 진불가감이요, 탄탄대로요, 어동육서요, 좌포우해, 홍동백서요, 분향재배요……."

관중은 '잘한다!' 하고 환호하면서 박수를 쳤다.

극이 진행됨에 따라 자라 역을 맡은 김연수는 토끼 역을 맡은 임방울에 비하여 관객들의 호응을 얻는 데 불리할 수밖에 없었다. 애초에, 대대로 용궁의 충신임을 자처하는 자라가 목숨을 걸고 토끼를 잡아다가 바치겠다며 용왕에게 하직하고 나왔지만, 그 밑바탕에는 토끼를 속여 끌고 올 간교함이 깔려 있으므로 관객들이 가증스러워하며 비난을 했다.

한반도가 일제의 지배를 받고 있는 세상에, 토끼를 잡아다가 배를 갈라 죽이려는 자라와 그 음모 속에서 살아나려는 토끼의 살벌한 지략 싸움이 무대 위에서 벌어졌다. 토끼는 일차적으로 자라의 술수에 넘어가 용궁으로 들어가 죽을 위기에 처하지만, 그의 기발한 지략으로 인해 용왕을 속이고 육지로 되돌아가는 것이다. 식민지 시대 상황에 일제의 눈으로 본다면 〈수궁가〉를 아주 불온하게 해석할 수도 있었다. 독립운동을 하는 사람들은 삼엄한 일본 정보경찰의 눈을 피해 귀신같이 독립 자금을 모아 상해로 보내야 하는 것이고, 일본 경찰의 고등계 형사들은 은밀한 그들의 접선 그물을 포착하여 그들을 잡아다가 요절내야 하는 것이다. 자라와 용왕은 독립운동을 한 자들을 붙잡은 일본 경찰인 것이고, 수궁으로 붙잡혀 들어온 토끼는 독립운동자인 셈이다. 관객들은 자라의 지략에 넘어간 토끼가 용궁으로 들어가는 것을 안타까워하고 조마조마해하다가, 토끼가 기막힌 지략을 발휘하여 사지에서 빠져나가는 것에 박수를 보내는 것이다.

자라 역할을 하는 김연수는 관중으로부터 한 번도 박수를 받지 못하는데 임방울은 연이어 박수를 받곤 했다. 가뜩이나 임방울의 소리에는 슬픈 느낌이 들 뿐만 아니라 심금을 울리는 촉기 어린 한과 애원이 담겨 있었다. 간드러지게 젖혀 올리는 목과 꺾어 비틀어 흔드는 소리가 임방울의 장기였다. 식민지의 관객들은 바로 그 한스러운 애원성이 좋아 환장하는 것이었다.

관중으로부터 박수 한 번 못 받은 김연수는 무대 뒤 대기실로 나오자마자 속이 상해서 툴툴거렸다.

"에잇! 주리를 틀어 죽일 놈의 용개목! ……누가 용개목 소리를 내라면 못 낼 줄 아는가, 법제에 어긋나지 않게 소리를 하려니까 피하는 것이지."

'용개목'이란 말은 '노랑목'을 얕잡아 비튼 말이었다.

이튿날 누군가가 김연수가 뱉어낸 그 말을 귀띔해주자 임방울은 빙긋 웃으면서 혼잣말처럼 중얼거렸다.

"아이고 김연수, 그깟 놈은 죽었다가 깨어나도 내 소리를 흉내 낼 수 없어."

방자 임방울

〈수궁가〉 공연을 성공적으로 끝내고 난 조선창극좌에서는 이어 〈춘향전〉을 공연하기로 했다. 작품의 각색은 이번에도 김연수가 맡았다. 이때 연출 감독은 과연 누구에게 이몽룡 역을 맡기고 누구에게 방자 역을 맡길 것인가를 고민하지 않을 수 없었다. 대중에게서 받는 인기로 봐서는 당연히 임방울이 이몽룡 역할을 맡고, 김연수가 방자 역할을 맡아야 하는 것이었다. 한데 임방울은 키가 작고 체구가 오동통했고, 김연수는 키도 헌칠하고 얼굴도 훤하고 태깔도 시원한 것이었다. 연출 감독은 자기 주위의 많은 사람들에게 자문을 구했는데, 키 작고 오동통한 이몽룡보다는 키 헌칠하고 얼굴 수려한 이몽룡이 관중을 압도할 것이라는 의견들이 많았다. 그 의견에 따라 이몽룡 역할을 김연수에게 맡기고, 방자 역할을 임방울에게 맡겼다.

무대 위에서 연출된 장면은 남원의 박석고개였다. 어사가 된 이몽룡 역의 김연수가 거지 행색을 한 채 서울에서 남원으로 내려가다가 잠깐 나무 그늘에서 쉬고 있었고, 방자 역의 임방울은 옥중에 갇힌 춘향의 편지를 가지고 서울 삼청동의 이몽룡에게 전하러 가고 있었다. 흰 바지저고리 차림에 괴나리봇짐을 지고 머리를 흰 수건으로 질끈 동인 방자는 가파른 고개를 올라가면서 중모리 가락으로 소리를 했다.

　"어이 갈 거나, 어이 갈 거나, 한양땅을 어이 갈 거나아."

　임방울의 신화적인 분위기를 지닌, 물 찬 제비의 날갯짓 같은 촉기 어린 천구성과 애원성은 극장을 가득 매운 관객들의 심금을 울리며 시원스럽게 훨훨 너울거리고 있었다.

　"오늘은 가다가 어디서 자고 내일은 가다가 어디서 잘 거나."

　거기에는 호남의 전통적인 육자배기 가락의 한스러움이 깔려 있었다. 관중 속에서는 '좋다' '잘한다' 하는 추임새가 터져 나왔다. 임방울은 환호하는 관중의 기를 빨아들여 흥과 신명을 곡진하게 창출했다.

　"가련하고 가련하네, 옥중에 갇힌 춘향 아씨 신세가 가련하네에……."

방자역의 임방울이 등장하자 거지 행색의 어사 김연수는 활짝 펴든 부채로 두 눈 아래쪽을 가린 채 방자 임방울에게 수작을 걸었다. 어사의 수작에 넘어간 방자는 품에서 편지를 내주었다. 어사는 춘향이가 옥중고혼이 될 형편임을 알리는 편지를 읽고 나서 슬픈 심사를 노래하며 눈물을 뚝뚝 떨어뜨렸다. 한데 김연수의 소리는 임방울의 촉기 어린 신명과 계면조의 천구성과 애원성과 확연히 다른 것이었으므로, 관중의 심금을 울리지 못했다. 관중의 냉랭한 반응에 김연수는 당황했다.

방자 임방울은 부채로 가린 이몽룡 역의 김연수 얼굴을 자세히 훔쳐본 다음 "아이고, 서방님!" 하고 소리를 질렀다. 땅바닥에 무릎을 꿇으면서 중모리 가락으로 "소인 방자놈 문안이오. 대감마님 한양으로 행차하신 후에 기체 안녕하옵시며, 서방님도 먼먼 길에 노독이나 없이 오시옵니까." 하고 소리를 했다. 방자 임방울의 향 맑은 간드러진 슬픈 계면조의 소리가 장내를 맴돌았고, 그 소리에 뇌쇄된 관객들의 가슴과 겨드랑이와 정수리와 중추신경은 저릿저릿한 진저리로 누비질이 되고 있었다.

"살려주오, 살려주오, 옥중의 춘향 아씨를 살려주오."

관객들은 무릎장단을 치면서 '좋다' 하고 추임새를 넣었다. 방자 역의 임방울 소리는 신비로운 마약처럼 관객들을 취하게 하고 있었고, 그들은 미친 듯이 "잘한다!" "좋다!" 하고 거듭 추임새를 넣었다.

"신관사또 도임 후에 춘향 아씨를 잡아들여 수청 아니 든다고 성목삼촌 곤장질에 명이 경각에 달렸으니 살려주오, 살려주오, 옥중 아씨를 살려주오."

관중 속에서 어사 역할을 맡은 김연수의 정신을 아찔하게 하는 소리들이 터져 나왔다.

"아이고, 니가 이몽룡감이다!"

"임방울이, 니가 이몽룡이 해뿔어라."

"이몽룡하고 방자하고 바꿔서 해라."

"바꿔서 해!"

관중의 동요가 거칠어졌다.

"당장에 바꿔라."

그 거친 반응을 따라서 관중은 우레 같은 박수를 쳐댔다. 그 박수는 도끼날이 되어 김연수의 가슴을 난자했다. 김연수는 서 있기 힘이 들 정도로 온몸이 후들후들 떨렸다. 막이 내리고 김연수와 임방울은 무대 뒤의 분장실로 들어갔다. 김연수는 들어서자마자 의자를 발길로 걷어차면서 신경질적으로 말했다.

"용개목 때문에 더러워서 못해묵겠네. 누구는 용개목을 쓸 줄 몰라서 안 쓰는지 알어?!"

임방울은 허공을 향해 허허허허 하고 웃고 나서 말했다.

"어이, 연수, 웃기지 말드라고잉. 내가 차 띠고 포를 띠어줘도 연수 자네는 내 장기를 못 이기네이."

천재의 반란

그해 봄이 무르익었을 때 조선창극좌에서는, 유랑극단들의 가설극장을 미어터지게 한 신파극 〈홍도야 울지 마라〉에 맞설 수 있는 〈홍부가〉를 무대에 올리기로 했다. 이때도 각본을 김연수가 만들었는데 연출 감독이 홍부 역할을 김연수에게 시키고, 놀부 역할을 임방울에게 시켰다. 학식도 좋고 인물도 훤하고 연기력도 좋은 김연수에게 주역을 시키고, 인기는 높지만 키가 작은 데다 연기력이 보잘것없는 임방울에게 놀부 역할을 맡기자는 것이었다. 김연수는 홍부 역할을 맡은 자기에게 유리한 대본을 만들었다. 홍부의 이미지를 고양시키기 위해 놀부가 불러야 할 소리를 축소시켜 대사만 말하게 하고, 홍부가 불러야 할 소리만 많이 넣었다.

대본을 훑어본 임방울은 심사가 뒤틀렸다. 대본에 쓰인 대로만 한다면, 자기는 소리다운 소리 한번 못 해보고 창극이 끝날 것이 뻔했다. 그렇다면 나는 김연수의 들러리만 서는 것이다. 임방울은 무대에 오르면서부터 이미 심통이 부글부글 끓어 있었다. 그것은, 김연수가 대본을 자기에게 유리하도록 만들었다는 이유에서만이 아니었다.

그는 오래전부터 판소리 한바탕을 창극으로 만들어 공연하는 일에 회의와 불만을 가지고 있었다. 창극은, 대중에게 호응이 좋은 신파극이나 영화 때문에 어찌할 수 없이 이런저런 등장인물에 따라 배역을 하여 연기를 하면서 소리를 하게 하는, 울며 겨자 먹기의 돌연변이적이고 기형적인 산물이었다. 그가 생각하기로, 창극이란 것은 개량 발전된 것이 아니고, 개악된 것이었다. 전통의 판소리라는 것은, 서양의 모노드라마(독백극)처럼 한 사람의 잘 수련된 광대가 소리 속에 등장하는 모든 인물들의 역할을 해내면서, 소리와 아니리와 발림과 너름새로써 배경을 그려가며, 두세 시간씩 완창을 하는 총체성의 유기적인 생명체이자, 하나의 완벽한 형태의 독립된 아름답고 슬프면서도 해학적인 예술인 것이었다. 그와 달리 창극은, 분업화되고 있는 전통사회처럼 여러 광대가 각기 한 인물씩의 역할을 찢어 맡아 토막소리를 하고, 아니리와 연기를 하게 함으로써 판소리의 장점들을 해체 파괴하고, 모든 소리광대를 토막소리만 하는 또랑광대로 만들고 있었다. 그리하여 마치 색깔이 다른 많은 천 조각들을 이어 붙인 조각보로 바지저고리와 두루마기를 지어놓은 것 같은 꼴불견이 되고 만 것이었다. 대중으로부터 천하의 명창이라는 말을 들을 뿐 아니라 최고의 인기를 누리고 있는 그로서는, 한 사람의 평등한 소리광대로서 하나의 단역을 맡아 또랑광대 노릇을 하는 것이, 자기가 별로 가치 없는 단역의 어릿광대로 전락하는 것 같아 슬펐다. 또 상대역을 하는 광대들의 소리를 들어보면 한심스러웠다. 내가 혼자서 저 대목의 저 소리를 한다면 저렇듯 건조하고 맥이 빠지게 하지 않을 터인데, 정말로 구성지고 곡진하게 피맺힌 애원성으로 관객들의 간과 심장과 뼈를 녹일 만큼 잘할 터인데…….

놀부로 분장을 한 임방울은 인정이 매몰찬 놀부아내 역을 맡은 여성 명창과 함께, 가슴에 불만을 가득 품은 채 무대로 나아갔다. 흥부로 분장한 김연수가 등장하여 놀부역의 임방울 앞에 무릎을 꿇고 엎드리면서 아니리로 말했다.

"아이고, 형님, 동생 흥부 문안드리오."

임방울 옆에 선 놀부의 아내가 대본에 쓰인 대로 쌀쌀하게 볼멘소리를 했다.

"한 번 집을 나갔으면 말제 뭣을 할라고 다시 왔는고!"

홍부 역의 김연수는 대본에 쓰인 대로 "아이고 형수씨도 평안하셨습니까?" 하고 아니리로 말했다. 임방울은 속으로 생각했다. 아, 이 얼마나 재미없고 맥이 빠지는 신파극 같은 진행인가. 원래의 판소리 〈홍부가〉에 있는 대로 한다면, 놀부는 아니리가 아닌 무뚝뚝하고 볼멘소리로써 '아니, 니가 누구라고? 나는 너 같은 동생 둔 적이 없다. 나는 오대 독신이다.' 하고 잡아뗌으로써 관중의 증오를 사야 하는 것이다. 속에 담긴 불만이 솟구쳐 오른 임방울은 홍부로 분장한 김연수 앞으로 다가가서 얼굴을 이리저리 뜯어본 다음 대본에 없는 엉뚱한 말을 큰 소리로 지껄였다.

"뭣이여, 니가 홍부라고? 어디…… 자세히 좀 보드라고…… 아니, 자네는 소리광대 김연수 아니라고?"

그것은 창극에서는 있을 수 없는 어처구니없는 파격의 재담이었다. 그렇지만 그렇게 격을 깨고 있는 배우가 다른 사람 아닌, 물 찬 제비 같은 매끄러운 소리를 잘할 뿐 아니라 재담이 좋다고 소문 난 임방울이기 때문이어서인지, 관객들 속에서는 일제히 웃음이 터져 나왔다.

당황한 김연수는 임방울을 향해 "대본대로 해!" 하고 속삭이고 나서 진양조 가락으로 소리를 했다.

"비나이다, 비나이다, 형님 전에 비나이다. 쌀이 되면 닷 말만 주시옵고, 돈이 되면 닷 냥만 주시옵고, 벼가 되면 서 말만 주시옵고, 보리가 되면 닷 말만 주시옵고, 그도 저도 못하거든 찬밥이나 한 술 주시오. 그도 못하겠거든 찌갱이나 몽근 겨나 양단간에 주시오면 지금 굶어서 죽어가는 아내와 자식들을 살려내겠나이다. 제발 덕분에, 살려주시오."

흥부 역할의 김연수가 역량껏 슬픈 소리로 열창을 했지만 관객들은 별 반응을 보이지 않았다. 전통의 판소리 〈흥부가〉대로 한다면, 놀부인 임방울은 마당쇠에게 몽둥이 하나를 가지고 오라고 해서 그것을 꼬나들고, 자진모리 가락으로 이렇게 소리를 해야 하는 것이었다.

'어따 이놈, 강도놈아, 나의 말을 들어보아라. 볏말이나 주자한들, 천록방 가리노적, 멧산山 자로 쌓였지만 너를 주자고 노적을 헐 것이며, 쌀 되나 주자고 한들, 삼대청 뒤주 속에 가득가득 들었지만 너 주자고 뒤주를 헐며, 돈냥이나 주자고 한들 옥당방 용목궤에 궤를 지어 넣었으니 너를 주자고 궤를 헐며, 식은 밥이나 주자 한들 새끼 낳은 암캐 두고 너 주자고 개 굶기며, 찌갱이나 몽근 겨나 양단간에 주자 한들 궂은 방 우리 안에 도야지가 들었으니 너 주자고 도야지 굶기랴. 잘살기도 내 덕이요 못살기도 네 팔자라, 먹고 굶고 네 복이라. 궤 돈이 녹

아나고 곡식이 썩어나도 너 줄 것 없으니 이놈 퉤퉤 물러가라. 카악.'

그런데 대본에는 그 소리를 하라고 되어 있지 않고, 그냥 몽둥이를 들고 두들겨 패는 시늉만 하라고 되어 있었다.

임방울은 신파극으로 전락한 창극의 산통을 깨부숴버리고 싶은 충동이 불끈 일었다. 그는 김연수 앞으로 다가가 오른손 끝으로 턱을 받쳐 들면서 말했다.

"뭣이 어쩌고 어째? 찌갱이나 몽근 겨를 달라고? 아니, 몽근 겨나 찌갱이는 갖다가 뭣을 할라고 그러신가, 김연수 자네가 참말로 그렇게 가난한가?"

관중 속에서 와 하는 웃음과 박수가 터져 나왔다. 그들 가운데 누군가가 '창극이 뭐 이래!' 하고 불만을 토로했다. 김연수는 화가 끓어올랐지만, 관중이 듣지 못하도록 "대본대로 하란 말이여." 하고 속삭였다.

임방울은 네놈 좋으라고, 네놈이 네 마음대로 휘갈겨 쓴 대본대로 해서 내가 바보 될 줄 아느냐, 하고 생각하며 관중을 향해 아니리조로 "허허어! 내 동생 흥부놈이 대본대로 하라고 해서, 형인 놀부 임방울이 대본대로 하는디……." 하고 나서 엇모리 가락의 계면조로 "흥부 역을 맡은 김연수가 저만 좋도록, 엉터리로 만든 대본이 근본이더란 말인가, 소리를 잘만 해서 관객들을 웃기기도 하고 울리기도 하기만 하면 고만이제." 하고 소리를 하고는 몸이 열십 자가 되게 두 팔을 번쩍 들어 나비처럼 춤을 추면서 홍타령의 가락으로 "가노라, 가네에, 놀부 역을 맡은 임방울이 돌아가네에. 홍부 역을 맡은 김연수가 저 좋을 대로 만든 신파극 같은 창극이 싫어서 임방울이 떠나가네." 하며 무대 밖으로 나가버렸다. 물론 그것은 대본에 없는 것이었다. 이날 밤 이후 임방울은 어디로 갔는지 그 종적이 묘연했다.

찬란한 슬픔의 봄

임방울은 괴나리봇짐을 짊어지고 발길 닿는 대로 걸었다. 그즈음 한창 뜨겁고도 은밀한 사랑에 빠져 있었던 함애선에게 마저도 어찌하여 어디엘 간다는 말 한마디 없이, 그야말로 발길 닿는 대로 바람 부는 대로 떠밀려 발을 옮긴 것이었다.

서울역까지 간 그는 목포로 가는 기차가 있어 올라타버렸다. 그의 내부에서는 창극이 처한 비극적인 상황과 스스로의 삶에 대한 슬픔과 회의와 분노와 반란이 일어나고 있었다. 내가 지금 하고 있는 짓거리, 이것이 무엇인가. 그가 탄 기차는 어둠 속에서 눈을 부릅뜬 채 새까만 철길을 훑고 또 훑었다. 용산역을 지나고 한강 철교를 건넌 기차는 깊이 잠들어 있는 강산을 혼자서 흔들어 깨우며 달려갔다.

삼등 객실 안 승객들은 의자에 기대앉거나 객실 바닥에 누위 잠을 자고들 있었지만 그는 눈을 초롱초롱 뜬 채 깨어 있었다. 그가 가야 할 길은 뻔했다. 그는 독자적으로, 관객들과 생피 휘도는 맨살로써 만나 신명을 다하는 판을 만들어 소리를 하고 싶었다. 혼자라도 시장바닥을 돌면서 소리를 하리라. 웅혼하면서도 한이 서린 내 소리를 들은 사람들은 모두 추임새를 먹이며 환호할 것이다. 나를 따르는 소리광대들 몇과 뜻을 모아 유랑극단을 만들자. 토막 창극이 아니라 판소리를 주로 하는 극단을 만들자. 물론, 레코드사에서 극단 공연의 실황녹음을 하자고 하면 기꺼이 응하리라.

새벽녘에 영산포역에서 내린 그는 강진으로 가는 버스를 탔다. 일본유학을 하고 돌아온 시인 한 사람이 강진에 살고 있었다. 강진 읍내에서 만세를 부르다가 대구에서 감옥살이를 하고 나온 그 시인은 대단한 귀명창이었고, 강진 갑부의 아들이었다. 조선의 판소리가 처한 현 상황을 이야기하고, 자기 혼자서라도 소리광대 패를 만들어 시골 장바닥을 누비며 공연하는 문제를 그와 의논하고 싶었다. 그 시인은 김영랑이었다. 여느 남자들보다 체구가 큰 김영랑은 대단한 고집을 가지고 있었다. 다들 일본말로 시를 쓰는데, 그는 조선말로만 썼다. 그의 조선말 시는 그윽하고 아름답고 고왔다. 일본유학을 하고 왔음에도 불구하고 양복 대신에 한복을 입었고, 일본 유행가를 좋아하지 않고, 서양의 고전음악이나 판소리만 들었고, 소리광대들과 친하게 사귀려 들었다. 소리광대를 초청하여 소리를 하게 한 다음 이돌을 듬뿍 쥐어주곤 했다. 은밀하게 상해 쪽으로 돈을 보내주곤 한다는 말도 있었다. 일본 경찰의 눈이 두려운 소리광대들은 김영랑과 함부로 가까이해서는 안 된다고 말하기도 했다. 김영랑은 소리광대들 가운데서 임방울을 특히 좋아했다. 임방울의 소리를 듣기 위해 강진에서 광주까지 털털거리는 버스를 타고 오곤 했었다. 분장실로 찾아온 김영랑은 임방울의 손을 잡고, '나도 임방울 명창의 소리 같은 결 곱고 색깔 그윽한 시를 쓰고 싶어.' 하고 말했었다. 임방울의 음반이 나온 다음부터는 여행을 할 때도 가방형의 작은 축음기를 포장하여 커다란 여행 가방에 넣어 가지고 다니면서 노상 듣는다고 했다. 강진 집에서는 주위의 여러 친구들을 불러들여 함께 임방울의 소리를 듣는 모임을 가지기도 한다 했다.

영산포역에서 출발한 버스는 점심때가 가까워 강진에 도착했다. 김영랑의 집은 강진에서 소문난 부잣집답게 안채와 사랑채와 문간채와 별채가 따로 있고, 널찍한 울안에 커다란 곡식 창고가 있었다. 그의 집 너른 마당에는 바야흐로 적색의 모란 꽃이 흐드러져 있었다. 모란꽃 나무는 마당 여기저기에 무더기져 있었다. 김영랑의 집 대문간 안으로 들어선 임방울은 머리 희끗희끗한 머슴에게 김영랑 선생을 찾아왔노라고 말했다. 허리가 약간 굽은 그 머슴이 별채의 서재로 그를 안내했다. 얼굴이 넓적하고 살결이 하얀 김영랑은 흰 바지저고리 차림을 한 채 서재에서 책을 읽고 있다가 맨발로 뛰어나와 임방울을 얼싸안으면서, 수더분하고 찐득찐득한 정이 넘치는 전라도 강진 사투리로 말했다.

"아따! 천하의 임방울 명창이 시방 여그가 어디라고! 아니, 뭔 바람이 이렇게 불었다요, 잉?"

가슴이 뜨겁게 달아오른 임방울은 자기도 모르는 사이에 아니리로 "높하늬바람에 떠밀려서 이렇게 훨훨 날아와부렀구만이라우." 하고 대답을 했다. 김영랑은 아내를 시켜 밥 준비를 하게 해놓고, 윗목에 있는 대형 축음기를 가리키면서 말했다.

"쩌번참에 갖고 있던 축음기는 너무 쬐끄만해서, 여행할 때 갖고 댕기기는 좋은디, 소리가 시원치 않길래, 이번에 아주 소리통이 제일로 큰 것을 하나 더 들여놔부렀소. 들어보시오. 소리가 저기 골목 바깥에까장 쩡쩡 울리요."

김영랑은 《쑥대머리》 음반을 축음기의 회전판에 얹어놓고 태엽을 감았다. 회전판을 돌려놓고, 바늘을 음반 가장자리에 조심스럽게 올려놓았다. 축음기의 소리통은, 임방울의 얼음처럼 차갑고 물 찬 제비 같은 매끄러운 천구성과 애원성을 토해냈다. 김영랑은 아랫목에 있는 북과 북채를 끌어다 놓고 장단을 먹였다. 그동안 얼마나 북을 많이 쳤는지, 소리와 북장단의 아귀가 척척 맞았다. 임방울이 말했다.

"김 선생님, 과연 천하의 귀명창이시구만이라우."

김영랑이 고개를 갸우뚱하며 말했다.

"아니라우, 장단은 겨우겨우 맞추는디, 북장단 강약의 오묘함을 아직 터득하지 못했어라우. 내 북소리가 임 명창의 촉기 어린 소리하고 조화가 제대로 안 되는 것 같어라우."

임방울이 농담을 했다.

"아이고, 그것까지 다 잘해뿔게 된다면 아주 고수로 나서셔야겠지라우."

점심 밥상이 들어왔고, 김영랑과 임방울은 마주앉아 밥을 먹었다. 아침을 건너뛴 임방울은 달게 음식을 먹었다. 강진만에서 나는 바지락 국물이 아주 시원했고, 향긋한 산미나리 무침, 신선한 도미구이가 식욕을 돋워주었다.

"모란꽃 필 때에 강진만에서 나는 반지락하고 도미가 아주 맛있어라우."

김영랑은 임방울에게 술잔을 건네며 말했다.

"임 명창이 이렇게 찾아주다니 이거야말로 나로서는 크나 큰 횡재요. 대관절 무슨 바람이 이렇게 고맙게 불었다요?"

임방울은 전날 저녁 창극 무대에 출연했다가 연기를 하던 도중 왈칵 속이 상해서 무단히 내려와버린 다음 발길 닿는 대로 강진까지 왔다고 말했다.

김영랑은 "과연!" 하고 탄성을 질렀다. "천하의 명창 임방울만 할 수 있는 일이시오!" 하고 나서 고개를 절레절레 젓더니, "창극, 그것!" 하고 무뚝뚝하게 말을 꺼내놓고는 한동안 뜸을 들였다. 임방울은 김영랑의 속셈을 읽으려고 찌푸린 얼굴을 건너다보았다. 김영랑이 흥분으로 인해 격앙된 목소리로 말을 이었다.

"나는 창극, 그것 안 보요. 한다하는 소리광대들이 한 바탕 한 바탕의 소리로써 승부를 걸라고는 않고, 어째서 일본에서 들여온 신파극을 본떠서 창극을 만들어 갖고, 각자가 분담해서 토막소리만 하고들 있는 것이여? 그렇게 해가지고 신파극이나 영화를 이길 수 있을 줄 알고? ……천만에 말씀이여!"

김영랑은 임방울이 건네주는 술잔을 받으며 말했다.

"임 명창, 나는 시를 쓸 때 수천수만의 사람들이 읽어주기를 바라고 쓰는 것이 아녀라우. 오직 한 사람, 내 시만이 가지고 있는 진짜로 아름답고 슬픈 맛과 아릿한 향기를 알아주는, 그 단 한 사람을 위해서 쓰는 것이어라우. 나만 그런 것이 아니고, 백오십 년 전에 강진에서 귀양살이를 한 다산 정약용 선생부터가 그랬어라우. 선비가 책을 써서 전하는 것은 오직 알아주는 단 한 사람을 얻기 위해서라고."

임방울은 고개를 끄덕거리며 맞장구를 쳤다.

"소리꾼도 사실은 그렇구만이라우. 오직 한 사람의 귀명창을 위해 신명을 다해 소리를 하는 것이지라우."

밥상을 물린 다음 김영랑이 말했다.

"우리 좋은 시간을 이렇게 흘려보낼 것이 아니라, 저기 좋은 데로 가께라우? 소리를 제법 할 줄 하는 기생이 연 요릿집이 있어라우. 술도 요리도 멋지게 나오고, 값이 그렇게 많이 비싸지도 안해라우. 소리를 들어볼 수 있는 분위기는 역시 그 요릿집이 좋을 것 같은디…… 어쩌께라우?"

임방울이 도리질을 하며 말했다.

"오늘 밤에 그 기생을 이리로 불러들여서 여기서 소리를 하면 안 될까라우? 들어옴스롬 본께 모란꽃들이 한창 피었습디다."

"그래, 그럽시다." 하고 난 김영랑은 읍사무소로 전화를 걸더니 김 주사를 바꿔달라고 한 다음 말했다.

"어이 조카, 시방 우리 집에 자네를 기절초풍하게 할 사람이 와 있응께 대충 사무 끝내놓고 곧바로 뛰어오소."

초저녁에 네 사람이 김영랑의 서재 안에 둘러앉았다. 임방울, 늙은 기생 매화랑, 그리고 김영랑과 비슷한 또래인 양복쟁이 한 사람이었다. 주인인 김영랑이 서로에게 인사를 하라고 했다. 검은 양복에 흰 넥타이를 맨 체구 호리호리한 남자가 "저는 읍사무소에서 서기 노릇을 하는 김현구입니다. 임 명창의 명성과 소리는 당숙을 통해 많이 듣고 있구만이라우." 하고 말했다. 김영랑이 임방울을 향해, 김현구에 대하여 소개를 했다.

"우리 조카 김현구는 대단한 시인이요. 비단결같이 곱고 아름다운 시를 쓰는디, 시방 먹고 살려고 읍사무소에 들어가서 서기 노릇을 하고 있어라우. 우리 조카도 대단한 귀명창이요."

김영랑은 또 늙은 기생을 임방울에게 소개했다.

"전에는 협률사를 따라 댕기기도 했는디, 시방은 요릿집을 하고 있어라우. 소리가 아주 좋소. 박귀희나 이화중선 못지않해라우."

매화랑은 수줍어하면서 임방울 앞에 큰절을 올렸다. 임방울은 맞절을 했다. 매화랑은 두 손을 비비면서 말했다.

"축음기 소리로만 듣던 임 명창을 이렇게 뵈오니 영광이구만이라우."

시인 귀명창

봄밤의 노랗고 파랗고 붉은 별빛들을 머금은 어둠이 모란꽃
흐드러진 정원에 심연처럼 고였고, 김영랑의 서재에는 와사등
이 환하게 켜져 있었다. 술상이 들어왔다. 술상에는 삶은 닭요
리와 파전과 취나물과 산미나리 무침과 호박나물과 바지락국과
삶은 고막과 광어구이와 생전복 따위가 놓여 있었고, 술은 청
주였다. 김영랑 시인의 아내와 문간방 여자와 드난살이하는 여
자 들이 장만한 음식이었다. 아랫목 쪽에 거구의 김영랑과 얼
굴 창백하고 호리호리한 김현구가 나란히 앉고, 윗목 쪽에 임
방울이 마주앉았다. 매화랑은 갔다. 단체 손님 때문에 요정에
가보아야 한다고 자리를 뜨면서, 그녀는 김영랑에게 잠시 귀엣
말을 했고, 김영랑은 고개를 끄덕거렸다.

술 한 순배가 돌아가고 났을 때 김영랑이 임방울에게 "암만

해도 임 명창 소리가 있어야 술맛이 동할 것 같은디 어쩌께라우?" 하면서 북을 끌어당겼다.

"서투를지라도 내가 북을 잡을께라우."

임방울은 기다리기라도 했던 듯 선선히 "나도 목이 근질근질해서 죽을 지경이구만이라우." 하고 나서 "영랑 시인은 그때 내 '토끼 화상 그리는 대목'하고 '쑥대머리'가 좋다고 하셨지라우?" 하고 말했다. 김영랑이 아니리처럼 "그랬지라우. 소리로 하는 시詩라고." 하면서, '두리리둥덩둥' 하고 소리마중 박을 쳤고, 임방울은 소리를 했다.

"화사畵師를 불러라. 화사를 불러들여, 토끼 화상을 그린다. 동정유리 청홍연 금수추파 거북연적 오징어로 먹 갈아, 양두화필을 덤뻑 풀어 담청채색에 눈을 쳐서 이리저리 그린다.

천지 명산 승지강산 경개 보는 눈 그리고,

난초 지초 온갖 향초 꽃 따 먹던 입 그리고,

두견 앵무鸚鵡 지지 울 제 소리 듣던 귀 그리고,

봉래 방장 운무 중에 내 잘 맡던 코 그리고,

만화 방창 화림 중에 펄펄 뛰던 발 그리고,

백설 강산의 추운 날 방풍하던 털 그리고,

두 귀는 쫑긋 두 눈은 도리

허리는 늘씬 꽁댁이 몽똑,

좌편은 청산이요 우편은 녹수인디,

녹수 청산 에굽은 장송 휘늘어진 양유 속

들랑날랑 오락가락 앙그조촘 기는 토끼

산중 퇴 월중 퇴 아미산월의 반륜추,

이에서 더할쏘냐, 아나 엣다 별주부야 네가 가지고 나아가

거라."

소리가 끝나자, 두 손바닥으로 무릎 박을 치던 김현구가 박
수를 쳤다. 김영랑이 임방울에게 술잔을 안겨주었다. 임방울의
얼굴은 술 두 잔에 벌써 불그레해졌다. 김영랑이 으쓱 진저리
를 치며 말했다.

"아이고, 임 명창 소리에 내 가슴이 다 닳아지네. 내가 만
일 여자라면 임 명창하고 지금 당장에 곡진한 사랑을 한 번 나
누자고 보듬고 늘어지겠소. 임 명창의 곡진한 소리 굽이굽이에
서, 나는 은애하는 사람하고 은밀하게 교환할 때 느끼는, 바로
그 절정감이 오싹오싹 느껴져라우."

그 무렵 김영랑은 춤추는 선녀 최승희하고 정분이 났다는
소문이 흘러 다니고 있었다. 그의 「모란이 피기까지」라는 시도
실은 최승희를 생각하며 쓴 것이라는 말도 돌았다. 코가 오똑
하고 순해 보이는 눈망울이 초롱초롱 맑은 김현구가 말했다.

"저는 오늘 영랑 당숙님의 시와 임 명창의 소리에서 공통되

는 점을 발견했구만이라우. 당숙님의 시, '모란이 피기까지 나는 아직 기다리고 있을 테요 찬란한 슬픔의 봄을'이라는 대목이 그것이어라우. 당숙님은 그냥 '슬픔의 봄'이라고 표현하지 않고 '찬란한 슬픔의 봄'이라고 표현했어라우. 바로 거그에, 말로써는 어떻게 표현할 길이 없는 아름답고 곡진한 '촉기'가 들어 있어라우……. 당숙님의 시 「내 마음 아실 이」에서 '향 맑은 옥돌에 불이 닳아'란 대목도 똑같어라우. 옥돌이 맑으면, 그냥 맑은 것이 아니고 '향기로우면서 맑다는 것'이어라우. 그런디 임 명창의 소리 굽이굽이에도 '찬란한 슬픔'이나 '향 맑은 옥돌' 같은 촉기가 들어 있어라우. 견딜 수 없도록 애잔한 한스러움을 담고 있는 그 애원성의 촉기가 듣는 가슴을 진저리치게 하는 것이어라우."

김영랑이 임방울의 손을 잡아 흔들며 말했다.

"그래! 맞았어! 바로 그것이여! 하늘과 땅의 기운을 압축해놓은 것 같은 바로 그 애잔한 촉기가 사실은, 임방울 명창을 간밤 무단히 창극무대를 박차고 나와 천리 밖의 나를 찾아오게 한 것 아니라고?"

임방울이 울분 어린 소리로 말했다.

"……저는 불쌍한 백성들의 한을 풀어줄라고 소리를 하구만이라우."

김영랑이 감격 어린 소리로 "그래, 그렇소!" 하더니 간곡하게 하나의 제안을 했다.

"임 명창, 나하고 현구 조카하고는 동갑인디, 현구 조카 생일이 나보다는 여덟 달 늦소. 그런디 임방울 명창은 우리 둘이보다 한 살이 아래요. 우리 앞으로는 서로 불편하게 양존을 할 것이 아니고, '형아 동생아' 하고 벗을 터버리는 것이 어떻겠는가? 나하고 현구 조카가 쪼깨 밑지기는 할 것 같네마는."

임방울이 어리둥절하여 김영랑과 김현구의 얼굴을 번갈아 살폈다. 그 당시, 소리꾼은 무당 출신이므로, 김영랑과 김현구 같은 양반들에게 깎듯이 높임말을 쓰고, 양반들은 당연히 소리꾼에게 떡치듯이 '하소'를 해야 했다. 한데 김영랑은 새로운 세상을 꿈꾸는 지성인이었다. 김영랑은 임방울의 손을 흔들면서 "우리 서로 말을 편하게 놔버리드라고! 그러세잉!" 하고 벗을 텄다. 임방울은 가슴이 뭉클했고 눈물이 핑 돌았다.

'과연 멋진 시인이다!'

그는 몸을 벌떡 일으키면서 말했다.

"어이, 영랑이! 나하고 자네하고 벗을 튼 기념으로 나 '쑥대머리' 한 번 뽑아뿔라네."

김영랑이 북을 끌어당기고, '두리리둥더둥' 하고 마중 박을 쳤다. 임방울이 "쑥대머리 구신 헨용" 하고 소리를 했다. 한데 소리를 뽑아내다가 그는 깜짝 놀랐다. 그의 목이 그를 배반하고 있었다. 그의 목이 소리를 소리답게 만들어주지 않고 있었다. 그는 그것이 그의 속에 들어 있는 오만과 나태와 과도한 계집질 때문이라고 생각했다. 거기다가 그동안 자기의 인기와, 자기의 목구성과 소리에 대한 자신감 때문에 너무 오랫동안 독공을 하지 않은 채 토막소리 흥행만 일삼아왔다.

"……생각난 것이 임뿐이라, 보고지고 보고지고 한양 낭군 보고지고 오리정 정별 후"를 부르면서 임방울은 절망했다. 그렇다고 소리를 멈출 수는 없었다. 소리가 뜻같이 되지 않았지만 계속했다. 젖혀 올리는 천구성이 삐끗 옆으로 미끄러졌고, 스스로가 듣기에도 소리가 순하게 나오지를 않고 자꾸 음정을 이탈했다. 늘 자신만만하게 내지르곤 했던 통성과 수리성도 호소력 없이 무력한 흐린 소리가 되고 있었다. 그는 소리를 하며 순간적으로 생각했다.

'하아, 내 소리가 이렇게 퇴락의 길을 걸었다는, 세상의 귀명창들이 임방울의 목이 망가지기 시작했다고, 임방울의 시대는 끝나고 있다고 할 것이다. 다 걷어치우고, 절로 들어가 독공을 해야 한다.'

그 자의식 때문에 그는 "……퍼더버리고 울음 운다" 하며, 자기도 어찌할 수 없는 우울한 얼굴로 소리를 마쳤다.

밖에 인기척이 있었고 김영랑이 문을 열었다. 와사등 불빛에 예쁘게 단장을 한 앳된 기생 하나가 수줍어하며 모습을 드러냈다. 매화랑이 보낸 기생이었다. 쪽색 치마에 노랑갑사 저고리를 입은 데다, 얼굴이 갸름하고 눈꺼풀이 약간 부석부석하고 입이 작은 앳된 기생은 좌중을 향해 큰절을 올렸고, 자기 이름이 홍연화라고 말했다. 임방울은 그녀를 보는 순간 정수리와 가슴 한복판이 동시에 찡 아려오는 듯싶었다. 어린 시절에 함께 자라며 각시놀이를 한 삼례의 모습과 멀리 떠나간 산호의 모습이 겹쳐 떠올랐다. 눈앞이 어질어질하고 가슴이 우둔거렸다.

김영랑은 앳된 기생 홍연화에게, 늦게 온 사람은 술 석 잔을 거듭 마셔야 한다는 법칙을 적용하여 술을 억지로 권하고, 그리고 소리를 시켰다. 앳된 기생은 머뭇거리다가 소리를 했다. '앞산도 첩첩하고'였다. 임방울은 김영랑에게서 북을 빼앗아 쳤다. 홍연화는 귀엽고 앙증스럽게 소리를 했다. 임방울은 그녀를 덥석 끌어안아버리고 싶은 충동을 느꼈다.

김영랑이 "너 그 소리 어디서 배웠냐?" 하고 묻자, 앳된 기생은 "유성기(축음기)에서 배웠어라우." 하고 말했다. 김영랑이 다시 물었다.

"너 여그 앉아 계시는 이분이 바로 그 '앞산도 첩첩하고'를 부르신 임방울 명창이라는 것을 아느냐?"

홍연화는 두 손바닥으로 얼굴을 가리면서 몸을 외틀었다. 임방울은 그녀를 향해 말했다.

"죽음기에서 배운 소리치고는 참말로 잘한다야."

밤이 깊어졌을 때 김영랑은 술상을 치우게 한 다음 앳된 홍연화에게 "너, 오늘 밤, 천하의 보배인 임 명창한테 수청을 들어야 한다." 하고 나서 임방울에게 "우리 임방울 동생이 온 덕택에, 나 늘 독수공방만 하는 우리 각시한테 가서 자야겠네." 하고 나서 귀엣말을 했다.

"매화랑이 가면서, 자네보고 저 아이 머리를 올려달라고 했네이."

그 말을 듣는 순간 임방울의 겨드랑이에서 진저리가 일어났다. 홍연화가 펴준 잠자리에 들면서 임방울은 쌍계사의 무상 스님을 생각했다. 내일 당장 찾아가, 지난번처럼 바위굴에서 독공을 할 수 있게 해달라고 청하리라 생각했다. 앳된 기생은 머리를 풀어버리고 그의 옆구리에 얼굴을 묻으며 말했다.

"소녀의 성은 밀양 박가이고, 이름은 '붉은 옥 경瓊' 자 '꽃 화花' 자를 써서 '경화'이구만이라우. 진도에서 태어나 조실부모하고 의지가지없이 사는 저를, 매화랑 어무니가 거두어주셨어라우."

그녀는 몸을 그에게 열어준 다음 울음 섞인 목소리로 말했다.

"어무니가 이제부터는 오직 임 명창만 가슴에 품고 살라고 하셨구만이라우."

이튿날 새벽 자리에서 일어났을 때 앳된 기생은 하얀 속치마바람인 채로 깊이 잠들어 있었다. 조용히 옷을 걸치고 문을 열고 나서는데 대문간에서 희끗한 것이 서 있었다. 시인이었다. 시인이 임방울에게 다가서면서 소매를 잡았다. 임방울이 목소리를 낮추어 말했다.

"나, 이 길로 산으로 들어가뿔라네."

김영랑이 잠깐 기다리라고 하더니 안방으로 들어갔다. 임방울은 이돌을 건네려고 그러는 모양이라 생각하고 대문을 밀고 나갔다. 총총 장흥을 향해 걸었다. 꼭두새벽의 맑은 옥색 안개가 읍내마을과 들판을 덮고 있었다. 신작로로 들어서는데 등 뒤에서 거구의 김영랑이 헐레벌떡 달려왔다.

"아따 임 명창, 뭔 성질이 그렇게 급하신가."

그를 따라잡은 시인이 괴나리봇짐 속에다가 움켜쥐고 온 지폐를 넣어주었다. 그러고 보니 노자가 이미 떨어져 있었다.

"이 빚…… 다음에 와서 짱짱한 소리로 갚음세."

임방울은 시인과 소매를 나누었다.

탐진강을 끼고 장흥을 향해 총총 걸어갔다. 장흥 억불산의 머리 위에서 샛별이 반짝거리고 있었다.

박경화

앳된 기생 박경화는 처녀였다. 그녀의 몸은 하나의 알 수 없는 황홀한 무지개색의 세계였다. 달콤하고 온화하고 앙증스러운 바다였다. 그녀는 그를 받아들이고 나서 울었다. 그의 가슴을 부여안은 채 말했다.

"저 선생님 따라다니면서 소리 배우면 안 될까라우?"

그녀의 목소리가 어린 시절 아기업개 노릇을 하던 삼례의 목소리를 닮았다. 산호의 목소리를 닮기도 했다. 갸름한 얼굴과 한쪽 것이 약간 작은 듯싶은 눈과 오똑한 콧날과 몸을 외틀고 수줍어하던 태깔도 닮았다. 탐진강변의 사인정을 지나고 장흥 한들을 관통했을 때는 날이 훤히 밝아 있었다. '저 선생님 따라다니면서 소리 배우면 안 될까라우?' 박경화의 말을 떠올리면서 그는 중얼거렸다. 그래, 올 테면 오너라. 나는 가는 사람 잡지 않고 오는 사람 막지 않는다.

장흥 억불산의 서북쪽 기슭을 넘어갈 때 해가 솟아올랐다. 해를 보면서 심호흡을 했다. 목청껏 소리를 뱉어냈다. 〈적벽가〉 중 적벽화전 대목이었다. 그는 〈적벽가〉가 환장하게 좋은데, 사람들은 〈적벽가〉를 불러달라고 청하지 않았다. 이때껏 〈춘향가〉와 〈수궁가〉와 〈흥부가〉의 눈대목˚들만 불렀다. 〈적벽가〉를 너무 오랫동안 부르지 않아, 그것을 잊어버리게 될지도 모른다 싶어 겁났다. 적벽화전에서 조조의 군사가 패망하는 대목을 부르다가 사설을 놓치기도 하고 목을 놓치기도 했다. '하아, 내가 이 모양 이 꼴이 되어버렸다니' 하고 탄식하며, 기억을 되살려 그 대목을 다시 부르고 또다시 불렀다. 조조가 도망치는 대목과 죽은 군사들이 원조怨鳥가 되어 우짖는 것을 노래한 '새타령'을 불렀다. '새타령'도 매끄럽게 흘러나오지 않았다. '새타령'만 목청껏 거듭 다섯 차례나 부르며 갔다.

수양삼거리 주막에 들어가 국밥 한 그릇을 먹고 김영랑이 준 지폐로 밥값을 치렀다. 그러고도 많은 돈이 남았다. 아, 나는 세상에서 가장 큰 부자다. 안양 해창 마을의 해변 길을 따라 가며 군사설움 대목들을 불렀다. 중간에 사설을 놓쳤다. 통성과 천구성과 애원성도 제대로 흘러나오지 않았다. 아, 내 소리가 이렇게 망가졌다. 창극 패들 속에 끼어들어서 토막소리만 하느라고 이렇게 된 것이다.

'야, 이 한심한 놈아, 너, 단가 몇 개, 토막소리 한두 대목을 뽑아주고 명창 소리를 듣는 것이 부끄럽지 않느냐! 너 이놈, 전생에 득음 제대로 하지 못한 한스러운 무당 놈의 영혼이 환생한 너라는 것을 왜 깜박 잊어버리고 그렇게 건방지게 굴었느냐.'

수문포의 모퉁이 길을 돌아 회천으로 넘어가면서 그는 다시 군사설움을 계속해서 되풀이해 불렀다. 막히면 다시 처음부터 불렀다. 거듭 다섯 차례를 불렀을 때에야 겨우 오롯해졌다. 다시 한 차례를 더 부르고, 산모퉁이의 샘물에서 물을 벌컥벌컥 들이켜고 나서 적벽화전부터 다시 시작했다. 이 대목을 부르면서는 독립군들의 청산리 싸움을 생각했다. 나라는 망했지만 백성들의 혼은 살아 있다.

한 마을의 뒷산에서 청년이 독공하는 소리가 들려왔다. 아직 맛이 덜 든 그 소리는 허공의 찬란한 햇살처럼 반짝거리고 있었다. 하아, 이 근처에 소리광대가 사는 모양이다. 황금색으로 익은 보리를 베는, 머리에 하얀 수건 쓴 아주머니에게 다가갔다. 보릿대 냄새가 코를 찔렀다. 동글납작한 얼굴이 볼그족족하게 익은 중년 아주머니가 굽혔던 허리를 펴면서 손에 쥔 보리를 땅에 놓고 이마의 땀을 팔뚝으로 훔쳤다. 그는 허리를 굽실하고 나서, 누가 저렇게 산에서 소리를 하느냐고 물었다. 아주머니가 얼굴을 일그러뜨리면서 말했다.

"정 명창이 우리 동네에 살고 있는디 젊은 사람들이 찾아와서 저렇게 소리 공부를 혀라우."

정 명창이란 정웅민 명창을 말할 터였다. 임방울보다는 여덟 살쯤 위였다. 정웅민은 소년시절에 이미 명창 말을 들었고, 임금 앞에서 소리를 했는데, 임금이 금팔찌를 끼워주었다. 나라가 망한 뒤에는 고향 마을에 머물면서 제자들을 가르치는 일에만 몰두하고 있었다. 협률사에 들어가 소리를 하려 하지도 않았고, 창극단에 들어가려 하지도 않았다. 정웅민의 소리는 서편제도 동편제도 아닌 강산제였다.

임방울은 잠시 멈추어 서서, 산에서 독공하고 있는 청년의 소리에 귀를 기울였다. 청년은 천구성으로 고음을 내려 했지만, 그 고음이 뜻같이 되지를 않자 거듭 절망하면서, 같은 대목을 부르고 또 부르곤 했다. 목은 살짝 갈려 있지만 아직 수리성은 확실하게 만들어지지 않았다. 청년이 부르고 있는 것은 〈심청가〉였다. 심 봉사와 황후가 된 청이 만나는 대목을 부르고 있었다.

강산제는 서편제의 소리꾼이던 박유전이 고향 마을 강산리에 살면서, 양반들의 충고를 거울삼아, 서편제의 한스러운 계면조 소리를 지양하고, 동편제의 웅혼함과 중고제*의 분명하고 탄탄함을 받아들여 만들었다. 여기 온 김에 정웅민에게서 〈심청가〉를 받아 갈까. 호주머니에 들어 있는 지폐를 만지작거렸다. 이 지폐를 복채로 내면 된다. 그는 아직 아무에게서도 〈심청가〉를 받지 못하고 있었다. 지금 마을에 정웅민이 있을까. 그를 만나보고 싶었다. 보리 베는 아낙에게 "정 명창 집이 어디 있소?" 하고 물었다. 아낙은 허리를 펴고 건너편 마을의 맨 위쪽에 있는 사간의 초가를 손가락질해주며 말했다.

"저그 저 집이라우. 그런디 시방은 안 계실 것이요. 아까 아침 일찍이 읍내에 나가십디다. 읍내 권번에서 소리를 가르친다 하십디다."

그는 산성처럼 드높은 봇재를 향해 발을 돌렸다. 〈심청가〉에 대한 욕심을 접기로 했다. 사람이 모두 완벽할 수는 없다. 받지 못한 바디도 하나쯤 있어야 한다. 〈적벽가〉 〈춘향가〉 〈수궁가〉 〈흥부가〉 네 바탕만이라도 완벽하게 부를 수 있도록 절차탁마를 해야 한다. 봇재의 구절양장* 같은 고갯길을 넘어가면서 그는 〈춘향가〉를 처음부터 불렀다.

혼자서 무대에 올라 판소리 한 바탕씩을 완창하고, 그 실황을 오케이, 콜롬비아, 빅터 가운데 어느 한 회사에 녹음을 하도록 하고 싶었다. 그러나 아직 그것은 꿈이었다. 사람들은 모두 창극에만 신경을 쓰고 있었다. 창극을 해야만 관객을 동원할 수 있다고 믿고 있었다. 쌍계사 바위굴에 가서 독공을 한 다음 무대에 올라서 완창을 하는 길을 뚫어보자. 녹음을 하되 녹음실 안에서 할 일이 아니고, 관객들의 추임새와 기운을 받아서 신명 나게 하는 공연의 실황을 녹음하자고 하자. 녹음실에서의 녹음이 박제품이라면 공연실황 녹음은 펄펄 살아 날개를 치는 새 같을 것이다. 줄잡아 석 달 동안만 독공을 하고 서울로 가기로 작정했다.

섬진강 은어 바람

여울물을 거슬러 오르는 은어의 몸짓처럼 발랄하면서도 상큼한 아침 강바람과 묽은 치자색 햇살을 들이마시면서 소리를 했다. 보성을 거쳐 순천에 이른 임방울은 한 여관에서 일박을 하고 아침 일찍이 섬진강변을 따라 쌍계사를 향해 가고 있었다.

간밤의 꿈속에서 그는 목을 잃어버렸다. 아무리 용을 써도 소리가 목구멍 밖으로 흘러나가지를 않았다. 전생에 득음을 못하고 떠돈 한스러운 박수무당이 환생한 그인데, 이때껏 게으름을 피운 까닭으로 다시 그 득음 못한 박수무당으로 되돌아간 것이었다. 관객들이 구름처럼 몰려들어 있는 공연장엘 갔는데, 김연수를 닮은 무대감독이 그를 출연시키려 하지 않았다. 무대감독이 냉랭하게 말했다.

"임방울, 너는 끝났어."

그는 무대감독에게, 한 번만 소리할 기회를 달라고 통사정을 하며 빌붙었다. 무대감독이 그를 와살스럽게 떠밀었다. 뒷걸음질을 치다가 넘어졌고, 순간적으로 꿈에서 깨어났다. 임방울은 혀를 깨물었다.

내 음반 《쑥대머리》와 《앞산도 첩첩하고(추억)》가 불티 날듯 팔린다고 해서 내 소리가 덩달아 영원히 완벽해지는 것은 아니다. 인기라는 것은 사람을 오만해지게 할 뿐이다. 음반에 수록된 그 소리들을 곰곰이 다시 들어보면 부끄럽다. 녹음실에서 녹음할 때 마이크 앞에서 잔뜩 긴장하고 부른 소리는 박제품처럼 경직되어 있다. 하나에 하나를 더하면 둘이고 둘에 둘을 더 하면 넷이라는 투의, 넉넉한 부드러움과 그윽함을 잃어버린 소리이다. 하늘과 땅의 정기와 관객들의 흥과 신명을 빨아들이지 못한 소리는 단조롭고 건조하고 심심하기 마련이다.

산골짜기에서 칡꽃의 향기가 흘러내려왔다. 그 향기를 가슴 깊이 들이마셨다. 쌍계사로 가는 발걸음은 가벼웠다. 소리꾼에게 소리라는 것은 단순한 하나의 신선놀음이 아니다. 목숨과 신명을 다 투척해야 얻을 수 있는 분투의 결과물이다. 생피 어린 아름답고 고운 목으로, 하늘과 땅과 사람의 심금을 울리리라고 마음먹은 만큼의 소리를 제대로 하는가, 못하는가 하는 내기이고 싸움이다. 운명이 흘러가는 대로 몸을 맡기는 것은 살아 있는 진국의 소리를 배반하는 것이다. 운명은 미꾸라지처럼 아무렇게나 빠져나가려 하고 흘러가려고 한다. 그 운명의 상투를 힘껏 다잡고, 그것을 내가 내 의지에 따라 이끌고 나아가야 하는 것이다. 뱀이 허물을 벗듯이 거듭나면서, 하늘 저편 더 높은 지상至上의 아름다운 세계를 향해 날아가야 하는 것이다.

시방 이 땅의 소리는 일본을 통해 들어오는 개화세상의 음악 물결 속에서, 사면초가에 둘러싸인 채 도전받고 있다. 치열하게 독공하지 않고 적당하게 안주하는 게으름과, 거듭되는 질탕한 성애로 목과 몸을 망치게 하는 계집, 목을 갈리게 하는 감기, 가만히 앉아 있어도 음반이 불티 날 듯 팔린다는 오만함, 여러 번의 공연에서 부른 소리로 인해 이미 유명해졌다고 으스대는 건방짐, 창극 무대에서 타기하듯이 하곤 하는 토막소리, 적당한 노랑목과 너름새와 발림으로 구렁이 담 넘듯이 하는 못된 버릇들이 내 소리를 잡아먹고, 나를 무너뜨리는 적이다.

김영랑이 소리로 표현된 시詩라고 말한 "화사畵師를 불러라. 화사를 불러들여, 토끼 화상을 그린다"를 부르기 시작했다. "동정유리 청홍연 금수추파 거북 연적 오징어로 먹 갈아" 대목을 부르다가 소리를 멈추었다. 심호흡을 하고 나서 그 대목을 다시 부르고, 목과 마음을 가다듬고 또 그 대목을 불러도 그 소리가 마음에 들지 않았다. 완벽하게 아름답고 그윽한 소리가 귓결에 남아 있는데, 지금 뱉어낸 소리는 그것보다 훨씬 못 미쳐 있었다. 잠시 뜸을 들였다가 굳게 작심을 한 다음 모든 심혈과 정심正心을 모아 그 대목을 또다시 불렀다. 천구성으로 치올라가면서 애원성을 드러내야 하는데 그 대목이 그냥 밋밋하게 지나가고 있었다. 목을 어르고 다스려 다시 그 대목을 뽑았다. 한데 목이 소리를 배반했다. 다시 가다듬고 뽑았는데, 이번에는 소리가 목을 배반했다. 바위 끝에 엉덩이를 붙이고 앉아 하늘을 쳐다보았다. 저 청청한 비취색 하늘같은 소리를 뽑아낼 수 없을까. 심호흡을 하고 다시 소리를 했다. "천지 명산 승지강산 경개 보던 눈 그리고," 그 소절에서 '경개 보던'이라는 부분이 마음먹은 대로 잘 형상화되지 않았다. 소리의 굽이에 아름다운 애원성의 예쁜 촉기가 들어 있지 않았다. 촉기는 사람들이 지닌 심금의 성감대를 긁어주는 것이다. 그는 목에 잔뜩 기를 불어넣은 채 그 대목을 거듭 반복해 부르면서 걸었다. 섬진강물이 소용돌이치며 흘렀다. 강심은 쪽물을 들여놓은 듯 짙푸르렀다.

선禪의 소리, 혹은 곰삭은 수리성

그의 두 손을 모아 잡아 힘껏 흔들며 맞이하는 무상 스님의 발놀림과 엉덩이짓이 가볍고, 가늘어진 두 눈과 옆으로 찢어지고 있는 입술이 다사로운 웃음을 머금고 있었다. 그 사이에 주름살과 흰 머리카락이 늘어난 무상 스님은 그를 자기의 방으로 이끌었다. 윗목 구석의 축음기를 끄집어내 보이면서 말했다.

"오래전부터 임 명창 소리 듣는 재미로 삽니다. 수리성인가 하면, 금방 천구성으로 나아가다가 애원성으로 굽이쳐 돌고, 하늘 높은 줄 모르게 치솟아 올라가는 통성과 간드러진 계면조의 한스러운 소리 속에 우리 수좌들의 선禪의 세계가 들어 있어요."

무상 스님은 축음기를 틀어 '쑥대머리'와 '앞산도 첩첩하고'를 들려주었다. 이때 그는 축음기의 소리통이 뱉어내는 소리들이 역겨워졌다. 도리질을 하면서 말했다.

"스님, 저것들은 진짜배기 소리가 아닙니다."

무상 스님이 의아해하면서 물었다.

"진짜배기 소리가 아니라니요?"

그가 말했다.

"등신이란 말이요. 혼백이 들어 있지 않은 등신 소리 말이라우. 저는 이제 알았구만이라우. 관객이 없는 녹음실에서 한 소리는 관객들이 넣어주는 기와 흥과 신명과 추임새가 없기 때문에 심심하고 허수아비같이 맨숭맨숭하고 허랑해라우."

무상 스님이 알겠다는 듯 그의 얼굴을 건너다보며 고개를 끄덕거렸다. 그가 말을 이었다.

"혼백 들어 있는 소리를 연마하려고 다시 들어왔구만이라우. 앞으로 석 달 동안만 신세를 질라요."

무상 스님은 흔쾌히 말했다.

"좋소! 상좌보고 삼시 세끼 또 발품을 좀 팔라고 해야지요."

임방울이 도리질을 하고 말했다.

"아니, 절대로…… 제가 삼시 세끼 공양시각에 맞추어 올락낼락 할랍니다."

무상 스님이 말했다.

"운수납자가 중생을 섬기는 것은 부처님 모시는 일하고 똑같이 성스러운 일이요. 상좌 놈들도 임 명창의 소리 독공하는

214

모습에서 한 살림을 얻어야 합니다."

임방울은 예전에 기거하며 독공을 한 바 있는 바위굴을 향해 올라갔다. 이제는 토막소리들이 아닌, 완창 독공이 목표였다. 〈춘향가〉를 부르며 올라갔다. 축음기 속에서 흘러나오던 그의 소리를 생각하며 '쑥대머리'를 불렀다.

"간장의 썩은 눈물로 임의 화상을 그려볼까" 대목을 부르다가 문득 '용개목'이란 말을 떠올렸다. 김연수가 분장실에서 뱉어낸 '용개목'이란 말은 '노랑목'을 얕잡아 빈정거리는 말이다. 그는 성난 얼굴을 한 채 '내 소리는 노랑목으로 내는 소리인가,' '나는 가끔 노랑목을 쓰곤 하는가' 하고 스스로에게 물었다. 노랑목은 판소리에서 목청을 많이 떨거나 목에서 얄팍하게 내는, 질이 낮은 천한 소리를 말한다. 그것은 판소리의 발성법에서 벗어난 가짜 소리이다. 노랑목 성음은 통성의 정반대 소리로, 보통 육자배기 따위의 일반 민요를 할 때 가볍게 발성하여 가락에 여러 가지 잔가락 장식을 끼워 넣는 창법으로 전통 창에서는 금기로 된 목이다. 그것은 달콤하고 흐느끼듯 간지럽게 내는 얍삽한 성음인데, 소리를 잘 모르는 관객은 그 사탕발림의 간지러운 맛을 좋아하기도 한다. 임방울은 도리질을 했다. 나는 다른 소리꾼들이 흉내 낼 수 없는 타고난 통성, 하늘 높은 줄 모르고 치올라가는 곰삭은 수리성과 천구성과 애원성을 쓸 뿐, 결코 천한 노랑목을 쓰지 않는다. 나의 그러한 타고난 통성과 계면조의 수리성과 천구성과 애원성을 시기 질투하는 사람들이 그것을 비하하려고 노랑목이라고 덮어 씌워 말하는 것이다.

그는 모든 음악적인, 아름답고 오묘한 정서와 감성을 통성과 수리성과 천구성과 애원성과 촉기 어린 목으로 표현하려고 더욱 애써야 한다고 생각했다. 그는 그것을 스스로에게 증명해 보이기 위해 단단히 마음을 먹고 "녹수부용의 연을 캐는 채련녀와 제롱망채엽의 뽕 따는 연인네들의" 하고 소리를 했다. 그게 마음먹은 대로 잘 되지 않았으므로, 다시 한 번 단단히 작심하고 그 대목을 불렀다. 그것도 숨에 차지 않아 그 대목을 또다시 불렀다. 그리고 다시 거듭 불렀다. 이 골짜기와 저 산의 등성이의 푸른 숲에서 그 소리의 메아리가 들려왔다.

바위굴에 이르렀을 때, 무상 스님의 상좌와 앳된 얼굴의 행자가 바위굴 바닥에 깔 거적과 돗자리와 요와 이불을 짊어지고 올라왔다. 무상 스님의 자상한 배려에 가슴이 저렸다. 상좌와 행자는 바위굴 밑바닥의 낙엽과 먼지를 쓸어낸 다음 돗자리를 깔고 요를 폈다. 이불을 구석에 놓아두고, 목침을 그 위에 얹었다. 굴 입구에 거적문을 달아주고 머리맡에 자리끼로 마실 호로병 물과 사발을 두었다. 상좌가 양초 몇 자루와 성냥 한 갑을 안쪽 구석에 두고 나갔다.

그날 밤부터 그는 〈춘향가〉와 〈수궁가〉와 〈적벽가〉의 완창을 위한 공부를 시작했다. 괴나리봇짐 속에서 너덜너덜해진 낡은 공책들을 꺼냈다. 공책에는 연필심에 침을 묻혀가며 서투르게 사설을 기록한 글씨들이 빽빽하게 들어차 있었다. 사설들 위에 박을 표시한 동그라미들과 높낮이를 표시한 선이 그어져 있고, 강약을 표시한 점과 세모 표 네모 표들이 또렷하였다. 그는 봇짐 속에서 탱자나무 북채를 꺼내 목침 옆에 놓아두고 반가부좌를 했다. 굴 바깥으로, 숲의 우듬지와 그 위에 얹힌 푸른 하늘이 보였다. 저 비취빛의 하늘과 그 하늘을 향해서 싱싱하게 솟구치고 있는 검푸른 숲 같은 소리, 생목의 줄기를 타고 흐르는 발랄한 푸른 소리를 해야 한다.

소리는 거짓을 말하지 않는다. 소리는 소리일 뿐이다. 얼굴이 아무리 훤할지라도, 키가 아무리 헌칠할지라도, 발림이나 붙임새나 아니리를 아무리 빼어나게 잘할지라도, 소리 본래의 결과 무늬를 바꾸어놓을 수는 없다. 소리꾼은 오직 소리로써 세상과 승부를 걸어야 한다. 소리는 준엄한 생명체이다. 소리는 숨을 쉰다. 맥이 뛴다. 소리는 인격과 품위를 가지고 있다. 향기와 맛과 멋을 가지고 있다. 손가락에 그어진 금처럼 고운 결과 아름다운 무늬를 가지고 있어야 한다. 완벽한 소리는 착하고 성실하게 꾸준히 독공을 한 목이 만들어내는 것이다. 목은 소리꾼의 혼백과 머리와 가슴과 배와 어깨와 다리와 오장육부에 연결되어 있으므로 목청이 떨릴 때 연결되어 있는 모든 것들이 혼연일체가 되어 동시에 공명해야 하는 것이다. 목이 넋을 제쳐놓고, 머리와 가슴과 배와 어깨와 다리와 그 속을 흐르는 피를 제쳐놓고, 저 혼자서 아름답고 고운 소리를 멋스럽고 맛깔스럽게 내려 할 때 그것은 노랑목이 되는 것이다.

사람은 바지저고리와 두루마기로 성장盛裝을 했을지라도, 소리는 성장을 하지 않은 채 순한 알몸의 속살 그대로 관객과 만나는 것이다. 소리는 얼굴을 가지고 있고, 눈과 귀와 코와 입을 가지고 있고, 두 개의 젖가슴, 배꼽, 항문, 생식기, 엉덩이와 체취를 가지고 있다. 그 소리의 알몸은 관객의 알몸의 피부와 귀청과 만난다. 그 알몸과 알몸이 만나 달콤한 사랑을 하고 진저리치며 절정감에 이르러야 하는 것이다. 남녀 소리꾼들은 소리를 하다가 오감을 통한 절정감에 이르면, 서로를 끌어안고 육체적인 사랑을 나누고 사정을 하면서 열락을 느끼기도 한다. 소리로 인해 절정감을 느끼는 것이나, 육체적인 사랑을 통해 절정감에 이르는 것이나 그게 그것이다. 한 소리꾼이 소리를 하다가 자기 소리에 진저리쳐지는 절정감에 이를 수 없다면 참다운 소리꾼일 수 없다.

무상 스님이 바위굴로 찾아와서 수도하는 승려들이 느끼는

'절정감'이란 것에 대하여 말해주었다.

"스님들은 수도를 하다가 '아하!' 하며, 참다운 깨달음에 이르는 순간 절정감을 느껴요. 그것을 서양말로는 오르가즘이라고 합니다. 인도 밀교의 한 종파에서는, 남성 수도자들이 벌거벗은 채 '구루'라는 여성의 발가벗은 육체를 이용하여 깨닫는 순간의 절정감을 경험하도록 가르친답니다. 마찬가지로 소리꾼들이 소리를 하는 순간에도 그러한 절정감을 경험할 수 있겠지요. 그 소리꾼이 처절하게 피맺힌 소리를 토해내면서 절정감에 이르렀다면, 그 순간의 소리를 들은 관객도 그 소리꾼과 마찬가지로 진저리쳐지는 절정감을 느끼게 되는데, 그것이야말로 참다운 예술적인 소리일 겁니다. 절정감을 절집에서 항용 쓰는 말로는 '환희심'이라고 하지요."

절정감을 느끼게 하는 소리란 무엇인가. 아름답고 장엄한 경개의 이면을 그리거나 어떤 슬픈 상황에 처한 등장인물의 심사를 그리는 소리꾼의 달아오른 혼과, 뚝뚝 떨어지는 선혈처럼 치열하게 독공을 함으로써 만들어진 목이 토해낸 소리가 절정감을 만들 터이다. 임방울은 심호흡을 하고 소리를 하기 시작했다.

"서방님 듣조시오. 내일 본관사또 생신 끝에 날 올리라는

영 내리거든 칼머리나 들어주오. 나 죽었다 하옵거든 아무 손
도 대지 말고 삯꾼인 체하고 달려들어⋯⋯."

소리의 길

　밤은 살아 있다. 육신과 넋을 가지고 있다. 급경사 같은 기울기를 따라 깊어가는 밤은 저 혼자서만 아는 신비한 소리를 낸다. 소리꾼은 그 혼령의 소리 같은 밤의 소리를 들을 수 있어야 하고 그 소리를 가슴으로 흡입해야 한다. 촛불을 끄고 목침을 베고 드러누웠다. 세상이 고즈넉했다. 토굴 안에 칠흑 같은 어둠이 맴을 돌았다. 어둠의 소리도 맴을 돌았다. 심연 같은 어둠에 잠긴 산의 숲이 숨을 쉬고 있었다. 소쩍새가 이 골짜기 저 골짜기로 날아다니면서 울었다. 그 울음소리가 밤의 소리와 어우러졌다. 그 메아리가 토굴 안으로 들어와 맴을 돌았다. 저 소쩍새는 왜 울까. 나는 왜 소리를 할까. 내 소리는 무엇일까. 칠흑의 어둠 같은 회의가 그의 영혼 속으로 홍수처럼 밀려들었다. 나는 무엇일까. 유성준 선생의 말이 떠올랐다.

'이 자석아, 니는 목이 너무 좋아서 탈이야……. 그것을 고치려면, 니는 항상, 전생에 죽어라고 소리를 하고 또 했지만 끝내 득음을 하지 못하고 죽어간 한스러운 혼령 하나가 느그 어머니 배 속으로 들어가 네놈이 되어 태어난 것이라고 생각을 해야 한다. 니놈은 니 목 하나만 믿고 독공을 게을리하거나 자만해지면, 니 신세가 전생에 득음 못하고 죽은 한스런 혼령하고 똑같은 신세가 돼버릴 기다. 그러니 니는 항상 소리에 굶주려 있는 것처럼 만날 홍얼홍얼 소리를 입에 물고 살거라. 그래야 득음을 할 거니까……. 그런데 또 득음을 한 번 했다고 다 되는 것이 아니다. 득음이란 것은 백동白銅을 깎고 반질반질하게 갈아서 만든 거울하고 똑같은 기라. 백동 거울을 구석에 처박아 놔두면 얼룩이 지고 푸르죽죽한 녹이 슨다. 그러면 아무짝에도 쓸모없는 돌덩어리가 돼버리는 기다. 백동 거울을 말갛게 갈고 닦아야 하듯이, 소리도 부지런히 갈고 닦아야 하는 법이다. 어떻게 갈고 닦느냐, 그 대답은 간단하다. 소리를 자나 깨나 늘 통절하고 치열하게 입에 물고 사는 수밖에는 없는 것이다. 그런데 자나 깨나 소리를 입에 물고 살아도 득음이 안 되면 어찌해야 하느냐. 그 대답은 더 간단하다. 또다시 자나 깨나 죽기 살기를 무릅쓰고 통절하게 소리를 입에 물고 살아야 하는 기라. 그런데 이번에도 또 안 된다면 어떻게 해야 하는가. 그러면 더 이상 안 되면 죽고 만다는 생각으로 끝장이 날 때까지, 말하자면 목에서 핏방울이 뚝뚝 떨어지도록 입에 소리를 물고 살아야 하는 기다.'

그렇다, 내 소리는 완벽을 향해 치달아가야 한다. 완벽은 신神의 경지이다. 나는 늘, 시방 내 소리는 완벽하게 잘 닦여 있는가 하고 의심을 하고, 닦고 또 닦고, 그리고 다시 또 의심을 하고 닦고 또 닦아야 한다. 그럼 그렇게 닦은 소리로써 무엇을 해야 하는가.

한번은 밖에 나갔다가 땅거미가 기어들었을 때 얼근해져서 들어온 유성준 선생이 그에게 무릎을 꿇고 앉으라고 한 다음 옛날 소리광대 두 사람의 일화를 들려주었다.

"아주 찢어지게 가난한 소리꾼 하나가 어느 부잣집에 불려가서 소리를 하고 나니까는 술과 음식을 배불리 먹여준 다음, 이돌로 서 말쯤 들어 있는 보리자루를 안겨주는 기라. 술에 취한 그 소리꾼은 집에서 굶주리는 아내와 새끼들을 생각하며 그것을 땀 뻘뻘 흘리면서 짊어지고 갔지. 산을 넘고 물을 건너고…… 고향 마을 뒤쪽 언덕에 있는 그의 오두막 앞에 이르렀을 때는 날이 번히 샜어. 한데 그때 보리자루 한가운데가 툭 터지고, 보리알들이 와르르 땅에 쏟아져버리는구나. 발을 멈추고 비지땀을 훔치면서 동쪽 하늘을 보니까 샛별이 반짝반짝 그 소리꾼을 내려다보고 있구나. 갑자기 처량한 생각이 든 그 소리꾼은 보리알 흩어져 있는 그 자리에 퍼더버리고 앉아 미친 듯이 소리를 하는구나. '가난이야 가난이야, 복이라 하는 것은 어이 하면 잘 타는고······.' 그 소리를 듣고 달려 나온 그의 아내가 땅에 쏟아져 있는 보리알들을 쓸어담으며 중얼거렸지. 아이고, 내 아까운 보리! 아이고 내 아까운 보리······. 그 소리꾼은 아내의 울먹거리는 소리를 들으면서도 더욱 미친 듯이 피맺힌 소리를 하는구나."

선생은 또 하나의 일화를 들려주었다.

"한 마을에 무지무지하게 부자인 중년 귀명창 과부가 있었는데 말이다. 그 과부는 자기네 고대광실 높은 집 안방으로 젊은 미남 소리꾼을, '스무 냥'에 불러들여서는, 입에 살살 녹는 술과 음식을 먹이면서 소리를 시키것다. 고수를 따로 부르지 않고 그 과부가 직접 장단을 치는데, 치맛자락을 홀러덩 걷고 허벅다리를 하얗게 내놓고 치는구나. 그런데 소리가 어느 정도 무르익으면 이 과부 여편네가 윗저고리를 벗어던지고, 더욱 무르익으면 겉치마를 벗어 던진 다음 속치마 바람이 되고, 더더욱 무르익고 절정에 이르게 되면 북채를 내던지고, 소리꾼을 주저앉히고, 바지를 끌어내리고 맨살을 더듬으면서 소리를 계속하라고 하는구나. 마지막에는 소리꾼의 남성을 자기의 연못 속에 처넣으면서 소리를 계속 하라고 하는구나…… 소리꾼을 보낼 때는 인력거를 태워 보내는데, 처음에 주겠다고 한 이돌 스무 냥을 다 주지 않고 열 냥만을 주면서 말하기를, 열흘 뒤에 나머지를 받으러 오라는 것이여…… 그래, 열흘 뒤에 나머지 이돌 열 냥을 받으러 가면, 세상에 우수리 없는 장사가 어디 있느냐고, 술상을 가져다 놓고 기어이 소리를 시키고, 다시 한 대목을 시키고, 또 소리가 무르익음에 따라 윗저고리부터를 벗기 시작하고 드디어는 속치마 바람이 되어 소리꾼의 남성을 품은 채 소리를 계속하게 한 다음 인력거에 태워 보내면서, 닷 냥을 떨쳐놓고, 닷 냥만 주는 것이여. 열흘 뒤에 나머지 닷 냥을 받으러 오면, 이자를 쳐서 열닷 냥을 주겠다고 하면서……."

이야기를 마치고 나서 선생은 허공을 쳐다보며 허허허허 하고 웃어대고 비아냥거리듯이 물었다.

"너 이놈, 나한테서 죽어라고 소리를 받아다가 그렇게 밥 빌어먹는 데에다 쓸 것이냐?"

망한 나라 백성인 내 소리의 길은 어디에 있는가. 망한 나라의 시퍼렇게 살아 있는 삼천리금수강산 안에 몸을 담고 있는 사람들은 늘 한스러워하고 있다. 가난하고 박해받으며 한스러워하는 사람들의 가슴에 내 소리를 안겨주어야 한다. 한스러워하는 중생의 절망과 한스러움을 위무하고, 희망과 즐거움을 심어주어야 한다. 희망이란 무엇인가. 〈수궁가〉에 그 답이 들어 있다. 자라의 꼬임에 넘어가 용궁으로 들어간 토끼가 배를 가르려 하는 용왕을 그의 지혜로 속이고 살아나오고, 사람들이 쳐놓은 덫에 걸렸지만 또 지혜로 살아나고, 독수리에게 잡혔지만 또다시 꾀를 부려 살아나는 데에 있다. 이 나라의 강산이 지금 토끼처럼 용궁에 들어와 있고 덫에 걸려 있고 독수리에게 잡혀 있다. 그 난관 속에서 살아나온 무수한 토끼들이 내 손목에 금팔찌를 끼워줄 것이다.

홍매화

아득한 의식 속으로 사라져간 말이 살아 돌아오지 않았다. 그는 답답했다. 머리는 맑아지는데 굳어진 혀가 살아나지 않고 있었다. 젊은 아내가 살포시 문을 열치고 약사발을 들고 나갔다. 쓰디쓴 약의 뒷맛이 혀와 입천장과 목구멍에 남아 있었다. 한참 뒤에 아내가 들어왔다. 치마폭에 싸안고 들어온 찬바람에 아릿한 향기가 들어 있었다. 그 향기가 그의 코에 어렸다. 분향 같기도 하고 청순한 처녀의 입내 같기도 했다. 그는 흠흠 하고 향기를 확인하려고 들었다. 추위 속에서 피어난 홍매화의 향이었다. 여느 매화꽃보다 열흘쯤 먼저 피는 꽃. 아내가 그의 안면에 일어나고 있는 가느다란 감정의 물결을 살피고는 "홍매화가 피었구만이라우." 하고 말했다. 콧소리가 많이 섞여 있는 쨍 울리는 목소리가 귓결을 맴도는데, 가느다랗고 여리면서도 청이 고운 새 울음소리가 들렸다. 비이비이. 박새 소리였다. 그는 허공을 쳐다보며, 그 새가 왔구나, 하고 생각했다. 가슴과 양쪽 볼이 흰 박새. 삼례의 얼굴과 산호의 얼굴이 아물거렸다. 고개를 출입문 쪽으로 돌리려다가 흘긋 옆에 앉아 있는 아내와 눈길이 마주쳤다. 아내의 눈두덩은 약간 부석부석한 듯싶은 외꺼풀이었다.

아내는 그의 속내를 알아차렸다. 이불로 그의 윗몸을 감쌌다. 방문을 열어놓고, 그의 상체를 일으켜 등 뒤에서 안으며 속삭였다.

"매화 향기가 여그까지 날아오지라우, 잉."

매화나무는 마당 가장자리에 서 있었다. 꽃잎에 여린 붉은 기운이 서려 있었다. 아내가 말했다.

"매화가 활짝 피었을 때 손님이 오셨다고 그러셨지라우?"

아내 박경화는 속이 웅숭깊었다. 그녀가 말한 손님이란, 그의 얼굴에 얽은 자국을 만들어주고 떠난 천연두를 말하는 것이었다. 매화 꽃잎 볶은 것 한 줌을 그의 입에 털어 넣어주던 어머니의 얼굴이 눈에 선했다. 어머니의 가슴에서 날아오는 유향이 코끝에서 살아났다. 손님은 왜 매화꽃이 필 때 오시는 것일까. 어머니가 그랬다. 손님이 그의 얼굴에다가 얽은 자국을 박아놓으면서 동시에 목소리에다가 신기神氣를 넣어주었다고.

매화 나뭇가지의 우듬지에 박새가 앉아 있었다. 박새는 두리번거리다가 방안의 그를 바라보았다. 아, 저 새가 나를 바라본다. 산호다. 삼례를 닮은 산호, 그녀가 피를 거듭 토하고 기진맥진한 채 숨을 거두며 한 말이 떠올랐다.

'나 죽으면 바람이 되어 당신 속을 들락거리고, 당신 주위를 맴돌 거예요. 내 넋이 된 그 바람을 속에 담고 살아야만 당신의 목소리가 더 생생하고 향기롭고 맑고 탄력이 있게 되고 알맞게 곰삭아져서 사람들을 울리기도, 웃기기도 할 거예요.'

과연 그랬다. 산호가 떠나간 다음 통성이 더 힘차졌고, 수리성과 천구성이 더 향기롭게 맑아졌고 애원성이 한층 한스럽게 곡진해졌다. 휘어 꺾는 목과 젖혀 올리는 목이 다 원활해졌다. 혼신의 힘을 다해 소리를 하면서 문득, 산호와 더불어 몸과 마음을 섞을 때 느끼는 절정감을 느끼고 진저리를 치곤 했다. 그것은 사람의 힘이 아닌, 어떤 신비한 힘이 도와서 일어나는 마법 같은 신명이었다. 무당들이 접신하는 순간에 정수리와 겨드랑이에 일어나는 귀뚜라미 소리 같은 전율이 그런 것일까. 김영랑이 말했었다.

"임 명창의 소리의 어떤 결은 사람의 소리가 아니고 하늘의 소리, 신의 소리 같아."

처네

　대문간에 인기척이 있었다. 쪽색 두루마기를 입고 머리에 처네를 쓴 얼굴 동글납작한 여인이 대문간 안으로 들어섰다. 삼십대 후반의 여자 소리광대 함애선. 그녀의 뒤에 곡식자루를 머리에 이고, 양철로 된 양동이를 손에 든 키 작달막한 아낙이 따라 들어왔다. 키 작달막한 아낙은 가지고 온 것들을 툇마루에 놓고 돌아갔다. 그녀가 가지고 온 것은 곡식자루와 민물장어였다. 함애선은 아니리조로 "아이고, 아이고……." 하면서, 열려 있는 방문 안으로 들어섰다. 젊은 아내가 방문을 닫았다. 함애선은 쪼그려 앉아 그의 두 손을 잡고 흔들면서 진양조로 말했다.

　"오면 온 줄을 아는가, 가면 간 줄을 아는가아."

　그녀는 어디선가 공연을 하고 집으로 가는 길에 잠시 들른 것이었다. 그의 눈과 함애선의 눈길이 마주쳤다. 그녀가 안타까워하며 아니리를 하듯이 슬픈 목소리로 흥얼거렸다.

"아이고, 아이고, 꽃이 핀들 아는가, 새가 운들 아는가아……
들어옴서 본께 마당가에, 선생님의 싱싱한 천구성 같고 애원성
같은 홍매화가 활짝 폈는디. 아이고, 아이고, 어서 털고 일어나
시오. 오늘 동양극장에서 내로라하는 명창들이 다 나서서 소리
들을 한다고 했는디, 들을 만한 소리는 씨도 없습디다."

그가 함애선과 만난 것도 홍매화가 피던 철이었고, 그녀와
헤어진 것도 홍매화 향기가 은은하게 감돌던 철이었다. 그녀는
한스럽고 목청이 가녀리고 고운 여자였다. 어느 날 그녀는 '임
방울과 그 일행' 속으로 외로운 까투리처럼 날아들었다. 임방울
이란 이름만 내걸면 관객들이 구름처럼 몰려들던 때였다. 그녀
는 몸매 늘씬하고 얼굴 수려하고 명랑 활달하면서도 적극적이
고 붙임성이 좋고 정이 많은 여자였다. 그가 소리를 할 때면
관객들 속으로 들어가 팔짱을 낀 채 진저리를 치면서 들었다.
〈수궁가〉를 아직 받지 못한 것을 안타까워하던 그녀는 그에게
서 그것을 받겠다고 나섰다. 야밤이나 공연하기 위해 이동을 하
는 틈틈이 〈수궁가〉를 받았다. 그녀는 〈수궁가〉를 받으면서 많
은 어려움을 겪었다.

그의 소리는 똑같은 대목임에도 불구하고 부를 때마다 소리

들의 어떤 굴곡 한두 굽이나 박이 약간씩 달랐다. 어제 부르는 것 다르고 오늘 부르는 것이 달랐다. 그가 하는 소리는 즉흥성이 많았다. 그때그때의 흥취와 신명에 따라 달라지는 것이었다.

함애선은 청이 곱고 간장을 끊어내는 듯한 계면조의 소리를 잘하던 여인이었다. 〈수궁가〉 중 '토끼 화상 그리는 대목'을 내려주다가 사단이 생겼다. '천하 명산 승지 강산 경개 보던 눈 그리고'의 대목을 내려주는데, 그녀가 "어저께는 그렇게 안 하시고, …… '천하' 하고는 반박을 늘인 다음 '명산'을 이어 부르셨는디, 오늘은 어째서 '천하명산'이라고 대붙여 하시오?" 하고 딴죽을 걸었다. 그가 정색을 하고 말했다.

"어디 어저께 받은 것을 한 번 해보고, 금방 받은 것을 한 번 해봐라. 어떻게 다른가 보자."

그녀는 전날 받은 것과 이날 받은 것을 불러 보였다.

그가 물었다.

"그러면 니 생각에는, 어저께 받은 것하고 오늘 받은 것 가운데서 어떤 것이 더 좋다고 생각되냐?"

그녀가 대답했다.

"어저께 받은 '천하아 명산'이 더 좋소."

그가 말했다.

"그럼 어저께 것만 받고, 오늘 받은 것은 던져뿌러라."

그녀는 어리둥절하여 그의 얼굴을 건너다보기만 했다. 그는 빙긋 웃었다. 그와 비슷한 일이 또 있었다.

수궁에서 머나먼 육지에 도착한 자라가 토끼를 부르고, '토끼가 자라를 향해 가는 대목' 가운데서 "게 뉘가 날 찾나, 게 뉘가 날 찾나, 기산영수 소부 허유 피서 가자고 날 찾나, 수양산 백이숙제 고사리 캐자고 날 찾나…… 완월장취 강남 태백이 기경 승천하면서 함께 가자고 날 찾나…… 건너 산 과부 토끼가 서방을 삼자고 날 찾나"를 다 받고 나더니, 그녀가 이의를 제기했다.

"선생님, 어제는 '기산영수'에서, '기'를 두 음이나 높였다가 '산'으로 툭 떨어지도록 '기사안 영수' 하고 불렀는데, 오늘은 '기산'에서 '영수'까지를 평평하게 '기산영수'라고 불렀어라우. 어느 것으로 해야 할 게라우?"

그는 '내가 정말 그것을 어제 다르게 부르고, 오늘 다르게 불렀단 말이냐' 하는 얼굴로 그녀를 마주보았다. 그러나 별것 아니라는 듯 "아, 그럼 그것들 둘 가운데 쉽고 재밌는 것을 취택혀서 혀." 하고 말했다. 그녀가 볼멘소리를 했다.

"아따, 선생님 어째 자꾸 그러시오? 주시는 쪽에서는 그럴지라도 받는 쪽에서는 심각혀라우. 자꾸 헷갈려서."

임방울은 태평스럽게, 그러나 단호하게 말했다.

"소리 바다라는 것이 딱 그렇게 정해진 것이 아니고, 부르는 사람의 그때그때의 숨결이나 흥이나 감정이나 신명에 따라 조금씩 달라질 수도 있는 것이다. 가령 '천하아 명산'이라고 반박을 넣어 불렀으면 다음 어딘가에서 반박을 줄여 부르면 되는 것이여. 숨결에 따라, 흥이나 신명에 따라서 또 '기'를 높게 불렀다가 '산'으로 툭 떨어지게 부를 수도 있고, '기'하고 '산'하고를 그냥 평평하게 부를 수도 있는 것이여."

그녀가 '그럼 법제라는 것은 왜 있느냐'고 물으려다가 입을 다물고 그의 두 눈을 빤히 바라보자, 그는 무얼 그렇게 심각해하느냐는 듯 퉁명스럽게 "아, 소리라는 것이 원래 그러는 것이여. 소리는 죽어 있는 것이 아니고 펄펄 살아 있는 것이라고. 소리를 하는 사람의 흥이나 신명에 따라서 그때그때 조금씩 달라진단 말이다." 하고는 울화가 치밀어 오른 듯 짜증스럽게 말했다.

"사람이 백번 부를 때마다 똑같이 부른다면, 아, 그것이 축음기판이 하는 소리제 어디 사람이 하는 소리간디? ……사람이 하는 소리 바다는 감정에 따라 흥이나 신명에 따라 숨결에 따라 출렁출렁 약간씩 다르게 흘러가기 마련인 것이여."

다음 날 그녀는 '난초지초 온갖 향초 꽃 따 먹던 입 그리고'

에서부터, 곡진한 천구성과 가슴을 쥐어뜯는 애원성으로 불러
야 하는 '좌편은 청산이요 우편은 녹순디' 여기까지를 받다가
가슴이 갑자기 아리고 저린다고 하면서 모로 무너지듯이 드러
누워버렸다. 이때 그녀의 얼굴에는 열꽃 같은 홍조의 물결이 일
고 있었다. 그는 "어디? 가슴이 아퍼? 어디 보드라고!" 하면서
그녀의 도도록한 젖가슴을 붙안았고, 그녀는 그의 품에 얼굴을
묻어버리면서 두 손바닥으로 반쯤 젖혀진 저고리 섶 속의 배와
가슴을 붙안은 채 숨 가쁘게 말을 뱉었다.

"아이고! 어째 이렇게 배하고 가슴하고가 쥐어짜는 것 모양
으로 찌릿함서 뒤틀어 오른다요? 이 대목을 받을 때면 다른 사
람들도 다 이렇게 아프다요?"

그는 그녀의 두 손바닥을 들어내고, 치맛말 속의 배와 가슴
을 만지려고 들었다. 순간 그녀가 그의 두 손을 끌어다가 젖가
슴을 덮었다. 그의 손에 몽실한 젖무덤이 잡혔다. 그녀는 그의
품에 얼굴을 묻고, "선생님 나 좀 살려주시오." 하고 말하면서
두 손으로 그의 허리를 끌어안고 안간힘을 쓰며 떨었다. 한밤
중이었다. 소쩍새들이 슬피 울며 날고, 만발한 매화 꽃송이들
이 향기를 뿜고, 하늘에 쟁반 같은 만월이 둥실 떠 있었다. 그
와 그녀의 뜨거운 밀월의 춤사위는 예측할 수 없는 심연 속으
로 가라앉으며 너울거렸다. 그녀는 그에게서 소리를 받다가, 그

가 곡진하게 치올라가는 애원성 어려 있는 천구성이나 수리성을 뱉어내는 대목에서는 진저리를 쳤고, 그것을 따라 받다가 그에게 덤벼들어 그의 목을 끌어안고 품안으로 쓰러져버리곤 했다. 그녀는 기어이 더 큰 일통을 내고 말았다. 매실이 통통 여무는 오월 하순에 입덧이 났고, 무대 위에 올라가 소리하기를 힘들어했다. 그해, 늦은 겨울의 달이 훤한 밤에 몸을 풀었는데 딸이었다. 임방울은 그 아이가 만월의 정기를 받은 아이라고, 이름을 '달이'라고 지었다.

그녀는 서울 변두리 어디쯤에 방을 얻어 그와 살림을 차리자고 했다. 그는 코대답만 할 뿐이었고, 방을 얻고 살림을 낼만한 돈은 주려 하지 않았다. 그녀는 그의 유랑극단을 따라다니면서 거지 아이 키우듯이 딸을 안고 업고 여관 방 구석 잠을 자면서 키웠다. 창극 무대를 무단히 박차버리고 종적을 감출 때도, 그는 그녀에게 이러이러해서 어디를 간다는 말 한마디 해주지 않았다. 마침내 그의 눈이 또 다른 여자에게로 쏠리기 시작했을 때, 그녀는 눈물을 훔치면서 그의 곁을 떠나갔다.

함애선은 그의 젊은 아내에게 민물장어를 고아 국물을 떠 넣어주어 보라고 이른 다음, 말을 잃어버린 그와 눈길을 오랫동안 맞추고 있다가 혀를 끌끌 차고 아니리조로 말했다.

"아이고 아이고, 무정하고 무정한 양반아, 나 갈라요. 제발 덕분에, 오늘 밤에라도 벌떡 일어나버리시오."

그의 눈에 물이 고였다. 그는 속으로 말을 하고 있었다. 나 절대로 죽지 않을 것이여. 오늘 밤에라도 거짓말같이 일어나 자네랑 같이 소리를 하러 다닐 것이여.

그녀는 애달픈 목소리로 "가면 가는 줄을 아는가, 오면 오는 줄을 아는가." 하고 흥얼거리며 몸을 일으켰다. 그의 젊은 아내의 두 손을 모아 잡아 가볍게 흔들어주고, 또 오겠다는 말을 남기고 돌아갔다. 그의 치맛자락이 방문 밖으로 사라졌을 때 그는 눈을 감았다. 눈에서 흐른 물방울이 볼을 타고 흘러내렸다.

박오녜

흰 저고리에 쪽색 치마를 입은 머리 희끗희끗한 여자가 마당 안으로 들어섰다. 송정리에 살고 있는 본처 박오녜였다. 쪽 쪄 올린 머리 위에 곡식 자루를 이고, 손에 자반 한 꾸러미를 들고 왔다. 기미와 주근깨와 주름살이 앉은 얼굴에 어두운 그늘이 들어 있었다. 젊은 아내는 죄스러워하며 본처를 맞았다. 본처 박오녜는 말없이 그의 머리맡에 무릎을 꿇고 두 손을 이마에 대고 큰절을 했다. 딸 하나 아들 하나를 배 속에 담아주고는 내내 홀어미처럼 독수공방을 하며 살게 했을 뿐, 자식들과 먹고 살라고 곡식 한 자루 들어다주지 않은 그를 그녀는 원망하려 하지 않았다. 돌아가신 시어머니에게서 물려받은 무업으로, 여기저기에서 청하는 푸닥거리를 해주며 굶지 않고 살아갈 수 있는 운명과 임방울 명창의 본각시라는 말을 듣고 사는 것을 고마워하고 흔감해할 뿐이었다.

그의 눈에 본처의 얼굴이 들어왔다. 그녀의 고생과 한의 그
늘이 가득 찬 얼굴을 대하자 가슴이 아리고 저렸다. 그녀는 그
에게 〈춘향가〉를 가르쳐준 공창식의 생질녀였다. 공창식은 '이
자식이 이만한 목으로 소리를 한다면 자기 각시를 굶겨 죽이지
는 않을 것이다' 하고 동서 내외를 설득하여 그녀를 그와 짝지
어주었던 것이다. 그가 그녀와 오롯한 부부처럼 산 것은 한국
전쟁이 일어났을 때의 석 달 동안뿐이었다.

서울에서 피난민 행렬에 섞여 송정리 쪽으로 내려오던 그는
이리역 광장 앞에서 경계를 서던 인민군 보초에게 붙잡혔다. 칠
월 중순의 뜨거운 태양빛이 쏟아지고 있었다. 견장에 붉은 별
을 붙인 보초는 그에게 두 손을 보여달라고 말했다. 그들이 손
의 더럽고 거칠음과 깨끗하고 부들부들함을 기준으로 노동자나
프롤레타리아와 부르주아지를 구별한다는 것을 그는 알고 있었
다. 그는 두려움에 젖은 채 보초 앞에 희고 부드러운 두 손을
내밀었다. 소리만 하고 사는 그의 손은 피부와 매듭들이 거칠
지 않고, 손바닥에 옹이 하나도 박히지 않았다. 보초는 그를
역무실에 있는 소대장에게로 넘겼다. 소대장 또한 그의 손을 찬
찬히 살폈다.

"인민의 피를 빨아먹은 상 간나새끼의 손이야."

거물 부르주아지 하나를 잡은 것이라 생각한 소대장은 그에게 이름을 물었다. 그는 자기가 용궁에 잡혀 들어간 토끼 신세가 되었다고 생각했다. 소대장의 납작한 코에 뚫려 있는, 유달리 작은 콧구멍을 본 순간 자라의 콧구멍이 떠올랐다. 소대장이 우물쭈물하고 있는 그에게 이름이 무어냐고 다시 물었다. 그는 임승근이라고 할까 임방울이라고 할까 고심하다가 임승근이라고 말했다. 소대장은 옆에 있는 앳된 연락병에게 턱짓을 했고, 연락병은 그의 몸을 수색했다. 지갑이 나왔고, 그 속에서 인민군의 세상으로 바뀐 이제는 가치를 잃어버린 지폐 몇 장이 나왔다. 소대장은 지갑을 돌려주지 않고 부하를 시켜 그를 근처 초등학교에 있는 대대본부로 보냈다. 한 교실에 예닐곱 사람이 잡혀 있었다. 그들의 얼굴과 손은 모두 부드럽고 희고 깨끗했다. 공무원이거나 장사꾼이거나 부자들이거나 한량들이었다. 한 사람씩 대대본부로 불려갔다가 돌아온 사람들은 맥이 빠진 채 불안해하고 있었다. 그가 대대본부라는 표찰이 붙어 있는 교실로 불려갔다. 붉은 색깔의 별 붙은 견장을 단 대대장과 부관과 사병 한 사람이 책상에 앉아 있었다. 부관이 "동무가 임승근임메?" 하고 물었다. 그가 그렇다고 하자, 부관이 말했다.

"우리는 인민의 피를 빨아먹고 사는 악질 반동분자를 색출

하려는 것이니끼니 사실대로 대답하라우."

부관이 그에게 손을 내보라고 말했다. 그는 용왕 앞에 선 토끼처럼 긴장하였다. 떨리는 마음을 가라앉히려고 심호흡을 했다. 〈수궁가〉의 토끼가 그러했듯 지혜롭게 행동해야 한다고 생각하며 손을 내보였다. 부관은 눈을 불량하게 번득거리며, 직업이 무엇인데 이렇게 손이나 얼굴이 부드럽고 깨끗하냐고 따졌다. 토끼의 간이 필요한 용왕이 간을 꺼내기 위해 배를 가르려고 한다는 것을 알아차린 토끼가 용왕을 속이기 위해 '말을 하라면 하오리다.' 하던 것을 생각했다. 그러나 여기서는 어설픈 거짓말보다는 사실을 말하는 것이 좋을 듯싶었다. 그는 일부러 투박스러운 전라도 토종의 사투리로 말했다.

"제 본명은 임승근인디라우, 지가 사실은 소리광대 임방울이구만이라우. '쑥대머리' '호남가' '앞산도 첩첩하고'를 부른 사람이 바로 저여라우."

대대장과 부관과 사병의 눈길이 모두 임방울의 얼굴로 날아들었다. 부관이 "당신이 소리광대 임방울이란 말입메?" 하고 따지자 대대장이 부관을 향해 "잠깐!" 하고 나서 그를 향해 물었다.

"아니, 동무가 진짜 그 유명한 임방울 명창 맞습메?"

순간적으로 가슴이 환해진 그는 고개를 끄덕거리며 그렇다고 대답했다. 대대장이 말했다.

"그래 나도 오래전에 유성기에서 임방울 '쑥대머리'를 들어본 적이 있지비. 우리 외삼촌이 '앞산도 첩첩하고'를 아주 잘 불렀소. 동무가 진짜 임방울이 맞는지 어쩌는지…… '쑥대머리'를 한번 해보라우."

그는 심호흡을 하고 나서 소리를 했다.

"쑥대머리 구신 헨용 적막 옥방으 찬 자리에……."

그가 소리를 마치자 대대장이 부관과 눈길을 교환했다. 대대장이 그에게 말했다.

"임방울 동무, 보내줄 테니 우리 인민의 피를 빨아먹는 악질반동 부르주아지 놈들을 위해서는 소리를 하지 말고, 핍박받는 노동자 농민들을 위해 부지런히 소리를 함으로써 우리 인민해방운동에 앞장서도록 하라우요."

학교 교문을 나온 그는 수궁에서 죽지 않고 빠져나온 토끼처럼 우둔거리는 가슴을 진정하며 철길을 타고 남으로, 남으로 걸어 송정리에 이르렀다. 송정리의 집에 들어서자 본처가 그를 반갑게 맞았다.

이튿날부터 그는 머리에 수건을 질끈 동이고 괭이 하나를 들고 무단한 남새밭을 파 일구었다. 보안서 사람들이 나를, 노동계급이 아닌 유한계급 사람이라고 잡아가면 어찌할 것인가.

손바닥에 괭이가 박혀야 하고, 손마디가 굵어야 하고, 살결이 거칠어져야 한다. 본처는 오랜만에 돌아온 남편을 위해 정성스럽게 밥을 지었고, 그는 아이들과 더불어 오붓하게 둘러앉아 밥을 먹었다.

본처 박오네는 눈물을 흘리면서, 말을 잃어버린 채 누워 있는 그를 향해 하직인사를 했다. 그는 그녀를 물끄러미 바라보기만 했다. 눈에 고였던 물이 볼로 흘러내렸다. 그녀는 그의 젊은 아내 박경화의 손 하나를 잡아다가 두 손으로 감싸 잡았다. 다른 손 하나를 더 끌어다가 모아 잡았다. 박경화의 손을 흔들어주면서 눈을 맞추었다. 박경화는 고개를 숙인 채 면목 없어 했다. 박오네는 박경화의 어깨를 한 번 두들겨주고 주머니에서 지폐 두 장을 꺼냈다. 박경화가 마다하고 손을 내쳤지만, 박오네는 기어이 박경화의 손에 넣어주고 총총 대문 밖으로 나섰다. 그녀는 밤기차를 타고 천리 밖 송정리에 있는 아들딸에게로 돌아가야 하는 것이었다.

또 한 여자

다음 날 또 한 여자가 대문 안으로 들어섰다. 바야흐로 사십대 초반으로 들어선 여자인데, 쪽찐 머리에 명주 목도리를 하고, 하늘색 저고리와 다홍색 치마에 쪽색 처네를 쓰고 있었다. 그녀는 약 한 재를 지어 들고 왔다. 몸매가 오동통하지만 동글납작한 얼굴에 귀티가 나고, 쌍꺼풀진 눈매가 곱고, 입술이 약간 두껍고, 코의 운두가 부드럽게 솟아 있었다. 그녀는 그의 젊은 아내에게 들고 온 약을 안겨주고 슬픈 목소리로, 그러나 약간 무뚝뚝하게 아니리조로 "아이고, 이것이 뭔 일이고, 가는 사람 안 잡고 오는 사람 안 말린다카더니이…… 태평하게는 누워 있대이." 하고 말하며 그의 머리맡에 앉았다. 진한 경상도 사투리의 억양이었다. 그의 손 하나를 끌어다가 두 손으로 싸잡아 따독거리며 목울음 섞인 소리로 말했다.

"임 선생님요, 나 소리랑 춤이랑 가야금이랑 가르치는 학교 교장 됐심더. 천하의 임 선생이 얼른 일어나 우리 학교에 와서 애들을 좀 가르쳐줘야제, 이렇게 해가 뜨는지 날이 저무는지도 모르고 누워만 있으면 우짤끼고, 잉?"

말을 잃어버린 그는 그 여자의 얼굴을 물끄러미 바라보기만 했다. 그녀는 오계화라는 이름으로 불리기도 하는 박귀희였다. 그와 그녀는 그녀가 스물두 살 때에 동일창극단에서 만났다. 여자답지 않은 남성적인 웅혼한 구성으로 소리를 맛깔스럽게 잘 할 뿐만 아니라, 가야금도 잘 타고 북 또한 잘 쳤다. 그녀는 늘 그의 소리에 북을 쳐주고 싶어 했고, 그 또한 그녀의 장단과 추임새가 좋아 그녀를 고수로 쓰곤 했다. 소리 장단을 먹이면서 추임새하는 그녀의 목소리는 그윽하면서도 색정적이어서 그의 가슴을 저리게 하곤 했었다. 창극 공연 막간에 그가 소리를 할 때엔 항상 그녀에게 북을 잡게 했다.

대전에서 창극 〈강산 풍운〉을 무대에 올릴 때는 그가 박귀희와 더불어 주인공 역할을 했었다. 그는 패전을 하고 도망쳐 와서 한 외딴 집에 숨어 지내는 동학군인 역을 했고, 박귀희는 그 외딴 집의 외동딸 역을 했다. 집 모퉁이의 짚더미 밑에 굴을 파고 숨어 지내는 동학군과 남 몰래 밥을 가져다주곤 한 주인집 딸 사이에는 정분이 싹터났고, 결국 임신을 하게 되고, 동학군인인 그는 관군과 일본군의 포위망이 좁혀 온다는 것을 알아차리고 후일을 기약하며 어디론가 도망을 쳐야 했다.

그렇게 주역을 맡아 한 이후 크와 박귀희 사이에는 정말로 사랑의 정분이 싹터버렸고, 방을 얻어 부부처럼 살림살이를 했다. 그들은 서로 소리를 하고, 그 소리에 북을 쳐주듯이 사랑을 나누었다. 그가 계면조의 한스러운 통성과 천구성과 수리성과 애원성을 간드러지게 뽑아낼 때 그녀는 진저리치며 못 견뎌했다. 그녀와 그의 사랑은 그의 향기롭고 고운 소리의 결과 무늬 때문에 이루어진 것이었다.

그의 눈길과 박귀희의 눈길이 마주쳤다. 말을 잃어버린 그의 몸에 진저리 같은 소름이 돋았다. 두 손으로 그녀의 탐스러운 젖가슴을 두 손으로 감싸고 그 속에 얼굴을 묻고 그녀의 심해 속으로 풍덩 빠져 유영하던 날들이 떠올랐다. 그녀는 가슴뿐 아니라 마음이 한없이 포근하고 깊고 넓었다.

"임 선생님이 소리를 할 때, 내 몸은 진액 같은 땀으로 흠뻑 젖어뿐다 아입니꺼. 임 선생님 소리는 사람의 소리가 아니라 신들린 소립니다. 어떤 대목을 들으면서는 '아욱!' 하고 그냥 팍 죽었뿌리고 싶습더."

그와 그녀의 인연은 한없이 깊었다. 어찌할 수 없는 그의 역마살 때문에 헤어지기는 했지만, 그들은 서로를 미워하지 않았고 늘 그리워했고 서로를 위해주었다. 해방된 뒤 그가 국악 동인회를 만들고 주재하며 판소리 완창 발표회를 열 때, 그 발표회를 하자고 처음 말을 꺼낸 것도, 뒤에서 밀어준 것도 그녀였다.

"임 선생님, 부산 범일동 가설극장에서 고전음악제전이 열렸을 때 보고 생각을 한 것인데예, 임 선생님이 혼자 소리 한 바탕을 처음부터 끝까지 불러버리는 무대를 마련해보면 어떨까예. 천하의 임 선생님 소리라면 두 시간 아니라 세 시간이라도 관객들이 자리를 뜨지 않고 다 들어줄 기라예. 임 선생님은 오십을 바야흐로 넘기셨고, 소리가 익을 만큼 익었으면서도 소리를 한꺼번에 몰아서 할 수 있는 젊은 힘이 있는 기라예. 그리고 임 선생님은 다른 어떤 명창보다, 관객들한테서 기를 받고 관객들을 휘어잡아 흔드는 광대 기질이 출중하니까 넉넉히 하실 수 있을 기라예."

판소리 역사상 처음으로 〈수궁가〉 완창 발표회를 열 때 그 실황 녹음을 했는데, 그때 그는 박귀희가 북을 쳐주기를 희망했었다. 한데 박귀희가 한사코 도리질을 하며 마다했다.

"임 선생님의 소리에 북을 쳐주는 일은 나하고 임 명창하고 둘만의 문제가 아니라예."

그녀는 당대 최고의 고수인 김세준을 천거했다.

그는 〈수궁가〉 완창을 위해 은밀하게 준비를 했다. 남산으로 올라갔다. 남산 중턱에 일제 때 파놓은 토굴이 있었다. 방공호였다. 그 속에서 촛불을 밝히고, 배추씨 문서 같은 공책을 들여다보며 새삼스럽게 처음부터 독공을 하고 또 했다.

소리의 색깔

꼬박 밤을 새우며 소리 연습을 하다가 지쳐 문득 잠이 들었는데, 누군가가 그를 흔들어 깨웠다. 하얀 수염에 도포 차림을 한 동리 신재효였다. 그가 무릎을 꿇고 큰절을 한 다음 머리를 조아리자 동리가 말했다.

"〈수궁가〉를 완창한다기에 한 가지 조언을 해주려고 왔느니라."

그가 말씀을 뼛속 깊이 새겨서 듣겠다고 하자 동리가 말했다.

"사람들의 목구성에 색깔이 있다는 것, 너의 소리가 독특한 색깔을 지니고 있다는 것을 아느냐?"

그가 아직 느끼지 못하고 있다고 하자 동리가 말했다.

"식견이 높은 귀명창들은 귀로 소리의 색깔을 구별한다. 보통의 환쟁이들은 파랑색과 빨강색을 섞어 보라색을 만들고, 검정색과 흰색을 섞어 회색을 만들고, 빨강색과 노랑색을 섞어 주황색을 만든다면, 도통한 환쟁이는 단 한 번에 불그레한 아침 노을과 저녁노을을 색칠하고, 단 한 번에 구름 한 점 없는 보름달밤의 교교한 달안개를 색칠하고, 겨울의 서릿발 같은 달빛을 색칠하고, 낙엽 지는 가을 달빛을 색칠하고, 음음한 여름 달빛 아래서 웃고 있는 하얀 박꽃을 그린다. 보통의 소리꾼은 목소리로 노란색을 풀어내고 푸른색을 풀어내지만, 도통한 소리꾼은 목소리 하나로 황토밭을 그리고, 비취빛 고려청자를 그려낸다. 멍청한 소리꾼은 겉으로 화냥기가 드러나도록 진한 색깔을 덕지덕지 덧칠을 하는데, 영특하고 민활한 소리꾼은 근엄하면서 다소곳할 뿐인 요조숙녀 같은 색깔을 현란하게 풀어낸다. 그런데 도통한 소리꾼은 그윽하고 다소곳한 요조숙녀 같은 색깔 속에 색정적인 도화색깔을 깊이 숨겨 담았다가, 어느 한순간에 그 도화색깔을 꺼내 하늘을 마술처럼 비취색으로 칠하기도 하고, 한달음에 무지개를 피어오르게 하여, 거기에 신화 속의 봉황새와 누천년의 학들을 비상하게 한다."

하늘을 마술 같은 비취색으로 칠한다

그가 〈수궁가〉를 완창한다는 소문을 들은 관객들이 구름같이 몰려들었다. 무대 위에 오른 그는 고수를 한쪽에 앉혀둔 채 관객을 향해 섰다. 심호흡을 하면서 꿈속에서 동리 신재효가 말해준 비법을 생각했다.

그가 가슴을 크게 펴면서 다시 심호흡을 했을 때 고수가 '두리리덩더둥' 하고 마중 박을 쳤다. 그는 단가인 '호남가'로 목을 풀고 나서, "갑신년 중하월에 남해 광리왕이 영덕정 새로 짓고 대연을 배설할 제……." 하고 아니리를 한 다음 한 바탕의 소리를 펼쳐나가기 시작했다.

"왕왈 연하다, 수연이나……."

혼신의 힘을 다해 신명난 소리를 했다.

객석을 앞에 두고 소리광대가 혼자 무대에 서서 〈수궁가〉

한 바탕을 한달음에 몰아 부른다는 것은, 칼을 든 장수가 혼자서 수없이 많은 적군을 상대로 싸움을 하는 것이나 마찬가지였다. 이때 소리광대는 누구의 도움도 얻을 수 없는 절대고독의 존재인 것이었다. 그는 그를 둘러싸고 있는 적군들을 우군으로 만들고, 그들의 기를 받아 소리를 뿜어내면 된다는 자신감이 있었다. 무대 아래는 수백 명 관객의 눈망울과 입과 코와 귀들이 있었다. 그들은 모두 귀명창들이었다. 그는 관객들의 기를 모으는 법을 알고 있었다. 해학과 익살을 버무려놓은 사설과 아니리와 발림을 이용하여, 그들에게 슬픔과 즐거움을 주어야 하고, 웃음과 눈물을 주어야 하고, 그들이 뿜어내는 환호성을 가슴속에 빨아들여 소리를 해야 하는 것이었다. 소리의 굽이굽이에, 그윽하고 다소곳한 요조숙녀 같은 색깔 속에 색정적인 도화색깔을 깊이 숨겨 담았다가, 어느 한순간에 그 도화색깔을 꺼내 하늘을 마술같이 비취색이나 쌍무지개의 색깔로 칠하고 거기에 신화 속의 봉황새와 누천년의 학들을 비상하게 해주어야 하는 것이었다.

자라가 토끼를 잡으러 가는 대목에서부터 그는 관객을 사로잡았다. 아슬아슬한 위기가 거듭되는 이야기 내용과 가슴을 아리고 저리게 하는 통성과 수리성과 천구성과 한스러운 계면조의 애원성으로 인해 관객들은 그에게 간단히 포획되고 있었다. 아니, 그와 관객이 하나가 되고 있었다. 그가 자라가 되면 관객도 자라가 되고, 그가 토끼가 되면 관객들도 토끼가 되었다. 토끼가 자라에게 속아 수궁으로 들어가는 대목, 토끼가 용왕에게 배를 내보이면서 '어서 내 배 따보시오.' 하고 소리치는 대목, 죽을 위기를 모면하고 육지로 되돌아가는 대목에서 관객들은 그의 소리와 해학적인 아니리에 따라 가슴을 졸이거나 박장대소를 했다.

창극 무대에서 토막소리를 할 때 맛보지 못한 통쾌하고 장쾌한 신명으로 인해 그는 무지개를 타고 하늘로 비상하는 듯싶었다. 색깔 있는 소리의 마술사인 소리광대로 산다는 행복감과 살아 있음에 대한 쾌락을 만끽했다. 죽지 않고 지금껏 살아 있다는 것을 고맙게 생각했다. 철이 들면서부터 소리를 배우고, 바위굴 속에서, 길을 가면서, 산을 오르면서 목에 피터지게 울음을 울듯이 독공을 한 보람을 맛보았다. 소리광대로 태어난 운명이 뿌듯했다. 진짜 내 소리의 길이 어디에 있는 무엇인가를 확신하는 대목이었다.

여러 단역으로 분해하고 해체하여 헝클어놓은 창극의 소리들을 그는 다시 하나로 조합하고 화합하여 판소리 〈수궁가〉라는 새로운 생명체로 복원시켜놓고 있었다. 판소리가 하나의 장엄한 아름다운 무지개 같은 예술로 관객들의 머리와 가슴속에 두둥실 떠오르고 있었다. 아니, 관객들이 소리꾼 임방울과 함께 어울려 그 무지개처럼 아름다운 작품 속에 풍덩 빠져 춤추며 노닐고 있었다. 소리는 하나의 구원이었다. 소리광대인 그는 자기가 하는 소리로 인해 스스로 구원을 받는 것이고, 그가 하는 소리로 인해 수많은 관객들은 구원을 받는 것이었다.

다음 해, 임방울이 〈적벽가〉 완창을 하고 그 실황을 녹음할 때에도 박귀희는 당대 최고의 고수인 김세준을 천거했다. 그녀는 욕심이 참 많은 치마 입은 장부였다. 그의 모든 것을 품어버리고 싶어 했다. 작달막한 몸과 마술 같은 귀기 어린 소리와 수많은 관객들을 장악하고 그들로부터 기를 받아 한달음에 소리 한 바탕을 다 몰아쳐 부르는, 타고난 신들린 듯한 광대 기질까지를 품으려고 들었다.

박귀희는 옆에 그의 젊은 아내 박경화가 있음에도 불구하고, 말을 잃어버린 그의 상체를 끌어안고 얼굴을 그의 가슴에 묻은 채 아니리조로 말했다.

"내 기氣를 몽땅 넣어주께, 오늘 밤 푹 자고 내일 아침에는 온 세상이 깜짝 놀라도록 그냥 벌떡 일어나버리소. 그래갖고 다시 동무들이랑 같이 소리하러 댕기게. 임 선생님, 당신이 없는 세상은 세상이 아입니대이."

그녀는 몸을 일으키면서 진양조 가락으로 "가는 사람 안 붙잡고 오는 사람 안 말린다고 한 당신의 말대로, 오계화 이년 당신이 붙잡지 않으시니 훨훨 떠나갑니대이." 하고는 방문을 열고 나섰다.

만고강산

감색 양복에 흰 와이셔츠에 파란 넥타이를 매고 머리에 기름을 바른 젊은 남자가 대문간을 들어섰다. 얼굴이 기름하고 흰 그 젊은 남자의 뒤를 따라 들어온 앳된 얼굴의 작달막한 비서가 곡식자루와 약 봉지를 마루에 들어다 놓았다.

그의 젊은 아내가 그들을 맞았다. 젊은 남자는 그녀를 향해, "간병하시느라고 고생이 많으시지요?" 하고 공손히 말했다. 그의 부부에게 셋방을 마련해주고, 다달이 먹고 살 돈과 약시시를 하도록 도와주는 남자였다. 그 남자는 그의 머리맡에 앉으면서 손을 끌어다가 두 손으로 감쌌다. 말을 잃어버린 그의 눈길이 젊은 남자의 얼굴로 날아갔다. 방일영이었다. 젊지만 대단한 귀명창이었다. 방일영은 다른 명창들의 소리는 거들떠보지도 않고 오직 그의 소리만 즐겨 듣곤 했다. 자기 사무실에 축

256

음기를 놓아두고 틈만 나면 그의 소리를 들었다.

그가 무대에서 완창 〈수궁가〉를 부르기 하루 전날 밤, 방일영은 사원들의 단합과 위문을 위한 자리에 그와 박귀희를 초청해서 소리를 들었다. 그가 소리를 할 때는 박귀희가 북을 잡고, 박귀희가 소리를 할 때는 그가 북을 잡았다.

방일영은 북을 제법 쳤다. 그가 '호남가'를 부를 때엔 북을 치곤 했다. 밥 먹을 때 글씨를 쓸 때는 오른손을 사용하는데, 북을 칠 때는 왼손으로 채를 잡았다. 그는 추임새를 '좋다!'라고 말하지 않고 '타아!' 하고 말했고, 중중모리 가락을 칠 때면 흥이 나서 엉덩이를 들썩거리고 두 팔을 십자로 벌리고 너울거렸다. 방일영은 아버지에게서 영향을 받아 소리를 좋아했다. 금광으로 돈을 많이 번 아버지는 늙어가면서 축음기를 끼고 살다시피 했고, 백석 같은 젊은 예술인들을 좋아하여 유학을 보내주곤 했고, 기생들을 불러 소리를 들었고, 가끔 아름답고 고운 앳된 기생들의 머리를 올려주곤 했다. 그의 아버지가 경영 상태가 부실한 신문사를 인수한 다음 그 경영을 아들 일영에게 맡겼다. 아버지로 인해 그는 소리와 가까워졌는데 임방울의 소리에 중독이 되었다.

그가 꼭두새벽에 방일영의 집으로 찾아가 대문을 두들겼다.

대문간으로 나온 방일영은 어둠 속에 우뚝 서 있는 그를 보고는 깜짝 놀라 어찌된 일이냐고 물었다. 그는 서울역의 한 국밥집 식탁에서 방일영과 마주앉은 다음에야 입을 열었다. 지난 초저녁에 대전에서 창극을 했는데, 박귀희의 상대역인 동학군 역을 맡아 하다가 갑자기 창극에 대한 염증이 나서 중도에 '가네 가네 나는 가네, 한양 천리 길을 나는 가네' 하고는 무대를 내려와서 대전역으로 갔고, 무조건 서울행 기차를 타고 달려왔다고 말했다.

'이 소리광대, 광기 어린 방랑기가 발동했구나.' 하고 생각한 방일영은 "그렇지 않아도 내가 지금 남도 쪽 어딘가로 발행을 할 참이었소." 하고 말했다. 그들은 기차를 타고 부산으로 갔다. 방일영은 지사에 들러 독자 관리 상황을 알아보고 대구로 갔다. 그곳 지사도 잠시 들른 다음 팔공산으로 갔다.

"갓바위 부처님이 아주 영검하답니다. 저는 우리 신문사를 세계 최고의 신문사가 되게 해달라고 빌고, 임 명창은 세계 최고의 명창이 되게 해달라고 빌어봅시다."

가파른 오솔길을 올라가는 그들은 숨이 가빴다. 그는 소리를 하고 싶어졌다. 그의 몸속으로 들어온 산의 정기가 부챗살처럼 뻗쳐오르고 있었다.

"산천은 험준하고 수목은 친잡헌디 만학은 눈 쌓이고……."

방일영이 '타아' 하고 추임새를 넣었다. 그의 소리는 쪽빛의 하늘처럼 맑고 향기로웠고, 차가운 물줄기처럼 시원했고, 가슴 저리게 하는 계면조의 슬픈 애원을 머금고 있었다. 그 소리는 산골짝을 울리고 짙푸른 하늘로 사위어갔다. 산과 하늘과 소리가 한데 어울리고 있었다. 갓바위(관봉석조여래상)가 있는 정상 부근에서 누군가가 '잘한다!' 하고 추임새를 했다. 그의 '새타령'이 끝났을 때 방일영이 "여기서는 '앞산도 첩첩하고'가 더 잘 어울리겠어요." 하고 말했다. 그는 "앞산도 첩첩하고 뒷산도 첩첩한디 혼은 어디로 행하는가" 하고 불렀다. 그 소리의 한스러움 속에는 그의 생명력이 고래심줄처럼 박혀 있고, 그것은 시퍼런 용소의 이무기처럼 꿈틀거리고 있었다. 그 소리로 인해서 햇빛은 더 찬란하게 번쩍거리며 쏟아졌고, 바람은 시원하게 살랑거렸고, 검푸른 숲은 너울너울 춤을 추었다.

그들이 갓바위로 올라가자 미리 와 있던 사람들이 하나씩 둘씩 모여들었고, 그를 가운데 두고 하나의 판을 만들어버렸다. 방일영이 둘러선 사람들에게 말했다.

"이분이 천하의 임방울 명창이요."

사람들은 박수를 쳤다. 누군가가 "쑥대머리!" 하고 말했다. 등산복을 입은 한 남자가 수통의 물을 한 컵 따라다가 그의 앞에 내밀었다. 사람들이 다시 박수를 치면서 "쑥대머리!" 하고 소리쳤다. 그는 물 한 모금을 마시고 나서 '쑥대머리'를 불렀다. 다 부르고 나자 사람들이 "재청이요!" 하고 소리쳤다. 그는 '호남가'를 불렀다. 갓바위 앞에 앉아 있던 누군가가 말했다.

"소리가 얼마나 좋은지 갓바위 부처님도 빙그레 웃으시네."

방일영은 말을 잃어버린 그의 얼굴을 내려다보며 말했다.

"곧 우리 독자 위문 공연을 할 참인데, 얼른 털고 일어나 멋들어지게 한 대목 불러주셔야지요."

그의 눈이 빛났다. 그는 속으로 말했다.

'그래, 나 소리하고 싶어 환장하겠소.'

그의 눈길과 방일영의 눈길이 마주쳤다. 그의 눈에 물이 고였다. 그는 눈을 감으면서 숨을 깊이 들이쉬었다가 내뿜었다. 질펀한 회한이 날숨을 타고 흘러나왔다.

견우와 직녀

해가 뜰 무렵 바야흐로 자리에서 일어났는데, 여성국극단 대표인 임춘앵이 키 후리후리한 말상의 여자와 더불어 찾아왔다. 젊은 아내가 그들을 안으로 들였다. 그들에게서 가슴을 서늘하게 하는 향기로운 체취가 물씬 풍겼다. 양쪽의 눈꼬리가 치켜 올라간 임춘앵과 말상의 여자는 그의 앞에 큰절을 했다.

웬일이냐고 물으니, 임춘앵이 말했다.

"일본 거류민단에서 우리 여성국극단을 초청했는데, 반드시 임방울 선생님이 도창導唱을 해야 한다는 것을 조건으로 내걸었습니다. 거류민단 사람들 사이에 천하의 명창 임방울 선생님의 인기가 하늘을 찌른다고 합니다."

여성국극단이 들고 가기로 한 것은 〈견우와 직녀〉라고 했다. 칠월칠석에 만나곤 하는 견우와 직녀의 슬픈 사랑의 전설을 주제로 한 것인데, 한편으로는 창극 같기도 하고 다른 한편으로는 신파극 같기도 한 독특한 국극이었다. 그 국극 앞뒤와, 막과 막 사이에 그의 도창이 들어가야 한다는 것이었다. 그는 임춘앵과 함께 대본을 앞에 놓고 도창 사설을 만들었다. 소리광대 노릇으로 신명을 다해왔을 뿐 아니라 〈수궁가〉와 〈적벽가〉의 완창 무대를 가진 바 있는 그로서는 그런 정도의 도창쯤은 누워서 떡 먹기였다.

여성국극단은 관부연락선을 타고 시모노세키로 갔고, 도쿄에서 이레, 오사카로 옮겨 가서 이레 동안 공연을 했다. 그 공연에는 교포들 말고도 일본인들이 와글와글 몰려들었다. 일본인들 사이에도 그의 인기는 대단했다.

오사카 공연은 북한의 지령에 따르는 조총련이 마련한 것이었다. 그는 그렇다는 것을 알면서도 그 공연에 기꺼이 참여했다. 일본에 살면서, 북쪽을 향해 줄을 서는 사람들이거나 남쪽을 향해 줄을 서는 사람들이거나, 그들은 어차피 같은 동포들이었다. 통일이 된다면 하나로 어우러져 살아갈 사람들인 것이었다. 공연은 연일 만석이었다. 여성국극단의 공연이 끝난 다음에는 관객들의 열화 같은 박수갈채에 따라 그가 '가난타령'을 불렀다. 재청이 있어 '쑥대머리'를 부르고, 삼청이 있어 '앞산도 첩첩하고'를 불렀다.

조총련 사람들은 날이 샐 때까지 그를 여관으로 보내려 하지 않고, 그의 앞에 무릎을 꿇고 앉아 정중하게 두 손으로 특별 이돌을 바치면서 계속 소리를 들으려고 들었다. 그는 꽃구름을 타고 둥둥 떠다니는 것처럼 황홀해진 채 '군사설움'도 부르고, '호남가'도 부르고, '자라와 토끼가 처음 상봉하는 대목'도 부르고, '옥중 상봉가'와 '사랑가'도 불렀다. 그 들뜬 분위기 속에서 조총련의 한 간부가 특이한 제안을 했다.

"임방울 선생님, 정치를 하는 사람들이야 어떻든지 우리 예술가들은 상관하지 말고 한데 어울려야 합니다. 우리 내친 김에 평양에 건너가서 공연을 합시다. 아마 북조선 동포들이 임방울 선생님의 소리를 들으면 환장할 것입니다. 아마 김일성 주석 동무가 특별초청을 할지도 모릅니다."

그때 수행한 거류민단 간부가 그의 옆구리를 질벅거리며 귓속말로 "말조심하시오." 하고 말했다. 그는 그 조총련 사람에게 말했다.

"평양에 가서 공연을 하는 문제는, 서울에 가서 문화공보부 사람들하고 의논을 한 다음에 결정하기로 합시다."

조총련 사람이 그를 얼싸안으면서 말했다.

"만일 임방울 명창이 평양을 가겠다고 하면 우리가 자금을 모두 대고, 특별 출연료를 지불하겠습니다."

여성국극단원들은 대성황을 이룬 일본 공연으로 인해 들뜬 마음을 가라앉히지 못한 채 귀국했다. 가는 곳마다 교포들의 열렬한 박수를 받은 그는 하늘에 뜬 무지개를 타고 있는 듯 눈앞이 어질어질했다. 더구나 거류민단 대표가 그에게 한 가지 청을 했던 것이다.

"앞으로 머지않은 장래에 도쿄 한복판에서, 임방울 선생하고 여성 소리꾼 한두 사람만 초청해서 특별공연을 가지도록 기획을 한번 해보겠습니다. 그것이 성공적으로 이루어지면, 완창 〈춘향가〉 공연도 한번 하셔야지요."

시모노세키 항에서 부산행 관부연락선을 탔다. 모두들 멀미 때문에 선실에서 잤지만, 그는 선미 쪽의 갑판에 서서 소용돌이치는 물보라를 향해 소리를 했다. 그는 머지않아 있을 〈춘향가〉의 완창 공연을 준비했다. 쉰여섯 살, 이제 소리가 무엇인지를 알 것 같았고, 앞으로 얼마든지 더욱 아름답고 곡진한 예술 소리를 창안해낼 수 있을 듯싶었다. 한창 소리가 무르익어 곰삭고 있었다. 바야흐로 웅혼한 통성과 부드러운 수리성과 천구성이 어우러지고, 애원성과 귀곡성이 완숙 단계에 이르러 있었다. 곰삭은 수리성 속에서, 솟구쳐 오르는 찬 물줄기처럼 쌩쌩한 촉기 어린 향 맑은 소리를 얼마든지 장쾌하게 뻗질러 올릴 수 있었다. 웅혼한 동편제의 씩씩한 남성적인 우조 가락에 서편제의 여성적인 계면조의 한스러운 가락이 맛깔스럽게 융합되고 있었다. 가슴속에서 강한 자신감이 솟구쳐 올랐다. 서울에 가면 박귀희에게 〈춘향가〉 완창 공연을 주선해달라고 청할 참이었다. 그러면 어느 레코드사에서 실황 녹음을 할 터이다. 그런 다음에는, 피비린내 나는 처절한 독립군들의 청산리 싸움과 독립군 병사들의 슬픔과 한을 〈적벽가〉처럼 형상화해보고 싶었다. 그것을 동양극장이나 부민관에서 완창하고 싶었다.

체포

부산에 도착한 일행은 서울행 기차를 탔다. 객실에서 자리를 잡아 앉자마자 죽음처럼 깊은 잠에 떨어졌다. 이튿날 새벽녘에 초동의 집에 이르러 젊은 아내와 곡진한 사랑을 나누고 다시 잤다. 자리에서 일어난 것은 해가 질 무렵이었다. 아내가 저녁상을 들고 들어왔고, 부부는 마주앉아 저녁을 달게 먹었다.

그때 대문을 세차게 두드리는 소리가 들렸다. 정신을 아찔하게 하는 불길한 예감에 사로잡혔고, 정수리와 겨드랑이와 등줄기에 찬물을 끼얹는 전율이 일어났다. 그것이 온몸으로 퍼져나갔고 아랫도리에 힘이 풀렸다. 아내가 대문을 열어주자 검은색 점퍼를 입은 남자 두 사람이 마당을 건너오더니 흙발인 채로 방안으로 뛰어 들어왔다. 그가 "당신들 왜 이러시요?" 하고 묻자, 그들의 입에서 "우리 경찰이야." "임방울 너를 체포한다."

하는 말이 튀어나왔다. "내가 무슨 죄를 지었다고 이러시오?" 하고 그가 묻자, 그들 중 키 작은 남자가 "가보면 알아." 하고 말했다. 키 큰 남자가 수갑을 꺼내 그의 두 손목에 찰칵 채웠다. 두 남자가 그의 팔 하나씩을 잡아끌었다. 넋이 산산이 흩어지고 있었다. 얼굴이 창백해진 아내가 부들부들 떨면서 그를 향해 "여보!" 하고 부르기만 했다. 두 남자는 그를 질질 끌며 대문 밖으로 나갔다.

그의 머릿속은 하얗게 비어버렸다. 혼겁하게 하는 이 상황은 대관절 무엇인가. 꿈인가 생시인가. 어떻게 벗어나야 할 것인가. 나를 잘 아는 친지들 가운데서, 지금의 나를 구해줄 수 있는 사람이 누구일까. 그러한 힘을 가진 사람이 누구일까. 숯가루처럼 새까만 절망의 장막이 눈앞을 가렸다. 대문 밖까지 뒤따라 나온 아내는 애처로운 목소리로 거듭 "여보!" 하고 소리칠 뿐이었다.

그 순간 떠오른 사람의 얼굴이 있었다. 아, 그렇다. 방일영이라면 나를 구해줄 수 있을지도 모른다. 그 방일영에게 어떤 수로 연락을 할 것인가. 골목길 어귀에는 검은 색깔의 지프차가 기다리고 있었다. 두 남자는 지프차 문을 열어젖히고, 그를 뒷자리에다가 구기박지르듯이 처넣었다. 키 큰 남자가 그의 오른쪽에 타고 작달막한 남자가 왼쪽 옆에 타고, 운전석에 앉은 기사가 차를 몰았다. 차는 어두컴컴한 거리를 질주했다.

별주부에게 속아 용궁으로 들어간 토끼가 생각났다. 좌우 금군 나졸들에게 붙잡혀 끌려가서 영덕정의 너른 마당에 내동 댕이쳐진 토끼. 내가 바로 그 토끼라는 놈의 신세가 되었다. 지 프차의 뒷좌석에 묻힌 그는 불안한 눈길로 양옆에 앉은, 남자 들의 납으로 부어 만든 듯싶은 얼굴을 살폈다. 좌우 상가의 불 빛이 날아와 그 남자들의 얼굴을 비췄다. 그들의 콧구멍이 자 라의 콧구멍을 닮고, 그들의 얼굴과 손이 자라의 살갗 같다 싶 었다.

지프차가 경찰서 마당 안으로 들어섰다. 두 남자는 그를 차 문밖으로 우악스럽게 끌어냈고, 양쪽에서 그의 팔 하나씩을 옆 구리에 끼고 경찰서 건물 안으로 들어갔다. 키가 작은 데다 몸 집이 왜소한 그는 질질 끌렸다. 캄캄한 복도를 나아가던 그들 은 계단을 내려갔다. 빙그르르 한 바퀴를 돌고 다시 계단을 돌 아 내려갔다. 계단이 끝나자 어두컴컴한 복도가 나타났다. 복 도는 길었다.

복도의 막다른 바람벽 옆의 출입문을 열치고 그를 안으로 처넣어버렸다. 똥내처럼 구린 듯싶기도 하고, 피 냄새처럼 비 릿한 듯싶기도 하고, 곰팡내처럼 퀴퀴한 듯싶기도 한 냄새가 코

속으로 밀려들었다. 천장에는 불그죽죽한 전등알이 어슴푸레한 빛을 쏟아내고 있었다. 안쪽 바람벽에는 딱딱한 나무 침대가 놓여 있고, 그 위의 가장자리에 검은 전화기 같은 네모반듯한 물체가 놓여 있었다. 그 옆에는 나무 의자 하나가 있었고, 밑은 거무스레한 회색의 시멘트 바닥이었다. 한가운데엔 간이책상이 있고, 그 옆에 또 하나의 나무 의자가 있었다. 침대 맞은편 바람벽에는 하얀 세면대가 있었다. 세면대 너머에는 물통이 있었다. 물통에는 거무스름해 보이는 물이 가득 고여 있었다. 두 남자가 힘껏 밀어붙이는 바람에, 수갑을 찬 그는 시멘트 바닥으로 내동댕이쳐지면서 모로 쓰러졌다. 한동안 버둥거리다가 가까스로 균형을 잡고 상체를 일으켰다.

그는 수궁 군졸들에 이끌려가서 내동댕이쳐진 토끼를 다시 떠올렸다. 대관절 내가 무슨 죄를 지었는데 이와 같은 곤욕을 치르고 있는 것인가. 이게 꿈 아닐까. 혀끝을 물어보았다. 끊어지는 듯 아픈 것을 보니 분명코 꿈을 꾸고 있는 것은 아니었다. 두 남자는 밖으로 나가더니 문을 딸각 잠가버렸다. 발소리들이 멀어져갔다. 혼자 남은 그는 불그죽죽한 전등불을 바라보고, 나무로 된 침대 위의 전화기와 비슷한 물체와 세면대에 놓여 있는 두 되 들이는 될 듯싶은 알루미늄 주전자를 둘러보며 진저리를 쳤다. 시멘트 바닥에서 엉덩이로 찬결이 전해졌고, 역한 냄새가 폐부로 밀려들었다. 무서움증이 일었고, 몸이 부들부들 떨렸다. 나는 일본에 공연을 다녀온 일밖에 없는데, 공연하는 과정에서 무슨 죄를 지은 것인가. 그는 시멘트 바닥에 닿은 엉덩이가 시려서 몸을 일으켰다. 침대 옆의 나무 의자에 엉덩이를 얹었다.

한 식경이 지나서야 두 남자는 이를 쑤시며 나타났다. 키 작은 남자는 종이와 펜을 들고 있었고, 키 큰 남자는 맨손이었다. 그들을 보는 순간 그는 저승사자를 떠올렸고, 오소소 진저리를 쳤다. 키 작달막한 남자가 나무 의자에 앉아 있는 그를 향해 콧방귀를 뀌고 빈정거렸다.

"흐흥, 의자에 앉아 계신다! ……이 개뼉다구 같은 새끼, 그래 잘 앉아 있거라!"

키 작달막한 남자가 책상 옆의 의자에 앉고, 키 큰 남자는 그의 멱살을 잡아서 시멘트 바닥으로 끌어내려 무릎을 꿇게 해놓았다. 그는 떨리는 소리로 그들에게 물었다.

"선생님들, 대관절 어찌된 사정인지 알기나 합시다. 내가 무슨 죄를 지었는디 시방 이러는 것이요?"

키 작달막한 남자가 무뚝뚝하게 나지막한 목소리로 빈정거렸다.

"그래, 말씀을 아주 잘하셨어!"

키 큰 남자가 말했다.

"잠자코 있어, 금방 아시게 될 거니까!"

키 작달막한 남자가, 만년필을 오른손에 들고 흰 종이에 쓸 차비를 하면서 물었다.

"이름이 뭐야?"

그가 대답했다.

"임방울이요."

키 큰 남자가 그의 엉덩이를 발로 걷어차며 말했다.

"그게 아니잖아? 벌써 뒷조사 다 했어. 바른대로 말해."

그는 아차, 했다. 호적에 적힌 그의 본명은 임방울이 아닌 것이었다. "임승근입니다." 하고 말했다. 몇 살이냐는 질문에 쉰여섯 살이라 대답했다. 고향이 어디냐고 물었고, 전라도 광산군 송정리라고 대답했다. 직업이 무엇이냐고 물었을 때, 그는 한동안 입을 다물고 있었다. 육이오 때 이리역에서 당한 일이 떠올랐다. 자기가 임방울 명창이라는 것을 알면 그들이 곧 풀어줄지 모른다고 기대하며, 또렷한 목소리로 말했다.

"소리광대가 직업이구만이라우. 소리하는 자리에서는 지 이름이 임방울잉만이라우."

그들에게서 날아온 반응은 전혀 뜻밖의 것이었다. 키 작달막한 남자가 침을 뱉듯이 말했다.

"소리 잘해가지고 명창 소리 듣고 넉넉하게 잘 먹고 잘 살고 있는 새끼가, 무엇이 부족해서, 일본까지 가서 조총련 그 새끼들한테 간첩활동 자금을 받아왔어! ……바른대로 불어!"

키 큰 남자가 무뚝뚝하게 경멸하는 투로 물었다.

"얼마를 받아가지고 와서 어디다가 숨겨놨어?"

그는 눈앞이 캄캄해졌다. 도리질을 하면서 말했다.

"나는 절대로, 절대로 그 어떤 돈도 받은 적이 없어라우."

키 작달막한 남자가 말했다.

"이 새끼야 뒷조사 다 했으니까 거짓말 마!"

키 큰 남자가 우악스럽게 닦달을 했다.

"함께 다녀온 여성국극단 년들이 다 불었으니까 바른대로 불어!"

그 소리가 지하실 방을 쩡쩡 울렸다. 그는 황급히 도리질을 했다.

"간첩 자금이라니, 그것이 뭔 말이라우? 나 그런 돈은 땡전 한 닢도 받지 않았어라우."

키 작달막한 남자가 홍 하고 비웃으며 말했다.

"너 여기가 어딘 줄 아나?"

키 큰 남자가 침대 위의 전화기 비슷한 것을 가리키며 "까불지 마, 이 새끼야. 여기 이건 전기 고문을 하는 것이고," 하고 말한 다음 세면대 비슷한 것을 가리키며 "여기는 물고문을 하는 곳이야. 알아?" 하고 말했다.

그는 부들부들 몸을 떨면서 말했다.

"나는 천지신명께 맹세를 하고, 손톱만치도 거짓말 안 하요. 원래 소리를 해먹고 사는 사람은 거짓말할 줄을 몰라우. 우리 초동 집을 다 뒤져보시오. 감추어놓은 돈은 땡전 한 푼도 없소."

이 말을 뱉으면서, 배를 갈라 간을 꺼내려 하는 용왕 앞에서 꾀를 내어 위기를 모면하는 토끼의 지혜를 생각했다. 여기서 귀신같이 빠져나갈 무슨 좋은 수가 없을까. 아무리 생각해도 빠져나갈 길이 없었다. 눈앞에 시꺼먼 절망의 가루가 쏟아졌다. 키 작달막한 남자가 말 한마디 한마디를 느릿느릿 씹어 뱉듯이 말했다.

"집에 숨겨놓지 않았으면, 부산에 도착해서 은행에 넣어놓고 왔거나, 고향에 있는 본처한테 내려 보냈겠지."

그는 세차게 고개를 저으며 아니리를 하듯이 말했다.

"아니어라우, 참말로 받은 일이 없어라우. 누가 뭔 말을 불었다는 것인지 모르겠소마는…… 나는 진실이요. 돌아가신 우리 어머니한테 맹세하고 참말이란 말이요오."

키 큰 남자가 "오늘밤 안으로 네놈이 바른대로 말을 하는지 안 하는지 두고 보자." 하고 빈정거리면서 그의 멱살을 잡아끌더니 침대 위로 밀어 올려놓았다. 그의 몸을 나무 침대 위에 눕혔다. 수갑을 풀고 사지를 큰 대大 자로 벌리게 한 다음, 나무 침대의 네 귀퉁이에 달려 있는 포승으로 묶었다. 전화기처럼 생긴 발전기의 손잡이를 돌렸다. 그 기계가 지르르르, 지르르르 소리를 냈다. 그는 공포감으로 인해 눈앞이 어지러웠다. 키 작달막한 남자가 침대 옆으로 다가와 두 개의 전극을 그에게 보여주며 말했다.

"이것을 네 몸에 갖다가 대면, 네놈의 소리광대 짓은 이제 끝나게 되어 있어. 영혼이 걸레처럼 돼버리는 거야, 알아? 기억력이 깨끗이 없어져버리고, 너는 이제 폐인이 되어버리는 거야. 이 고문을 당하지 않고 고이 살아서 네 발로 걸어서 여길 나가려면 빨리 바른대로 불어."

그는 고개를 회회 저으면서 아니리처럼 말했다.

"아이고, 나는 아니요오. 나는, 백번 천번을 죽었다가 깨어날지라도 그런 간첩자금을 받은 적이 없소오."

키 큰 남자가 "하아, 이 새끼!" 하면서 도끼눈을 해가지고 그의 두 눈을 째려보았다. 그는 몸부림을 치면서 발악을 하듯이 아니리조로 말했다.

"아이고 아이고 천지신명님, 부처님 살려주시요오. 아부지 어무니, 억울하고 가련한 이놈 조끔 살려주시오."

키 작달막한 남자가 키 큰 남자를 향해 말했다.

"좋은 말로 해서는 안 되겠네!"

동시에 키 큰 남자가 두 개의 전극을 가져다 그의 양쪽 손바닥에 대고 고문기의 핸들을 돌렸다. 순간 그는 가슴이 꽉 막히며 눈앞이 캄캄해졌고, 손과 발과 다리와 고개와 혀와 입의 근육들이 오그라졌다. 온몸에 단말마의 경련이 일어났다. 온몸의 피가 모두 정수리로 몰려들어 금방 툭 터지는 듯싶으면서 정신이 아득해졌다. 정신이 허공으로 산산이 흩어졌다. 시공을 감지할 수 없었다. 새까만 장막이 눈앞을 가렸다. 아득해졌다. 차가운 물이 얼굴에 쏟아졌고, 그로 인해 까무룩 멈추었던 시간이 살아났다. 가랑이와 허벅다리 옷이 축축하게 젖어 있었다. 오줌을 싸버린 것이었다.

'아, 이렇게 죽는구나.'

토끼가 꾀를 내어 용왕을 속이고 살아나가는 사설을 잘 주워섬기곤 했던 그이지만 여기서는 다른 용-빼는 재주가 없었다. 눈앞이 어질어질하고 온몸이 허공에 둥둥 떠 일렁거리면서 천 길 만 길 땅 아래쪽으로 가라앉고 있었다. 머리는 하얗게 비어 있었다. 지금 여기에 어떠한 연유로 와서 누워 있는 것인지 분간할 수가 없었다. 키 작달막한 남자가 물었다.

"조총련에서 돈 얼마 받았나?"

키 큰 남자가 차갑게 말했다.

"이 전극을 한 번 더 니놈의 손에다가 대면, 니놈의 인생은 끝장이다. 그러기 전에 얼른 불어!"

그는 여성국극단장 임춘앵이 서울역에서 헤어지며 주던 일본 돈 일만 오천 엔을 생각했다. 조선 땅에서는 받을 수 없는, 특별 출연에 대한 거액의 이돌이었다. 그가 말했다.

"일만 오천 엔 받았소."

작달막한 남자가 빈정거렸다.

"이 새끼야, 일만 오천 엔이 아니고, 일천오백만 엔이겠지?"

그는 도리질을 하며 말했다.

"아니어라우. 일만 오천 엔밖에는 안 받았어라우."

작달막한 남자가 말했다.

"이 새끼, 바른대로 말할 때까지 꽉꽉 지져버려!"

키 큰 남자가 전극을 다시 그의 손바닥에 댔고, 그의 눈에서 번개가 번쩍했고, 그의 가슴과 정수리는 터지는 듯했고, 온몸에 단말마의 경련이 일어났다. 의식이 가맣게 달아나버렸다.

시간의 흐름이 감지되지 않는 죽음보다 깊은 잠에서 깨어났다. 천장에는 불그레한 백열등이 어슴푸레한 빛을 쏟아내고 있을 뿐 키 작달막한 남자도 키 큰 남자도 보이지 않았다. 머리가 욱신거리고 멍멍했다. 몸이 허공을 둥둥 떠다니는 듯싶기도 하고 한없이 낙하하고 있는 듯싶기도 했다. 눈에 보이는 바람벽과 천장이 기우뚱거렸다. 집에 있는 아내의 얼굴과 송정리 본처의 얼굴과 딸 달이의 얼굴이 떠올랐다. 살아서 나가고 싶었다. 조총련 사람들이 내 가방 속에다가 간첩자금을 넣어놓았는데 내가 그것을 모르고 있는 것 아닐까. 아니다. 초동 집에 들어가 더러워진 속옷을 꺼내려고 가방을 뒤졌을 때, 일만 오천 엔 이외에는 아무것도 없었다.

　키 작달막한 남자가 그의 손목과 발목을 묶은 포승을 풀어준 다음 그를 의자에 앉혔다. 키 큰 남자의 모습은 보이지 않았다. 그의 몸에 무력증이 밀물처럼 밀려들었다. 그의 머리와 몸뚱이와 어깨는 밑으로 처졌다. 어딘가가 많이 아프기는 한데 막상 어디가 아픈지 알 수가 없었다. 정수리로 모든 피가 몰려들어 있는데, 그 부분 어디인가가 금방 뻥하고 터져버릴 듯싶고, 팔다리도 아리고 쑤시고 갈비뼈도 욱신거리고 멍해져 있는 머리도 지끈거렸다. 머리에 물 먹은 흰 솜이 가득 차 있는 듯싶었다. 그는 끙끙 앓았다. 그의 아랫도리는 축축하게 젖어 있었고, 지린내가 풍겼다.

키 작달막한 남자의 얼굴은 전처럼 험악해 보이지 않았다. 그 남자는 그를 안타까워하면서 혼잣말처럼 지껄거렸다.

"허우대 큰 그 자식이 아주 지독한 놈이야. 함께 일을 하기는 하는데, 그 자식 아주 인정사정이 없는 순 악질이야. 그 자식은 즈그 각시도 잡아다가 여기에 묶어놓고 전기고문을 하라고 하면 할 놈이야. 그놈한테 걸리면 콧물맹물도 없어. 운수 사나우면 죽어나가기도 한다고."

흰 종이와 만년필을 그의 앞에 밀어놓으면서 부드러운 말씨로 말했다.

"그 자식 없을 때 우리 좋은 말로 합시다. 내가 부르는 대로 쓰시오. 한글로."

그는 떨리는 손으로 만년필을 잡았다. 작달막한 남자가 구술을 했다.

"저 임승근은,"

그는 구술에 따라 부들부들 떨리는 손으로 개발괘발 글씨를 그렸다. 금방 써놓은 글씨가 어슴푸레한 백열 전등불 아래서 개미처럼 기어갔다. 순간적으로 눈앞이 아찔하면서 머릿속이 하얗게 비어버리곤 했다. 지금 내가 왜, 어찌하여 어디에 앉아 무엇을 하고 있는지, 나라는 존재는 과연 무엇을 하는 누구인지 알 수가 없었다. 머리가 지끈거리다가 문득 멍해지면서 눈앞이 아득해지곤 했다. 키 작달막한 남자가 계속 구술했다.

"여기 경찰서에 들어와서 겪은 일을,"

그는 조금 전과 마찬가지로, 그 남자가 구술한 것을 개발괘발 그렸다. 그 남자가 다시 구술했다.

"집에 돌아간 다음 어느 누구에게도,"

그의 몸에서는 식은땀이 줄줄 흘렀고, 무력증은 극도에 달했고, 순간 의식이 땅 밑으로 가라앉았다. 눈앞이 보얗게 흐려졌다. 세상이 깜깜해졌다. 키 작달막한 남자가 탁자를 가볍게 치면서 "뭣하고 있어, 빨리, 써!" 하고 소리쳐 말했다. 그는 안간힘을 쓰며 가까스로 흐려진 의식을 다잡았다. 그 남자가 구술했다.

"집에 돌아간 다음 어느 누구에게도,

그는 이를 악물면서, 어디론가 사라지려고 하는 의식의 꼬리를 억지로 잡아당기며 키 작달막한 남자가 구술하는 대로 글자들을 그렸다. 그 남자가 또다시 구술했다.

"……어느 누구에게도 발설하지 않겠습니다."

그는 안간힘을 쓰며 구술하는 대로 썼다.

"만일 발설한 사실이 드러나면 어떠한 벌도 달게 받겠습니다."

여기까지 쓴 다음, 날짜와 이름을 쓰고 손도장을 찍었다. 키 작달막한 남자에게 이끌려 비틀거리며, 복도를 지나 계단을 오른 다음 밖으로 나왔을 때 흰 햇살이 눈을 찔렀다. 눈과 머리에 검푸른 하늘같은 장막이 퍼졌다. 찬바람이 날아와 온몸을 감쌌다. 아내 박경화가 달려와서 그를 얼싸안았다.

그는 방일영을 향해 눈으로 말했다. 안 사장이 손을 써서 내가 풀려난 것 알고 있소. 나, 억울하고 분하요. 언젠가, 내가 경찰서에 들어가서 당한 것을 말할 수 있는 세상이 오면, 받지도 않은 간첩활동 자금을 받았다는 죄목으로 용궁의 토끼처럼 묶여 지하실에 처박혀 문초를 받고, 전기고문당한 이야기를 판소리로 풀어낼 것이오. 나 절대로 이대로는 죽지 않을 것이오. 요즘 내 겨드랑이는 늘 근질근질하요. 날개가 돋아나오려고 그러는지 모르요. 날개가 돋아나오면 훨훨 날아다니며 소리를 할 것이오. 〈수궁가〉 완창을 다시 할 것이오. 토끼가 닥쳐오는 곤욕들을 모두 지혜롭게 물리치고 자유로워지는 이야기를 시원하게 소리로 풀어놓을 것이오. 청산리에서 싸운 독립군들 이야기를 〈적벽가〉처럼 풀어낼 것이오……. 그의 볼로 눈물이 흘러내렸다.

무너앉는 하늘

젊은 아내가 약사발을 손에 든 채 방문을 열고 들어올 때, 그는 아내의 쪽찐 머리 저쪽의 서편 하늘에 떠 있는 눈썹달을 보았다. 그 눈썹달 옆에 반짝거리는 금빛의 별도 있었다. 마당에는 땅거미의 너울이 수묵처럼 번지고 있었다. 그 달과 별을 더 보고 싶은데 아내가 문을 닫아버렸다. 그의 상체를 일으키고 약사발을 받쳐 들었다. 그의 몸은 무력증으로 인해 땅 밑으로 처지고 있었다. 그는 아내가 먹여주는 대로 약을 먹었다. 얼른 일어나고 싶었다. 무대에 서서 관객들을 향해 소리를 하고 싶었다. '쑥대머리' '앞산도 첩첩하고' '호남가' '새타령' '토끼화상 그리는 대목' '가난타령'을 신명나게 부르고 싶었다. 아니, 한 바탕 한 바탕의 완창 무대에 서고 싶었다.

구역질이 났지만 참고 목구멍 너머로 약을 넘겼다. 천장에는 백열등이 환히 켜져 있었다. 그가 약을 다 마시자 아내는 약사발을 들고 밖으로 나갔다.

정전으로 인해 백열등이 깜박 꺼졌다. 동시에 무엇인가가 그의 정수리를 벼락처럼 내리쳤다. 강한 전류가 온몸에 흐르고 있었다. 눈앞이 캄캄해졌다. 숨이 꺽 막혔다. 그의 몸은 단말마의 경련을 일으켰다. 남자의 굵은 목소리가 고막을 찢었다.

"이 자식아, 바른대로 대!"

경찰서에서 아내의 부축을 받으며 집으로 돌아온 그는 방바닥에 드러누워 끙끙 앓았다. 얼굴에 벌겋게 열꽃이 피었고, 가끔씩 발작적으로 경련이 일어났다. 아내가 이마에 물수건을 올려놓고 경직된 팔다리를 주물러주었다. 그는 "으응, 으으" 하고 앓다가 하얗게 빈 머리에 의식이 돌아오면 아내에게 당부를 했다.

"나 경찰서에 들어갔다가 나왔다는 말 아무에게도 하지 마소. 절대로."

그는 몸이 땅 밑으로 가라앉는 듯싶었다. 머리는 터질 듯이 아팠다. 아내가 어디어디가 아프냐고 물었다. 그는 어린아이처럼 아픈 곳을 말했다. 아내가 대문 밖으로 나갔다가 한참 만에 약봉지를 들고 돌아왔다. 한약 달이는 냄새가 방안으로 스며들었다. 아내가 약사발을 내밀었다. 그것을 마셨다. 쓴 약이지만 참고 마셨다. 이대로 죽어서는 안 된다. 일어서서 소리를 해야 한다. 소리가 나를 살리는 약이다. 내내 누워 있기만 하면 병이 난다.

한 달쯤 뒤에, 무력증이 일어나곤 할 뿐만 아니라 머릿속이 하얗게 비어버리곤 하는 몸을 추스르고 천천히 산책을 다니기 시작했다. 무작정 걷고 또 걸었다. 무력증을 극복해야 한다고 자신을 타일렀다. 이대로 무너져서는 안 된다. 이겨내야 한다. 심호흡을 하거나 기지개를 켜면 얼핏 현기증이 일고, 머릿속이 하얗게 텅 비어버리고 생각들이 아물아물해지곤 하지만, 그는 소리를 하고 싶었다. 힘껏 소리를 하면 그 나쁜 증세가 씻은 듯 없어질 듯싶었다.

쌍계사에서 독공을 할 때 지네에게 발가락을 물린 적이 있었다. 발가락이 끊어질 것처럼 아리고 쑤셨다. 그 아픔을 가시게 할 약이 없었다. 소리를 하면 아픔이 없어지지 않을까. 그는 목청을 높여 소리를 했다. 자기 소리의 그윽하고 곡진한 아름다움과 멋 속으로 몰입했다. 한창 소리를 하고 났더니 아픔이 가셔 있었다. 소리가 약이었다.

부실한 몸을 치유하기 위하여 그는 꼭두새벽에 남산으로 올라가서 소리를 했다. 소리가 마음먹은 대로 잘 되지 않았다. 천구성도 통성도 수리성도 애원성도 구사되지 않았다. 사설들도 떠올랐다가는 가뭇없이 사라지곤 했다. 새까만 절망의 주렴이 눈앞을 가렸다. 그동안 소리를 열심히 하지 않아서 소리가 나를 배반하고 있는 것이다. 부지런히 열심히 절차탁마하는 수밖에 없다. 조금 전 잘 부르지 못한 대목을 두 번 세 번씩 거듭했다. 이렇게 내 소리가 무너져서는 안 된다. 이를 악물고 마음을 다잡고 소리를 계속했다. 목만 따라주지 않는 게 아니고, 몸도 따라주지 않았다. 힘을 모아 소리를 하면 현기증이 일어나고, 그와 더불어 머리가 하얗게 비어버리고 동시에 사설이 사라지곤 했다. 그런 때는 놓친 그 앞부분에서부터 새로이 목청껏 소리를 시작하여 극복하곤 했다.

그런 어느 날 국빈을 모시는 잔치에서 소리를 해달라는 청이 들어왔다. 젊은 아내가 더 쉬어야 한다고, 거절하라고 했지만 그는 그 잔치에 나갔다. 평생 한 번도 초청을 거절한 적이 없었다. 그는 늘 초청에 목말라 있었다. 어디에서든지 소리를 해야만, '아, 살아 있구나.' 하는 자신감이 생기고 신명이 났다. 그의 소리를 듣고 싶어 하는 그 어느 누구에게든지 소리를 들려주고 싶었다. 어디서 본 듯한 남자가 고수로 나왔다. 기억을 더듬었다. 성은 김인 듯싶은데 이름은 떠오르지 않았다.

그는 거지로 변장한 이몽룡이 춘향모를 불러내는 대목을 불렀다. 춘향 어머니가 "게 뉘가 날 찾아" 하면서 사립으로 나오는 대목을 부르는데 목이 그를 배반하고 있었다. 목이 마음먹은 대로 소리를 뱉어주지 않자 곧 사설을 놓쳐버렸다. 당황한 그는 얼핏 사설이 떠올라 소리를 이어 했다.

"……게 뉘가 날 찾나 기산영수 소부 허유 피서 가자고 날 찾나."

그는 〈수궁가〉 중에서 토끼가 자라의 부르는 소리를 듣고 해변으로 가며 하는 대목을 뱉어내고 있었다. 고수가 얼른 "그것은 〈수궁가〉요, 춘향 어머니가 어사한테 하는 소리를 하시오." 하고 그의 실수를 깨우쳐주었다.

그 실수를 하고 돌아온 날 밤에 그는 잠을 이루지 못했다. 아, 이렇게 내 소리와 몸이 무너지고 망가지는 것인가. 이래서는 안 된다. 다시 목도 만들고 몸도 강하게 만들어야 한다. 그는 아내에게 몸과 소리를 새로이 튼실하게 만들 비방을 말했다. 젊은 아내는 송정리의 본처 편을 통해, 전라도 담양에서 굵은 통대 실한 것을 구해 왔다. 매듭과 매듭 사이에 돌을 매달고 긴 끈을 달아서 뒷간 통 속에 가라앉혀 놓았다. 그로부터 열흘 뒤에 그것 한 개씩을 건져 잘 씻은 다음 쪼개, 속에 스며들어 있는 맑은 물을 마셨다. 열흘 동안 마시고 나니 여기저기에서 아리고 쑤시던 아픔들이 가신 듯싶었다.

꼭두새벽에 일어났다. 가쁜 숨을 몰아쉬며 남산의 가파른 골짜기로 올라갔다. 새벽 찬바람을 마시면서 소리 독공을 했다. 〈춘향가〉 완창 준비를 해야 한다고 생각했다. 통성도 내질러보고 수리성, 천구성, 애원성, 귀곡성도 내질러보고, 젖히는 목꺾어 올리는 목도 거듭 시도해보았다. 힘을 다해 목청껏 소리를 하면 정수리로 피가 몰리면서 두통이 일어나고 아득하게 현기증이 일어나는 병통이 아직 남아 있었다. 전기고문 후유증인 그 병증이 문제였다. 소리를 전과 같이 하려면 이 병통을 극복해야 한다. 심호흡을 하고 마음을 가다듬었다. 이대로 무너질수는 없다. 산머리에 걸린 흰 달이 그를 내려다보았다. 그래, 나는 달의 정령을 품고 태어난 사람이다. 달을 쳐다보며 소리를 했다. 목과 아구창이 찢어지도록 통성과 천구성을 내질러보고, 그윽하면서도 찬 물줄기 같은 촉기 어린 수리성과 애원성을 질러댔다.

식은땀을 훔치며 지친 몸을 이끌고 집으로 돌아오니, 김제에서 밤기차를 타고 왔다는 오동통한 몸집의 남자가 기다리고 있었다. 검은 양복을 바르게 차려입은 그 남자는 김제소방서의 부서장이었다. 이마가 번들거리고 눈이 동그란 부서장은, 소방서장이 소방차를 마련하기 위한 모금 공연을 하기로 했다면서 출연해주기를 청했다. 아내가 출연을 거부하라고 옆구리를 질 벅거렸다. 그는 아내의 반대를 아랑곳하지 않고, 부서장에게 기꺼이 출연하겠다는 약조를 했다.

열흘 뒤 먼동이 틀 때에 그는 김제로 가기 위해 대문을 나섰다. 일본에서 공연을 하고 온 뒤부터 그는 옷차림을 바꾸었다. 산뜻한 하이칼라 머리에, 감색의 양복에 흰 와이셔츠에 빨간 넥타이를 매고 검정 구두를 신었다. 아내가 따라 나오며 간절하게 당부했다.

"오늘은, 머리 아프고 현기증 나니까 전에처럼 너무 잘하려고 하시지 말고, 웬만치 목청을 높여 소리를 하십시오."

그는 "그래그래, 그렇게 함세." 대답하며 총총 걸어갔다. 여남은 걸음 갔는데, 등 뒤쪽에서 발밤발밤 뒤따라오는 아내의 원망 어린 목소리가 날아왔다.

"아따 여보, 무정하게 그렇게 가버리지 마시고, 뒤 좀 돌아보아주고 가시오."

그는 속으로 '아니, 저 사람이 오늘 뭔 일이라냐!' 하고 중얼거리며 발을 멈추고 돌아보았다. 그녀가 그를 향해 몇 걸음 좇아오며 애처로운 목소리로 당부를 했다.

"참말로! 너무 높은 소리 내려고 애쓰지 말고 살살 좀 하시오. 머리 아프고 현기증 나는디……."

그가 퉁명스럽게 "그래, 알았어!" 하면서 건너다보자, 아내는 옷고름으로 눈물을 훔쳤다.

마지막 소리

김제의 너른 들판 가장자리에 주저리주저리 열려 있는 이
마을 저 마을로 농악 소리가 울려 퍼지고 있었다. 팔월의 한더
위 속에서였다. 김제 장터에서 풍물꾼들이 농악을 울려댔다. 기
다란 장대 끝에는 '임방울 명창 쑥대머리'라는 기가 펄럭거렸
다. 청아한 태평소의 소리가 김제 하늘을 너울너울 날아다녔다.
김제 시장 옆의 공터에 마련된 가설극장으로 사람들이 몰려들
었다. 임방울이 출연한다는 현수막을 보았거나, 입소문을 들은
사람들이었다. 가설극장의 포장이 미어터질 듯 사람들로 가득
찼다. 김제 안의 유지들이 모두 양복 차림 혹은 한복 차림으로
몰려들었다. 가설무대 앞줄에는 가로로 줄이 쳐져 있고, 좁다
란 흰 종이들이 주련처럼 하나씩 걸리고 있었다. 소방서의 서
기가 유지들 한 사람 한 사람의 소방차 마련 기부 내력을 적어

걸고 있었다.

징소리가 울렸고, 막이 올랐다. 먼저 농악으로 들뜬 분위기를 가라앉히기 위하여 줄타기 재인의 아슬아슬한 줄타기를 보여주었다. 다음은 명인 남자가 가야금을 연주했고, 젊은 소리꾼들이 판소리를 들려주었다. 마지막으로 그가 무대 한가운데로 나섰다. 체구 작달막한 그가 깔끔한 감색 양복 차림으로 무대에 서자, 관중이 손뼉을 치면서 환호성을 질렀다. 그는 먼저 단가 하나를 맛보기로 들려준 다음 그의 장기인 〈수궁가〉를 부르기로 예정되어 있었다. 그의 얼굴은 창백했고, 눈앞이 어지러워 약간씩 비틀거렸다. 그가 경찰서에 들어갔다가 고문을 받고 나왔다는 사실은 아무도 몰랐다. 그 사실을 그가 숨긴 것이었다. 경찰서 형사와의 약속도 있었지만, 그의 쪽에서 오히려 그 소문이 날까봐 조바심을 했다. 오랫동안 고문 후유증 때문에 집에서 두문불출하고 약을 지어다가 먹고 요양을 했으면서도, 누가 왜 그렇게 얼굴 보기가 힘드냐고 물으면, 잠깐 어디에 유람을 좀 다녀왔다고 거짓말을 해버리곤 했다.

고수가 그를 쳐다보며 '두리리덩더둥' 하고 소리마중 박을 쳐주었다. 그는 먼저 목 틔우기로 '명기명창'을 부른 다음 토끼의 배 가르는 대목을 불렀다.

"……말을 하라니 하오리다. 말을 하라니 하오리다. 태산이

붕퇴하여 오성이 음음한다……."

여기서 그는 잠시 멈칫했다. 눈앞에 현기증이 일었다. 머리가 하얗게 비면서 눈앞에 보이는 무대가 기우뚱거렸다. 동시에 수백 명 관객들의 얼굴이 빙그르르 돌면서 출렁거렸다. 다음 불러야 할 소리 사설이 떠오르지 않았다. 머릿속이 하얗게 비어 있는 상태에서 그냥 입에 씹히는 대로 불렀다. 그는 〈수궁가〉 아닌 적벽화전 대목을 부르고 있었다. 다급해진 고수가 말했다.

"선생님 〈수궁가〉가 아닙니다."

그는 번뜩 정신을 차리고 토끼가 용왕에게, 어서 자기의 배를 갈라보라고 대드는 대목을 불렀다.

"소퇴도 배를 갈라 간이 들었으면 좋으려니와 만일에 간이 없고 보면 불쌍한 토명만 끊사옵고,"

그다음 대목에서 문득, 홍부가 놀부 앞에 엎드려 비는 대목을 불렀다. 고수가 또 다급한 목소리로 "〈수궁가〉가 아닙니다." 하고 말했다. 관중 속에서 소란스러운 소리가 들려왔다. 그의 머리에는 이어 불러야 할 〈수궁가〉가 떠오르지 않았다. 온몸에 맥이 풀렸고 비틀거렸다. 무대와 관객들이 파도처럼 출렁거렸다. 아, 이러면 안 된다, 제대로 된 소리를 다 마치고 무대를 내려가야 한다, 하고 생각하며 혼신의 힘을 다해 소리를 질러 말을 했다.

"여러분 죄송합니다. 제가 간밤에 술을 좀 많이 묵었드니 머리가 좀 지끈거리구만이라우. 아주, 지가 잘하는 것부터 차근차근 부를랍니다. 양해해주십시오."

관객들이 와르르르 격려의 박수를 쳤다. 그는 재청이 들어오면 부르려고 간직해놓은 '쑥대머리'를 불렀다.

"쑥대머리 구신 헨용 적막 옥방 찬 자리에 생각난 것이 임뿐이라,"

그 순간 온몸의 피가 정수리로 몰려들었고, 혀가 오그라들었고, 아랫도리에 힘이 풀렸다. 숨이 막혔고, 비틀거렸고, 어지러웠고, 눈앞이 캄캄해졌고, 모로 거꾸러졌다.

주르르 막이 내려갔다. 무대 옆에서 보고 있던 후배 소리꾼들이 달려가서 막을 내린 것이었다. 고수와 후배와 제자 소리꾼들이 그의 늘어진 몸을 무대 뒤로 옮겼다. 번갈아가며 그를 김제역으로 업고 가서 서울행 기차에 실었다. 서울역에 도착하자 제자들은 그를 동대문 야전병원에 입원시켰다. 응급치료를 했지만 그는 말을 잃어버렸고, 실신하기와 깨어나기를 거듭했다. 소생의 가능성이 없어 보였다. 하릴없이 초동의 집으로 옮겼다. 그의 젊은 아내 박경화가 정성스럽게 병구완을 했지만 병세는 점차 기울어가기만 했다.

화해

저녁노을이 핏빛으로 물들었다. 대문간 안으로 검은 양복을 입은, 키 헌칠하고 얼굴 훤한 남자가 들어섰다. 김연수였다. 그의 젊은 아내 박경화가 김연수를 맞았고, 김연수는 방안으로 들어갔다. 이때껏 혼수상태에 빠져 있던 그가 눈을 떴다. 그의 흐린 안구에 김연수의 얼굴이 포착되었다.

'아, 김연수가 나를 찾아왔구나.'

놀라움과 슬픔의 감회가 그의 의식을 흔들었다. 김연수가 한 손을 내밀어 그의 손을 잡았다. 그의 손은 미세하게 하늘거리고 있었다. 김연수와 그 사이에는 서로를 견제하는, 곱지 않은 감정의 골이 깊이 패여 있었다. 한쪽은 다른 한쪽을 무시하면서도 적으로 생각하고 극복의 대상으로 여기고 있었고, 다른 한쪽은 상대가 그러함을 알고 늘 경계하며 상대하려 하지 않았다. 뜻있는 사람들이 그들 두 사람 사이에 놓여 있는 벽을 허물고 화해시키려고 들었다. 그렇지만 화해는 이루어지지 않았다.

김연수는 그가 소생하지 못하리라고 생각했다. 거대한 산처럼 느껴지던 적이 너무 갑작스럽게 무너지고 있었다. 김연수는 허탈했다. 멀고 먼 세상으로 떠나가는 동료 소리광대에게, 그동안 미워했던 감정을 진정으로 사과하고 싶었다. 그렇지만 한편으로는, 그가 죽어가고 있다는 사실이 고소했다.

'임방울, 네 소리의 인기는 한때 유행이었을 뿐이다. 이제 너의 소리는 네 죽음과 함께 끝이 날 것이다. 네놈의 소리하고 내 소리 가운데, 누구의 소리가 청사에 길이 남을 것인가 하는 것은 시간이 말해줄 것이다.'

그는 김연수의 눈빛을 통해 그 마음을 읽었다.

'김연수 이 사람, 나 어떻게 죽어가는지 보려고 찾아왔는가? 그렇지만 나는 안 죽네. 그리고 자네 소리는 잠깐이지만, 내 소리는 영원히 사라지지 않을 것이네.'

김연수는 스스로의 가슴에 일고 있는 고소해하는 마음을 꾸짖고 잠재우려고 혀를 아프게 깨물고 눈살을 찌푸렸다. 눈길을 떨어뜨리고, 끌어다가 잡은 그의 손 위에 자기의 다른 손을 가져다 덮으며 말했다.

"임 명창, 자네하고 나하고는 평생, 슬프게도 달팽이들의 뿔 싸움을 하고 살았어. 무단히, 무단히."

김연수의 말에는 울음이 들어 있었다.

임방울은 언젠가 김연수에게 '내가 차 떼고 포 떼주어도 너는 나한테 못 이겨.' 하고 말한 것을 떠올렸다. 그는 그 모든 것이 다 허랑한 짓이라고 생각하며 눈을 감아버렸다. 눈에 물이 고였고, 그것이 볼로 흘러내렸다.

시원으로의 회귀

이대로 무너지면 안 된다며 스스로를 다잡으려고 안간힘을 쓰고 몸부림을 쳤지만, 그는 다시 일어나지 못하고 멀고 먼 나라로 떠나가고 있었다. 눈앞에 검푸른 장막 같은 두꺼운 어둠 너울이 한 자락 내리고 또 한 자락이 내렸다. 그것들이 거듭 내렸다. 초저녁이었다. 아내가 뱀장어 곰국을 사발에 담아 올렸다. 그는 눈을 감은 채 그것을 모두 마셨다. 새까만 바람이 불어왔다. 까무룩 의식이 어디론가 날아갔다. 그는 수풀 무성한 가파른 산협의 오솔길을 올라가면서 소리를 하고 있었다. 한 번도 불러본 적이 없는 사설을 새로 지어 불렀다. 그가 내지른 소리는 입에서 흘러 나가자마자 칠색의 무지개가 되었다. 휘황한 빨강 주황 노랑 초록 파랑 남색 보라색 들이 어지럽게 굴절된 무지개가 그의 입에서 분수처럼 퍼져나가고 있었다. 그 무지개들이 첩첩한 산맥의 봉우리들처럼 우뚝우뚝 섰다. 사설에 따라 통성을 내지르기도 하고, 계면조의 한스러운 수리성과 곰삭은 천구성과 촉기 어린 애원성을 뿜어내기도 했다. 그 소리들은 거푸 산봉우리 같은 무지개들이 되고 있었다. 세상은 그가 뿜어낸 소리로 인해 무지개 천지가 되었고, 신화 속에 사는 봉황과 천년의 학들이 떼를 지어 비상했다.

하아, 하고 탄성을 지르는데, 그의 몸이 붕 날아올라 봉황과 학들과 함께 무지개 세상으로 떠갔다. 그러다가 어느 한순간 몸이 흙덩이처럼 부서졌다. 가루가 되었다. 그 가루들은 한 알맹이 또 한 알맹이의 소리가 되어 천천히 맴을 돌고 있었다. 그의 몸은 사라지고 그가 뿜어낸 소리만 남았다. 그 소리는 휘황찬란한 무지개를 만들고 있었다.

가비 : 무업을 하고 사는 사람.

개화장開化杖 : 개화기에 유행했던 짧은 지팡이.

계면조界面調 : 국악 음계의 하나로, 슬프고 애타는 느낌의 음조. 서양
　　　　음악의 단조短調와 비슷하다.

고삭부리 : 몸이 약해 병치레가 잦은 사람.

구음口音 : '청홍둥당동당', '라러르라로리' 등처럼 가야금·거문고·피
　　　리·대금·해금 등의 악기에서 울려나오는 악기의 음을 입으
　　　로 흉내 내는 소리.

노랑목 : 판소리 창법에서, 목청을 떨어 지나치게 꾸며 속되게 내는 목
　　　소리. '용개목'이라고도 한다.

눈대목 : 판소리에서 가장 감동적인 대목.

더늠 : 명창들이 노랫말과 소리를 새로이 만들거나 다듬어 장기로 삼는
　　　판소리 대목.

독공獨功 : 소리꾼들이 득음得音을 하기 위해 토굴 또는 폭포 앞에서 하
　　　는 발성 훈련.

또랑광대 : 판소리를 잘 못하는 사람.

묵정밭 : 오래 내버려두어 거칠어진 밭.

바디 : 판소리에서, 명창이 스승으로부터 전승하여 한 마당 전부를 음 악적으로 절묘하게 다듬어놓은 소리.

비가비 : 무당이 아닌데 무당 노릇을 하고 사는 사람.

수리성 : 판소리 창법에서, 쉰 목소리처럼 컬컬하게 내는 소리.

시김새 : 판소리에서, 소리를 하는 방법이나 상태.

시나위 : 굿거리, 살풀이 따위의 무속 음악.

신태집 : 망자의 혼이 임시적으로 거처하는 공간이라고 인식되는 무구.

아니리 : 판소리에서, 창을 하는 중간중간 가락을 붙이지 않고 이야기 하듯 엮어나가는 사설.

애원성 : 슬프게 원망하는 소리.

약시시 : 앓는 사람을 위해 약을 쓰는 일.

우조羽調 : 계면조와 함께 판소리의 양대 악조 중 하나. 호탕하고 씩씩 한 느낌을 준다.

이돌 : 일한 대가로 받는 돈.

중고제 : 주로 경기도, 충청도 지방에서 발달한 판소리의 한 유파. '중고 조'라고도 하며 동편제와 서편제의 중간 성격을 띤다.

천구성 : 판소리 창법에서, 타고난 명창의 틔어 나오는 소리.

토막소리 : 한 곡조 전부가 못 되는 판소리의 부분.

통성 : 판소리 창법에서, 배 속에서 바로 위로 뽑아 내는 목소리.

투리透理 : 사물의 이치에 통달함.

소리의 무지개 혹은 신화의 소리를 찾아서

이 소설은 소리꾼 임방울이 추구했던 소리의 무지개 혹은 신화의 소리를 찾아가는 곡진한 여정, 그의 그윽하면서도 치열한 예술과 삶의 탐색이다.

내가 신화적이고 전설적인 그의 소리 '앞산도 첩첩하고'를 접한 것은 아홉 살 되던 해, 앞산 뒷산에 진달래꽃이 불처럼 타오르던 봄날이었다. 고향 마을에 살던 한 이십대 초반의 청년이 꽃다운 아내와 사별한 다음 아내의 무덤 주변을 진달래꽃밭으로 만들기 위해 산을 오르내리면서 '앞산도 첩첩하고 뒷산도 첩첩한데 혼은 어디로 행하는가'를 부르곤 했다.

그 구슬픈 소리가 가슴을 울렸으므로 나는 보리밭 언덕에서 넋을 놓고 앉아, 그 청년이 안고 가는 진달래꽃 무더기를 쳐다보곤 했다. 밭고랑에서 김을 매던 어머니는 산기슭에서 움직이는 그 진달래꽃 무더기를 쳐다보며 혀를 끌끌 찼다.

나중에 알고 보니, 그 청년이 슬픈 계면조의 천구성으로 부른 느린 가락의 소리가, 다름 아닌 임방울 명창이 사랑하는 여인을 저세상으로 보내면서 즉흥적으로 부른 '추억'이란 단가였다.

내가 열한 살 되던 해, 목수가 헌 집을 헐어내고 새 집을 지었는데, 상량을 하던 날, 술에 얼근해진 목수가 주변 사람들의 청에 따라 목을 가다듬더니 '쑥대머리 구신 헌용 적막 옥방 찬 자리에' 하고 소리를 했다. 그 소리가 하도 좋아, 나는 학교에 갔다가 오면 책보자기를 던져놓고 대패질을 하거나 자귀질을 하는 목수에게 '쑥대머리'를 불러달라고 졸랐다. 목수는 코를 찡긋한 다음 그걸 불러주었고, 나는 그 소리를 따라 불렀다. 나중에 알고 보니, 그 '쑥대머리'는 임방울을 신화적인 인물이 되게 한 바로 그 소리였다.

소설이 신춘문예에 당선된 다음, 나는 그 상금으로 전축을 사고 명창 임방울의 음반들을 사다가 들었다. '호남가' '명기명창' '쑥대머리' 따위의 짧은 소리와 토막소리 모음 음반에서 《완창 춘향가》, 《완창 적벽가》, 《완창 수궁가》에 이르기까지.

그 뒤 휴대용 소형 녹음기를 구입했다. 임방울의 모든 소리들을 카세트테이프에 녹음하고 그것을 출퇴근 가방 속 녹음기로 재생시키면서 이어폰으로 들었다. 기차나 버스를 타고 여행을 하면서도 그의 소리를 가방에 넣고 다니면서 들었다. 양동 시장 국악기점에서 북과 북채를 사다놓고 장단을 쳐가면서 그분의 소리를 음미했고, '앞산도 첩첩하고' 나 눈대목인 〈적벽가〉의 '새타령'이나 〈수궁가〉의 '토끼 화상 그리는 대목'이나 〈춘향가〉의 '옥에서 나온 춘향이가 어사 되어 있는 이몽룡이 앉아 있는 대상으로 절름거리며 올라가는 대목' 따위를 따라 불렀다. 서울에서 살 때는 문인들끼리의 술자리가 무르익고, 술에 개차반이 되었을 때 부끄럼 없이 그 눈대목들을 불러, 문인들의 눈을 휘둥그러지게 했다. 자나 깨나 앉으나 서나 그의 소리만 듣는 나에게, 아내는 임방울에 미친 사람이라고 했다.

이 소설을 쓰는 데 몇 사람의 도움을 받았다. 임방울 국악진흥재단의 『국창 임방울의 생애와 예술』과 문학평론가 천이두의 『전설의 명창 임방울』, 전지영의 『임방울』이 그것이다.

다년간 임방울의 삶과 예술을 연구하고 거기에 몰입해온 천이두 선생은, 임방울과 인연한 사람들을 찾아다니면서 그분에 대한 신화나 전설 같은 일화들을 모아 전기적인 평전 『전설의 명창 임방울』에 집대성해놓았다. 전지영 교수의 평전과, 임방울 국악진흥재단의 『국창 임방울의 생애와 예술』은 임방울의 삶을 한눈에 살필 수 있도록 정리해놓은 것이어서 많은 도움이 되었다. 나는 천이두 선생이 모은, 이제는 역사적 사실이 되어 있는 두어 가지의 일화와, 내가 어린 시절에 들은 전설 같은 임방울 이야기들을 한데 얽어 이 소설을 재창조했다.

(주)아시아 레코드사의 《완창 임방울 적벽가》 음반, KBS 미디어의 《완창 임방울 수궁가》 음반, (주)서울음반의 《명창 임방울 판소리 선집》 음반들도 많은 도움을 주었다.

나는 평범한 한 인간인 소리광대가 뼈를 깎는 치열한 독공을 통해 소리의 완성으로 나아가는 모양새를 형상화했다. 우리 민족 자존심의 한 실체라고도 말할 수 있는, 뿌리 깊은 전통적인 판소리를 요즘의 독자들에게 이야기하는 데 난처한 점은 소리꾼들만 사용하는 은어나 독특한 용어들을 어떻게 이해시킬 것인가 하는 것이었다. 가능하면 어려운 용어들을 피하고, 현대적인 언어들로써 소리 내면의 웅숭깊은 감칠맛과 아름답고 향기로운 멋과 맛과 한스러움을 드러내려고 애를 썼다.

이 책을 읽어준 독자 여러분께 깊이 감사한다.

2014년 2월

해산토굴에서

한승원